中國語言文字研究輯刊

五 編

許 錟 輝 主編

第 **14** 冊

殷墟花東H3甲骨刻辭所見人物研究（上）

古 育 安 著

花木蘭文化出版社

國家圖書館出版品預行編目資料

殷墟花東 H3 甲骨刻辭所見人物研究（上）／古育安 著—
初版—新北市：花木蘭文化出版社，2013〔民 102〕
序 2+ 目 4+230 面：21×29.7 公分
（中國語言文字研究輯刊　五編：第 14 冊）
ISBN：978-986-322-517-1（精裝）
1. 甲骨文　2. 研究考訂
802.08　　　　　　　　　　　　　　　　　　　102017819

ISBN-978-986-322-517-1

9 789863 225171

中國語言文字研究輯刊
五　編　　第十四冊　　　　　ISBN：978-986-322-517-1

殷墟花東 H3 甲骨刻辭所見人物研究（上）

作　　者　古育安
主　　編　許錟輝
總 編 輯　杜潔祥
出　　版　花木蘭文化出版社
發 行 所　花木蘭文化出版社
發 行 人　高小娟
聯絡地址　235 新北市中和區中安街七二號十三樓
　　　　　電話：02-2923-1455／傳眞：02-2923-1452
網　　址　http://www.huamulan.tw 信箱 sut81518@gmil.com
印　　刷　普羅文化出版廣告事業
初　　版　2013 年 9 月
定　　價　五編 25 冊（精裝）新台幣 58,000 元

殷墟花東 H3 甲骨刻辭所見人物研究（上）

古育安　著

作者簡介

古育安，臺灣臺北市人。輔仁大學中國文學研究所碩士，政治大學中國文學研究所博士班，臺灣警察專科學校講師。研究領域爲甲骨學、出土文獻與古文字學、先秦史。

提　要

　　本文研究內容爲花東卜辭所見人物，以生人爲主，包含個別人物與集合名稱之人物，以卜辭的釋讀爲基礎，整理相關內容以探討人物的活動與人物間的互動關係，研究領域屬於甲骨學與殷商史。全文分爲八章。

　　第一章內容有三：第一，介紹花東卜辭的研究概況，第二，對人物研究的方法及非王卜辭人物的研究史作初步整理與評述，第三，對目前所見花東卜辭時代的相關論述作整理與評述。第二章討論武丁、婦好、子三人，對關鍵字、詞以及卜辭的斷句與理解提出看法，並討論三人之互動關係。第三章討論花東卜辭所見「子某」與「某子」相關內容。第四、五章兩章討論其他與「子」有關的人物，包括個別人物與集合名稱之人物，不包括平民以下的人物。第四章討論受到子「呼」、「令」、「使」的人物、和子有「貢納關係」的人物與其他職官及邑人之類人物。另外，花東卜辭中有特殊的「某友」、「某友某」人名格式，或以爲「友」即「僚屬」之義，專立一節討論。第五章討論「貞卜人物」、「記事刻辭」所見人物。第六章討論花東卜辭所見「奴隸」與「人牲」，卜辭的斷句與理解爲討論重點。除了上述人物之外，有些不臣屬於「子」者，還有一些無法確定身分與地位者，或無法確定是否爲人物者，一併於第七章討論。第八章爲總結。以子與武丁、婦好的關係及子與花東卜辭所見其他人物的關係爲主軸，彙整前六章提到的重要人物、事類，總結本文對「花東卜辭之人物關係」、「子家族內、外部結構」、「子與子家族在商王朝中的角色」、「花東卜辭的時代」四個問題的看法。

序

　　2006 年秋，我在臺灣大學中文系擔任客座教授，開設了「古文字學專題討論」這門課。古育安先生曾經到臺大聽我的這門課，由於他每次上課來得很早，聽課很認眞，給我留下了深刻的印象。在課間休息的時候，他告訴我，他現在跟隨導師蔡哲茂教授攻讀碩士學位，他的碩士學位論文準備做殷墟花園莊東地甲骨刻辭的研究。

　　斗轉星移，歲月流逝。現在，古育安先生的碩士學位論文《殷墟花東 H3甲骨刻辭所見人物研究》（全三冊）即將出版，他的導師蔡哲茂教授給我來信，希望我能爲這本書寫一篇序，以勵後進。我很高興就答應下來了。

　　古育安先生在讀碩士研究生期間，很快就掌握甲骨學的理論基礎和專門知識，具備閱讀甲骨拓本的能力。在此基礎上，他將散見於花東甲骨刻辭中的人名資料，搜集在一起，結合事類，綜合起來進行整理與研究。從論文可以看出，作者博採眾說，去取矜愼，擇善而從，不但介紹了各家的學術觀點，還有不少自己的新見解。這對認識商代社會結構、商代的家族形態很有幫助，對甲骨斷代具有重要的意義。它的出版爲學者研究花東 H3 甲骨刻辭所見人物提供完整的資料，極有意義。

　　我想乘此機會，談談花東子卜辭中的「丁」。陳劍先生在《故宮博物院院刊》2004 年 4 期上發表了〈說花園莊東地甲骨卜辭的「丁」〉一文，首先明確

指出「丁」就是指稱活著的商王武丁，證據確鑿，已得到學界的認同。但這樣一來，則武丁生前就可稱「丁」，跟一般認爲商人的所謂日名是死後才確定的看法相矛盾。其實，在殷墟甲骨文裏，我們可以看到天干既可以作爲日名，也可以作人名。以下試舉數例，以見一斑：

　　庚入二。　　花 190

　　庚入五。　　花 362

　　庚入十。　　合 6016 反

　　庚申卜，古貞：王令丙。　　合 2478

　　乙酉卜，亘貞：作禦，靳（祈）庚不殟（殞）。　　合 17086

　　〔□〕酉卜，古貞：靳（祈）庚不〔殞〕。　　合 17087

　　《合》17086 和 17087 中的「庚」是以天干作人名的。「靳」，讀爲祈求之「祈」。「作禦，祈庚不殞」是說商王武丁舉行禦除災殃的祭祀，祈求「庚」（人名）不死。到了戰國文字中例子更多，陳斯鵬先生舉過這樣的例子，文字不長，爰錄於後。他說：

　　例如「桯甲」（包山 124）、「陳乙」（包山 228）、「蔡酉（丙）」（包山 31）、「鄘丙」（包山 183）、「競丁」（包山 81）、「武丁」（郭店・窮達 4）、「宋庚」（包山 7）、「周庚」（包山 114）、「青辛」（包山 31）、「黃辛」（包山 109）、「周壬」（包山 29）、「文壬」（包山 42）、「義癸」（包山 92）等等；其實「戊」「己」也不例外，如「邵戊」（包山 124）、「盤己」（包山 150）、「蔡己」（包山 183）等。古代以天干字命名之風甚盛，上舉諸例顯然都應屬於以天干爲名。（陳斯鵬：《戰國楚系簡帛中字形與詞相互關係之研究》，第 7 頁，復旦大學博士後研究工作報告（指導教師：裘錫圭），2008 年 4 月）

　　由此可見，商周時代天干既可以作爲日名，也可以作人名。

黃天樹

2013 年 9 月 9 日於北京

凡　例

一、本文引用卜辭、金文之釋文採嚴式。如讀爲「貞」的「鼎」字釋文爲「鼎
　　（貞）」。而所引卜辭、金文釋文在行文中引用，爲便於閱讀，除非必要，
　　一律以寬式處理。無法確定的字則摹寫原形，或直接插入拓片。

二、本文引用卜辭、金文釋文以□表缺一字，以▨表缺字數不詳，〔〕中爲補
　　字，（）中表讀爲某字，〔〕、（）中加「？」表存疑。

三、本文引用卜辭釋文於命辭末一律標句號，不標問號。

四、本文引用甲骨片號若同書引用多片，則第二片以後省略書名，如《合》654、
　　738、3647、10586……。

五、本文引用甲綴合以「+」表示，如：《合》6067+7866 正，綴合者以【】標
　　示，與常用括號（）、〔〕區隔。

六、本文提及前輩學者，爲避免行文繁瑣，基本不加「先生」之類敬稱，絕無
　　不敬之意，也懇請見諒。

七、本文對商代甲骨卜辭的分類與斷代，採用黃天樹先生《殷墟王卜辭的分類
　　與斷代》之名稱與觀點。

引書簡稱對照表

一、甲骨、金文著錄

二、書　籍

第一章 緒 論

第一節 花東卜辭研究概況 [註1]

一、花東甲骨的整理與綴合

1991 年河南安陽殷墟的花園莊東地出土了一坑甲骨，編號 91 花東 H3，[註2] 是繼 1936 年 YH127 坑、1973 年小屯南地後，甲骨科學發掘最重要的成果。整理者指出：

> 花園莊東地 H3 坑，共發現甲骨 1583 片，卜甲 1558 片（腹甲 1468 片、背甲 90 片），卜骨 25 片。有刻辭的甲骨 689 片，其中刻辭卜甲 684 片（腹甲 659 片、背甲 25 片），刻辭卜骨 5 片。[註3]

> 殷墟花園莊東地 H3 共出土甲骨 1583 片，其中卜甲 1558 片（腹甲

〔註1〕 編按：本書由筆者碩士論文修改，初稿於 2009 年 7 月完成，其後稍作修改，涉及的研究範圍大致爲 2010 年 7 月之前。藉由本次出版，再對一些字、句進行修訂，觀點與資料則一仍其舊，不再增補。

〔註2〕 此批甲骨的內容學者多簡稱爲「花園莊東地甲骨」、「花東子卜辭」、「花東卜辭」等，本文一律稱爲「花東卜辭」。

〔註3〕 中國社會科學院考古研究所編著，《殷墟花園莊東地甲骨》（昆明：雲南人民出版社，2003）第 1 冊「前言」，頁 3。以下簡稱《花東》。

1468 片、背甲 90 片），其上有刻辭者共 689 片，其中腹甲 667 片、背甲 17 片，卜骨 5 片。〔註4〕

魏慈德指出 1993 年的發掘簡報中刻辭甲骨統計，有刻辭甲骨爲 579 片，於《花東》中改爲 689 片，又第 1 冊「前言」與第 6 冊「殷墟花園莊東地甲骨鑽鑿形態研究」中對有刻辭的腹甲與背甲的統計不一致。〔註5〕

《花東》著錄甲骨共有 561 號，並非所有 689 片有字甲骨都收入書中，其中《花東》20、62、71、79、83、91、138、156、184、188、201、231、250、272、287、348、357、360、362、389、399、407、425、436、438、440、444、466、483、497 共 30 版爲前一號之反面，再加上蔣玉斌指出重片有 2 版，可知《花東》共收有字甲骨 529 版。而其中有 13 版背甲，5 版卜骨。〔註6〕蔣先生也將《花東》著錄甲骨的綴合情況、坑外散見的花東甲骨整理成表，〔註7〕其後又陸續有新的綴合。本文將相關資料與說法整理如下（蔣先生表中所無者下標底線）：

重　　　　片	
1	《花東》397（H3：1263A）＝《花東》561（H3：1640）
2	《花東》397（H3：1263B）＝《花東》553（H3：1625）

綴　　　　合		
1	《花東》5+507+508（？）+509（？）+510（？）	《花東》5+《花東》507 整理小組認爲可能爲一甲之折，〔註8〕尹春潔、常耀華認爲此兩片出於同一堆積層，應可綴合。〔註9〕姚萱認爲《花東》509、510 亦爲《花東》5 之殘斷，而《花東》508 似可與《花東》510 綴合。〔註10〕

〔註 4〕《花東》第 6 冊「殷墟花園莊東地甲骨鑽鑿形態研究」，頁 1760。

〔註 5〕魏慈德，《殷墟花園莊東地甲骨卜辭研究》（台北：台灣古籍出版有限公司，2006），頁 4。

〔註 6〕《花東》所收背甲與卜骨片號可參第 1 冊的「刻辭卜骨統計表」、「刻辭背甲統計表」。

〔註 7〕蔣玉斌，《殷墟子卜辭的整理與研究》（吉林：吉林大學博士論文，林澐先生指導，2006），頁 220～221。

〔註 8〕《花東・釋文》，頁 1752。

〔註 9〕尹春潔、常耀華，〈讀《殷墟花園莊東地甲骨》〉，《中國社會科學院研究生院學報》2005.3，頁 114。

〔註10〕姚萱，《殷墟花園莊東地甲骨卜辭的初步研究》（北京：線裝書局，2006），頁 375。

2	《花東》432+553	姚萱綴。	
3	《花東》522+524（？）	姚萱認爲二版似可綴合。[註11]	
4	《花東》275+517	蔣玉斌綴。	
5	《花東》428+561	蔣玉斌綴。	
6	《花東》521+531	蔣玉斌綴。	
7	《花東》532+6（？）	蔣玉斌認爲《花東》532只有「用」字，很可能應當綴入《花東》6甲橋內側。	
8	《花東》513+519	蔣玉斌綴。[註12]	
9	《花東》207+210	林宏明綴。	
10	《花東》302+344	林宏明綴。[註13]	
11	《花東》395+548	方稚松綴。	
12	《花東》433+434+529	方稚松綴。[註14]	
13	《花東》123+《輯佚》561	莫伯峰綴。[註15]	
坑 外 散 見 的 花 東 甲 骨			
1	《合》19803（《山東》1352）		
2	《合》19849（《後上》19.10）		
3	《合》20040（1959苗圃北地出土）		
4	《合》20051（《海枚》21）		
5	《合》21123=《合》21853（《前》8.6.4、《山東》0309）	+《京津》2993	蔣玉斌綴。[註16]
6	《合》21384（《前》8.5.3）		

以下簡稱《初步研究》。

[註11] 以上姚萱所綴2、3組出處爲《初步研究》，頁357、378，頁376。

[註12] 以上蔣玉斌所綴4～7四組出處爲《殷墟子卜辭的整理與研究》，頁229。8組出處爲〈蔣玉斌綴合總表〉第161組，發表於「先秦史研究室」網站（http://www.xianqin.org/blog/archives/1883.html），2010年3月25日。

[註13] 以上林宏明所綴9、10二組出處爲林宏明，《醉古集》（台北：台灣書房出版有限公司，2008），第311、312組。

[註14] 以上方稚松所綴11、12二組出處爲黃天樹、方稚松，〈甲骨綴合九例〉，《黃天樹古文字論集》（北京：學苑出版社，2006），頁261～262。

[註15] 莫伯峰，《《輯佚》中的一版花東子卜辭及其綴合〉，發表於「先秦史研究室」網站（http:// www.xianqin.org/blog/archives/1439.html），2009年4月3日。

[註16] 《殷墟子卜辭的整理與研究》，頁229。

7	《合》22172（《存下》200、《旅博》257）	+《合》22351（《故宮》33）	姚萱綴。〔註17〕
8	《合》22292（《京人》3071）		
9	《輯佚》561	+《花東》123	莫伯峰綴。

關於上表「綴合」第 3 組，姚萱以為二版似可綴合。此試將此二版綴合如：

，辭例應為「丁卯：〔自〕賈馬其 $\maltese$ （東）」。比較《花東》516：

，「丁卯自賈」四字行款與字體大小比例皆與《花東》522+524

相同，綴合或可成立。

二、花東卜辭研究概況

關於花東卜辭的研究史，有劉源的〈殷墟花園莊東地甲骨研究概況〉〔註18〕與魏慈德的《殷墟花園莊東地甲骨卜辭研究》「第一章」。劉文歸納 2005 年以前主要研究重點共九項，魏文進一步整理出 2006 年以前各時期的研究主題與成果，大致上以〈殷墟花園莊東地甲骨卜辭選釋與初步研究〉〔註19〕一文的發表與《花東》一書的出版為界，分成三個階段，並將研究內容分為「考古」、「歷史」、「文字」三大類。劉、魏之文基本上對 2006 年以前的研究概況已有詳細的整理與討論，故本文不贅述。魏書出版後不久，宋鎮豪將花東卜辭的研究歸納為十五個課題，即：1. 甲骨坑卜辭的年代與性質，2. 子的身份與地位，3. 重要人物屬性，4. 王室親族或同姓異姓家族構成形態，5. 廟號或親稱問題，6. 殷商王朝權力運作，7. 家族與宗法的祭祀制度，8. 用牲風習，9. 殷禮復原，10. 事類排譜，11. 有關地名與建築考訂，12. 卜法，13. 刻辭文例、語法、行款形式，14. 甲骨攻治鑽鑿技術，15. 文字釋讀。〔註20〕可見花東卜辭所涉及的問題涵蓋

〔註17〕《初步研究》，頁 380。

〔註18〕劉源，〈殷墟花園莊東地甲骨研究概況〉，《歷史研究》2005.2。

〔註19〕劉一曼、曹定雲，〈殷墟花園莊東地甲骨卜辭選釋與初步研究〉，《考古學報》1999.3。

〔註20〕宋鎮豪，「殷墟花園莊東地甲骨研究的十五個課題」，發表於中國社會科學院歷史研究所，「先秦史研究室」網站（http://www.xianqin.org/xr_html/articles/jgyj/350.html），2006 年 3 月 14 日。

甲骨學研究的各層面，一些重要的問題在 2006 年以前也已有不少學者撰文探討。

　　由於可研究的議題相當廣泛，花東甲骨出土至今，相關論文與介紹已累積有百篇以上，爲花東卜辭的研究奠立了穩固的基礎。透過此一研究風潮的推動，不斷有綜合性學術成果產生，就筆者所見，兩岸以花東卜辭爲題的博、碩士論文以及專書至少已有十四本，如：

1、校勘與釋文

（1）朱歧祥，《殷墟花園莊東地甲骨校釋》（台中：朱歧祥發行，2006）。

（2）曹錦炎、沈建華編著，《甲骨文校釋總集》（上海：上海辭書出版社，2006）卷十九「花園莊東地甲骨」。

（3）趙偉，《《殷墟花園莊東地甲骨・釋文》校勘》（鄭州：鄭州大學碩士論文，王蘊智先生指導，2007）。

2、語言文字

（1）張榮焜，《殷墟花園莊東地甲骨字形研究》（台北：國立臺灣師範大學碩士論文，季旭昇先生指導，2004）。

（2）李靜，《《殷墟花園莊東地甲骨》文字研究》（重慶：西南大學碩士論文，喻遂生先生指導，2006）。

（3）孟琳，《《殷墟花園莊東地甲骨》詞滙研究》（重慶：西南大學碩士論文，喻遂生先生指導，2006）。

（4）曾小鵬，《《殷墟花園莊東地甲骨》詞類研究》（重慶：西南大學碩士論文，喻遂生先生指導，2006）。

（5）鄧統湘，《《殷墟花園莊東地甲骨》句型研究》（重慶：西南大學碩士論文，喻遂生先生指導，2006）。

（6）馮洪飛，《殷墟花園莊東地甲骨虛詞初步研究》（北京：首都師範大學碩士論文，黃天樹先生指導，2007）。

（7）邱艷，《殷墟花園莊東地甲骨新見文字現象研究》（北京：華東師範大學碩士論文，張再興先生指導，2008）。

3、歷史文化

（1）韓江蘇，《殷墟花東 H3 卜辭主人「子」研究》（北京：線裝書局，

2007）。本書由作者的博士論文（北京：北京師範大學博士論文，晁
福林先生指導，2006）修訂出版。

4、綜合研究

（1）姚萱，《殷墟花園莊東地甲骨卜辭的初步研究》（北京：線裝書局，
2006）。本書由作者的博士論文（北京：首都師範大學博士論文，黃
天樹先生指導，2005）修訂出版。

（2）魏慈德，《殷墟花園莊東地甲骨卜辭研究》（台北：台灣古籍出版有限
公司，2006）。

（3）朱歧祥，《殷墟花園莊東地甲骨論稿》（台北：里仁書局，2008）。

如欲進一步了解學界關心的各項議題與研究成果，可從單篇論文來看。以下將
筆者所見之相關論文分類，以說明目前的研究概況。

三、花東卜辭研究相關論文分類

《花東》一書中，除了詳實的考古報告、卜甲的生物學考察、甲骨攻治
及鑽鑿研究之外，對許多問題都有深具啟發性討論。如「前言」中的「八 H3
甲骨刻辭的特點」有字體、文例（含行款）、占卜主體的研究，「九 H3 卜辭的
性質」從祭祀對象討論子的身分問題，「十 H3 卜辭『子』之身份與地位」從
子的活動看子的身分與地位，「十一 H3 卜辭時代」從人物的生死及同見於其
他卜辭的人物看花東卜辭的時代。這些問題都引發了進一步的探討。以下將
筆者所見以花東卜辭為主題的論文初步分為九類，其中包含少數非以花東卜
辭為主題的論文或論著中的篇章，由於內容涉及花東卜辭，相關討論也頗為
重要，故一併列入。

（一）發掘報告、調查報告、相關報導與介紹

1. 劉一曼，〈殷墟花園莊東地甲骨坑發掘記〉，《中國文物報》，1991 年 12
月 22 日。

2. 劉一曼，〈殷墟花園莊東地甲骨坑發掘記〉，《文物天地》1993.5。

3. 中國社會科學院考古研究所安陽工作隊，〈1991 年安陽花園莊東地、南
地發掘簡報〉，《考古》1993.6。

4. 中國社會科學院考古研究所編著，《殷墟的發現與研究》（北京：科學出

版社，1994）「補記」，楊錫璋、劉一曼撰寫。

5. 劉一曼，〈安陽殷墟甲骨出土地及其相關問題〉，《考古》1997.5。

6. 楊錫璋、劉一曼，〈1980 年以來殷墟發掘的主要收獲〉，中國社會科學院考古研究所編，《中國商文化國際學術研討會論文集》（北京：中國大百科全書出版社，1998）。

7. 劉一曼，〈近十年來殷墟考古的主要收獲〉，《故宮文物月刊》16.8（1998）。

8. 劉一曼，〈殷墟甲骨文的三次重大發現〉，《中國書法》1999.1。

9. 劉一曼，〈殷墟花園莊東地甲骨坑的發現及主要收獲〉，台灣師範大學國文學系、中央研究院歷史語言研究所編，《甲骨文發現一百周年學術研討會論文集》（台北：文史哲出版社，1999）。

10. 劉一曼、曹定雲，〈殷墟花園莊東地甲骨卜辭選釋與初步研究〉，《考古學報》1999.3。

11. 劉一曼，〈考古學與甲骨文研究──紀念甲骨文發現一百周年〉，《考古》1999.10。

12. 葉祥奎、劉一曼，〈河南安陽殷墟花園莊東地出土龜甲研究〉，《考古》2001.8。

13. 劉一曼，〈論殷墟甲骨的埋藏狀況及相關問題〉，《揖芬集──張政烺先生九十華誕紀念文集》（北京：社會科學文獻出版社，2002）。

14. 劉一曼，〈甲骨文的第三次大發現──殷墟花園莊東地窖藏甲骨問世的經過〉，《最新中國考古大發現──中國最近 20 年 32 次考古新發現》（濟南：山東畫報出版社，2002）。

15. 劉一曼、曹定雲，〈1991 年殷墟花園莊東地甲骨的發現與整理〉，王建生、朱歧祥主編，《花園莊東地甲骨論叢》（台北：聖環圖書股份有限公司，2006）。

（二）書評、讀記

1. 葛英會，〈讀殷墟花園莊甲骨卜辭〉，《殷都學刊》2000.3。

2. 黃天樹，〈體例最完善的大型甲骨文新著──《殷墟花園莊東地甲骨》〉，《中國文物報》，2004 年 4 月 14 日。

3. 朱鳳瀚，〈讀安陽殷墟花園莊東地出土的非王卜辭〉，王宇信、宋鎮豪、

孟憲武主編，《2004 年安陽殷商文明國際學術研討會論文集》（北京，社會科學文獻出版社，2004）。又收於朱鳳瀚，《商周家族形態研究（增訂本）》（天津：天津古籍出版社，2004）。

4. 王宇信，〈代表當代甲骨學研究水平的著錄書——讀《殷墟花園莊東地甲骨》〉，《中國圖書評論》2004.6。

5. 葛英會，〈大型甲骨學研究專著——《殷墟花園莊東地甲骨》〉，《文物》2004.9。

6. 劉源，〈體例完備、史料珍貴——讀《殷墟花園莊東地甲骨》〉，《博覽群書》2004.12。

7. 張永山，〈甲骨著錄新模式——《讀殷墟花園莊東地甲骨》〉，《考古》2004.12。

8. 黃天樹，〈花園莊東地甲骨中所見的若干新資料〉，《陝西師範大學學報（哲學社會科學版）》2005.2。又收於黃天樹，《黃天樹古文字論集》（北京：學苑出版社，2006）。

9. 劉源，〈殷墟花園莊東地甲骨研究概況〉，《歷史研究》2005.2。

10. 尹春潔、常耀華，〈讀《殷墟花園莊東地甲骨》〉，《中國社會科學院研究生院學報》2005.3。

11. 喻遂生，〈花園莊東地甲骨的語料價值〉，王建生、朱歧祥主編，《花園莊東地甲骨論叢》（台北：聖環圖書股份有限公司，2006）。

12. 趙誠，〈花園莊東地甲骨意義探索〉，王建生、朱歧祥主編，《花園莊東地甲骨論叢》（台北：聖環圖書股份有限公司，2006）。

13. 鄭光，〈考古與甲骨學的寶貴收穫——讀《殷墟花園莊東地甲骨》〉，《華夏考古》2007.3。

（三）綜合研究

1. 朱歧祥，〈花園莊東地與小屯南地甲骨比較〉，《靜宜人文學報》第 17 期（2002）。

2. 黃天樹，〈重論關於非王卜辭的一些問題〉，王建生、朱歧祥主編，《花園莊東地甲骨論叢》（台北：聖環圖書股份有限公司，2006）。又收於黃天樹，《黃天樹古文字論集》（北京：學苑出版社，2006）。

3. 劉一曼，〈小屯北 YH127 坑與花東 H3 坑之比較〉，宋鎮豪、唐茂松主編，《紀念殷墟 YH127 甲骨坑南京室內發掘 70 周年論文集》（北京：文物出版社，2008）。

4. 趙誠，〈YH127 坑和花園莊東甲骨〉，宋鎮豪、唐茂松主編，《紀念殷墟 YH127 甲骨坑南京室內發掘 70 周年論文集》（北京：文物出版社，2008）。

5. 成家徹郎，〈新出土・殷墟花園莊東地甲骨の衝擊（上）——從来の分類法は限界と欠陷を露呈した〉，《修美》第 101 期（2008）。中譯本為〈新出土殷墟花園莊東地甲骨的沖擊（上）——以往分類法暴露出來的局限和缺點〉，四川大學歷史文化學院主辦，《紀念徐中舒先生誕辰 110 周年國際學術研討會論文集》（成都：四川大學歷史文化學院，2009）。

6. 成家徹郎，〈新出土・殷墟花園莊東地甲骨の衝擊（中）——從来の分類法は限界と欠陷を露呈した〉，《修美》第 102 期（2008）。

7. 成家徹郎，〈新出土・殷墟花園莊東地甲骨の衝擊（下）——從来の分類法は限界と欠陷を露呈した〉，《修美》第 104 期（2009）。成家先生此三篇文章後收於其著作《說文解字の研究——古代漢字研究序說・前編》（東京：大東文化大學人文科學研究所，2010）。

（四）校釋與校勘

1. 朱歧祥，〈〈殷墟花園莊東地甲骨卜辭選釋與初步研究〉讀後〉，《中國文字》（台北：藝文印書館，2000）新 26 期。

2. 朱歧祥，〈「殷墟花園莊東地甲骨釋文」正補〉，《許錟輝教授七秩祝壽論文集》（台北：萬卷樓圖書股份有限公司，2004）。

3. 姚萱，〈《殷墟花園莊東地甲骨釋文》校補舉例〉，首都師範大學語言研究中心主辦，《語言》（北京：首都師範大學出版社，2005）第 5 卷。

4. 齊航福，〈《殷墟花園莊東地甲骨・釋文》求疵〉，《中州學刊》2006.2。

5. 王蘊智，〈《殷墟花園莊東地甲・釋文》校勘記（一）〉，中國文字學會等主辦，《中國文字學會第四屆學術年會論文集》（安陽：陝西師範大學，2007）。

6. 王蘊智、趙偉，〈《殷墟花園莊東地甲骨・摹本》勘誤〉，《鄭州大學學報

（哲學社會科學版）》2007.3。

7. 齊航福，〈《殷墟花園莊東地甲骨字詞索引表》勘正〉，《殷都學刊》2007.4。

8. 曾小鵬，〈《殷墟花園莊東地甲骨》第 005 片考釋〉，「先秦史研究室」網站（http://www.xianqin.org/xr_html/articles/jgyj/592.html），2007 年 10 月 27 日。

9. 洪颺，〈《殷墟花園莊東地甲骨釋文》校議〉，《古籍整理與研究學刊》2008.3。

10. 韓江蘇，〈對《花東》480 卜辭的釋讀〉，《殷都學刊》2008.3。

（五）綴合與資料整理

1. 蔣玉斌，〈甲骨文獻整理（兩種）〉，《古籍整理研究學刊》2003.3。

2. 蔣玉斌，〈花東甲骨新綴一則〉，發表於「先秦史研究室」網站（http://www.xianqin.org/blog/?p=398），2005 年 12 月 5 日。此組又見《殷墟子卜辭的整理與研究》（吉林：吉林大學博士論文，林澐先生指導，2006），頁 229。

3. 黃天樹、方稚松，〈甲骨綴合九例〉，《漢字研究》（北京：學苑出版社，2005）第 1 輯。又收於黃天樹，《黃天樹古文字論集》（北京：學苑出版社，2006）。

4. 蔣玉斌，〈甲骨綴合拾遺（十一組）〉，《華夏考古》2008.3。第 11 組為花東甲骨，該組又見《殷墟子卜辭的整理與研究》（吉林：吉林大學博士論文，林澐先生指導，2006），頁 229。

5. 林宏明，《綴古集》（台北：台灣書房出版有限公司，2008），第 311、312 組。

6. 莫伯峰，〈《輯佚》中的一版花東子卜辭及其綴合〉，發表於「先秦史研究室」網站（http://www.xianqin.org/blog/archives/1439.html），2009 年 4 月 3 日。

7. 蔣玉斌，〈蔣玉斌綴合總表〉第 161 組，發表於「先秦史研究室」網站（http://www.xianqin.org/blog/archives/1883.html），2010 年 3 月 25 日。

（六）卜辭刻寫（字體字跡、行款、刮削、界劃）與甲骨攻治

1. 朱歧祥，〈釋讀幾版子組卜辭——由花園莊甲骨的特殊行款說起〉，《中

國文字》（台北：藝文印書館，2001）新 27 期。

2. 朱歧祥，〈論子組卜辭一些同版異文現象——由花園莊甲骨說起〉，《古文字研究》（北京：中華書局，2002）第 23 輯。

3. 劉源，《試論殷墟花園莊東地卜辭的行款》，《故宮博物院院刊》2005.1。

4. 沈培，〈談殷墟甲骨文中「今」字的兩例誤刻〉，《出土文獻語言研究》（廣州：廣東高等教育出版社，2006）第 1 輯。

5. 乃俊廷，〈殷墟花園莊東地甲骨中界劃的施用情形〉，逢甲大學中文系主編，《文字的俗寫現象與多元性：通俗雅正，九五經典：第十七屆中國文字學全國研討會論文集》（台北：聖環圖書股份有限公司，2006）。

6. 張桂光，〈花園莊東地卜甲刻辭行款略說〉，王建生、朱歧祥主編，《花園莊東地甲骨論叢》（台北：聖環圖書股份有限公司，2006）。

7. 朱歧祥，〈殷墟花東甲骨文刮削考〉，王建生、朱歧祥主編，《花園莊東地甲骨論叢》（台北：聖環圖書股份有限公司，2006）。

8. 張世超，〈殷墟花園莊東地甲骨字跡與相關問題〉，《古文字研究》（北京：中華書局，2006）第 26 輯。

9. 朱歧祥，〈句意重於行款——論通讀花園莊東地甲骨的技巧〉，《古文字研究》（北京：中華書局，2006）第 26 輯。

10. 吳明吉，〈殷墟花園莊東地卜甲刻辭行款略說——以中甲刻辭特殊現象為例〉，《雲漢學刊》第 14 期（2007）。

11. 齊航福，〈花園莊東地甲骨刻辭中新見字的初步整理〉，中國文字學會等主辦，《中國文字學會第四屆學術年會論文集》（安陽：陝西師範大學，2007）。

12. 林宏明，〈殷墟甲骨研究札記〉「龜腹甲的小圓鑽孔」，輔仁大學中國文學系、中國文字學會主辦，《第十八屆中國文字學國際學術研討會論文集》（台北：輔仁大學，2007 年 5 月 19～20 日）。

13. 申永子，〈花園莊東地甲骨文干支字形考察——與董作賓《甲骨文斷代研究例》的干支字形比較〉，《中國文字研究》（鄭州：大象出版社，2008）總第 10 輯。

14. Adam Smith，〈花園莊東地卜辭字形變異與用詞習慣所反映的不同刻

手〉，發表於「2008 年國際簡帛論壇」（芝加哥：芝加哥大學國際學社，2008 年 10 月 30～11 月 2 日）。

15. 章秀霞，〈花東刻辭常用字字形補說〉，《平頂山學報》23.4（2008）。

16. 章秀霞，〈花東卜辭行款走向與卜兆組合式的整理和研究〉，王宇信、宋鎮豪、徐義華主編，《紀念王懿榮發現甲骨文 110 周年國際學術研討會論文集》（北京：中國社會科學文獻出版社，2009）。

（七）卜辭文例、語法與卜辭的整理、分類

1. 朱歧祥，〈論花園莊東地甲骨用詞的特殊風格—以歲字句爲例〉，《古文字研究》（北京：中華書局，2002）第 24 輯。

2. 劉一曼、曹定雲，〈論殷墟花園莊東地 H3 的記事刻辭〉，王宇信、宋鎮豪、孟憲武主編，《2004 年安陽殷商文明國際學術研討會論文集》（北京：社會科學文獻出版社，2003）。

3. 魏慈德，〈花園莊東地甲骨卜辭的幾組同文例〉，《東華人文學報》第 7 期（2004）。

4. 朴載福，〈花園莊龜卜刻辭的結構特徵〉，發表於「2004 年安陽殷商文明國際學術研討會」（安陽：2004 年 7 月 28～31 日）。

5. 曾小鵬，〈花東甲骨中的否定詞〉，《殷都學刊》2005.4。

6. 羅慧君，〈論花東甲骨「歲妣庚牝又鬯」中「又」字的用法〉，王建生、朱歧祥主編，《花園莊東地甲骨論叢》（台北：聖環圖書股份有限公司，2006）。

7. 黃天樹，〈《殷墟花園莊東地甲骨》中所見虛詞的搭配和對舉〉，《清華大學學報（哲學社會科學版）》2006.2。又收於黃天樹，《黃天樹古文字論集》（北京：學苑出版社，2006）。

8. 朱歧祥，〈論花園莊東地甲骨的對貞句型〉，《中國文字》（台北：藝文印書館，2006）新 31 期。

9. 姚萱，〈說花東卜辭的用辭〉（提要），發表於中國殷商學會、安陽市政府、安陽師範學院主辦，「慶祝殷墟申報世界文化遺產成功暨 YH127 坑發現 70 周年紀念研討會」（安陽：2006 年 8 月 11～14 日）。

10. 陳佩君，〈由花東卜甲骨中同卜事件看同版、異版卜辭的關係〉，輔仁大

學中國文學系、中國文字學會主辦，《第十八屆中國文字學國際學術研討會論文集》（台北：輔仁大學，2007 年 5 月 19～20 日）。

11. 李冬鴿，〈花園莊東地甲骨卜辭所見之動詞同義詞〉，《河北學刊》27.5（2007）。

12. 洪颺，〈花園莊東地甲骨的否定副詞〉，《中國文字研究》（鄭州：大象出版社，2007）總第 9 輯。

13. 朱歧祥，〈由花東甲骨論早期動詞的省變現象〉，《中國文字》（台北：藝文印書館，2007）新 33 期。

14. 葛英會，〈花東甲骨的繇辭〉，《殷都學刊》2008.2。

15. 齊航福，〈花東卜辭的賓語前置句試析〉，《河北師範大學學報（哲學社會科學版）31.5（2008）。

16. 楊于萱，〈論花東甲骨卜辭的否定副詞〉，《東方人文學誌》7.4（2008）。

17. 韓江蘇，〈殷墟花東 H3 卜辭排譜分析與研究〉，安陽甲骨學會編，《安陽甲骨學會文集》（北京：文物出版社，2008）。

18. 齊航福，〈花東卜辭中所見非祭祀動詞雙賓語研究〉，《北方論叢》2009.5。

（八）字、詞考釋

1. 季旭升，〈說牝牡〉，《古文字研究》（北京：中華書局，2002）第 24 輯。

2. 沈建華，〈甲骨金文釋字舉例〉，張桂光主編，《第四屆國際中國古文字學研討會論文集》（香港：香港中文大學中國語言及文學系，2003）。

3. 馮時，〈讀契劄記〉，王宇信、宋鎮豪主編，《紀念殷墟甲骨文發現一百周年國際學術研討會論文集》（北京：社會科學文獻出版社，2003）。

4. 姚萱，〈殷墟花園莊東地甲骨卜辭考釋〉，《漢字文化》2004.4。

5. 饒宗頤，〈「玄鳥」補考〉，《九州學林》2.3（2004）。又收於饒宗頤，《饒宗頤新出土文獻論證》（上海：上海古籍出版社，2005）。

6. 時兵，〈花園莊東地甲骨卜辭考釋三則〉，《東南文化》2005.2。

7. 孟琳，〈《殷墟花園莊東地甲骨「終」字小議》〉，《巢湖學院學報》2005.5。

8. 蔡哲茂，〈說殷卜辭中的「圭」字〉，《漢字研究》（北京：學苑出版社，2005）第 1 輯。

9. 喻遂生，〈《殷墟花園莊東地甲骨》中的「疾」字〉，發表於「中國文字學會第三屆學術年會」（河北：2005 年 7 月）。

10. 黃天樹，〈殷墟甲骨文「有聲字」的構造〉，《中央研究院歷史語言研究所集刊》76.2（2005）。又收於黃天樹，《黃天樹古文字論集》（北京：學苑出版社，2006）。

11. 黃天樹，〈讀契雜記（三則）〉，北京師範大學民俗典籍文字研究中心編，《陸宗達先生百年誕辰紀念文集》（北京：中國廣播電視出版社，2005）。又收於黃天樹，《黃天樹古文字論集》（北京：學苑出版社，2006）。

12. 劉桓，〈《殷墟花園莊東地甲骨》若干字詞釋讀〉，《甲骨集史》（北京：中華書局，2008）。作者於文末「附記」註明此文成於 2005 年末。

13. 姚萱，〈殷墟花園莊東地甲骨卜辭考釋（三篇）〉，《古漢語研究》2006.2。

14. 韓江蘇，〈釋甲骨文中的「紻」字〉，《殷都學刊》2006.2。

15. 徐寶貴，〈甲骨文「象」字考釋〉，《考古》2006.5。

16. 王蘊智，〈釋甲骨文龠字〉，《古文字研究》（北京：中華書局，2006）第 26 輯。

17. 張玉金，〈殷墟甲骨文「吉」字研究〉，《古文字研究》（北京：中華書局，2006）第 26 輯。

18. 李彤，〈殷墟甲骨刻辭的「祭」和「祐」〉，《古文字研究》（北京：中華書局，2006）第 26 輯。

19. 時兵，〈殷墟花園莊東地甲骨文字考釋三則〉，《古文字研究》（北京：中華書局，2006）第 26 輯。

20. 羅立方，〈殷墟花園莊東地甲骨卜辭考釋三則〉，《古文字研究》（北京：中華書局，2006）第 26 輯。

21. 徐寶貴，〈甲骨文考釋兩篇〉，《古文字研究》（北京：中華書局，2006）第 26 輯。

22. 沈培，〈殷墟花園莊東地甲骨「宜」字為「登」證說〉，《中國文字學報》（北京：商務印書館，2006）第 1 輯。

23. 姚志豪，〈說「奠俎」〉，王建生、朱歧祥主編，《花園莊東地甲骨論叢》（台北：聖環圖書股份有限公司，2006）。

24. 徐寶貴，〈殷商文字研究兩篇〉，《出土文獻與古文字研究》（上海：復旦大學出版社，2006）第 1 輯。

25. 劉一曼、曹定雲，〈殷墟花園莊東地甲骨卜辭考釋數則〉，《考古學集刊》（北京：科學出版社，2006）第 16 集。

26. 趙偉，〈甲骨文中的🔣字與🔣字〉，《平頂山學院學報》21.4（2006）。

27. 黃天樹，〈釋殷墟甲骨文中的「羞」字〉「編校追記」，《黃天樹古文字論集》（北京：學苑出版社，2006）。

28. 蔡哲茂，〈花東卜辭「不黽」釋義〉，發表於「先秦史研究室」網站（http://www.xianqin.org/xr_html/articles/jgyj/372.html），2006 年 5 月 14 日。修改後發表於王宇信、宋鎮豪、徐義華主編，《紀念王懿榮發現甲骨文 110 周年國際學術研討會論文集》（北京：中國社會科學文獻出版社，2009）。

29. 乃俊廷，〈花東甲骨卜辭「叀」字用法略議〉（提要），發表於中國殷商學會、安陽市政府、安陽師範學院主辦，「慶祝殷墟申報世界文化遺產成功暨 YH127 坑發現 70 周年紀念研討會」（安陽：2006 年 8 月 11～14 日）。

30. 彭邦炯，〈甲骨文試釋四則〉（提要），發表於中國殷商學會、安陽市政府、安陽師範學院主辦，「慶祝殷墟申報世界文化遺產成功暨 YH127 坑發現 70 周年紀念研討會」（安陽：2006 年 8 月 11～14 日）。

31. 沈寶春，〈論殷墟花園莊東地甲骨「厎」字與匕器的形義發展關係〉，中央研究院歷史語言研究所，《古文字與古代史》（台北：中央研究院歷史語言研究所，2007）第 1 輯。

32. 陳劍，〈說殷墟甲骨文中的「玉戚」〉，《中央研究院歷史語言研究所集刊》78.2（2007）。

33. 方稚松，〈釋殷墟花園莊東地甲骨中的瓚、祼及相關諸字〉，《中原文物》2007.1。

34. 黃天樹，〈讀花東卜辭箚記（二則）〉，《南方文物》2007.2。

35. 張桂光，〈讀卜辭三箚〉，《華南師範大學學報（社會科學版）》2007.2。

36. 楊州，〈說殷墟花園莊東地甲骨文「🔣」〉，《北方論叢》2007.3。

37. 蔡哲茂，〈花東卜辭「白屯」釋義〉，中國文字學會、輔仁大學中國文學系，《第十八屆中國文字學國際學術研討會論文集》（台北：輔仁大學中國文學系，2007）。

38. 秦曉華、王秀玲，〈甲骨文釋讀二則〉，《殷都學刊》2007.4。此二則內容又收於秦曉華，〈讀甲骨文札記六則〉，宋鎮豪、唐茂松主編，《紀念殷墟 YH127 甲骨坑南京室內發掘 70 周年論文集》（北京：文物出版社，2008）。

39. 姚萱，〈殷墟卜辭「束」字考釋〉，《考古》2008.2。

40. 張玉金，〈釋甲骨文中的「宜」字〉，《殷都學刊》2008.2。

41. 時兵，〈說花東卜辭的「𦥔」〉，發表於「復旦大學出土文獻與古文字研究中心」網站（http://www.guwenzi.com/SrcShow.asp?Src_ID=310），2008年 1 月 15 日。

42. 時兵，〈說花東卜辭的「刊」字〉，發表於「復旦大學出土文獻與古文字研究中心」網站（http://www.gwz.fudan.edu.cn/SrcShow.asp?Src_ID=538），2008 年 11 月 2 日。

43. 何景成，〈釋《花東》卜辭中的「索」〉，《中國歷史文物》2008.1。

44. 何景成，〈釋「花東」卜辭的「所」〉，《古文字研究》（北京：中華書局，2008）第 27 輯。

45. 蔡哲茂，〈甲骨文研究二題〉，《中國文字研究》（鄭州：大象出版社，2008）總第 10 輯。

46. 宋鎮豪，〈花東甲骨文小識〉，《東方考古》（北京：科學初版社，2008）第 4 集。

47. 陳劍，〈「邊」字補釋〉，《古文字研究》（北京：中華書局，2008）第 27 輯。

48. 張世超，〈釋「幼」〉，《古文字研究》（北京：中華書局，2008）第 27 輯。

49. 古育安，〈試論花東卜辭中的「弜巳」及相關卜辭釋讀〉，《輔大中研所學刊》第 20 期（2008）。

50. 彭邦炯，〈從《花東》卜辭的行款說到 𨑮、𦣞 及 𨒅、𨒠、𨒿 字的

釋讀〉，宋鎮豪主編，《甲骨文與殷商史（新一輯）》（北京：線裝書局，2008）。

51. 陳煒湛，〈讀花東卜辭小記〉，四川大學歷史文化學院主辦，《紀念徐中舒先生誕辰 110 周年國際學術研討會論文集》（成都：四川大學歷史文化學院，2009）。

52. 楊州，〈說殷墟甲骨文中的章（璋）〉，《首都師範大學學報（社會科學版）》2009.3。

53. 楊州，〈說殷墟甲骨文中的𩵋〉，《山西大同大學學報（社會科學版）》23.2（2009）。

54. 劉釗，〈釋甲骨文中的「秉棘」──殷代巫術考索之一〉，發表於「復旦大學出土文獻與古文字研究中心」網站（http://www.guwenzi.com/SrcShow.asp?Src_ID=782），2009 年 5 月 6 日。此文原發表於《故宮博物院院刊》2009.2，網路文章中增加對《花東》206「𣂏」字的討論。

55. 張惟捷，〈甲骨文「引棘」獻疑〉，發表於「復旦大學出土文獻與古文字研究中心」網站（http://www.guwenzi.com/SrcShow.asp?Src_ID=975），2009 年 11 月 12 日。

56. 陳煒湛，〈花東卜辭「子祝」說〉，李雪山等主編，《甲骨學 110 年：回顧與展望》（北京：中國社會科學出版社，2009）。

57. 王暉，〈花園卜辭𠔼字音義與古代戈頭名稱考〉，王宇信、宋鎮豪、徐義華主編，《紀念王懿榮發現甲骨文 110 周年國際學術研討會論文集》（北京：中國社會科學文獻出版社，2009）。

58. 韓江蘇，〈殷墟花東 H3 卜辭「不三其一」句解〉，王宇信、宋鎮豪、徐義華主編，《紀念王懿榮發現甲骨文 110 周年國際學術研討會論文集》（北京：中國社會科學文獻出版社，2009）。

59. 韓江蘇，〈殷墟花東 H3 卜辭中「遲弓」、「恆弓」、「疾弓」考〉，「中國文字博物館」編輯部編，《首屆中國文字發展論壇暨紀念甲骨文發現 110 周年學術研討會論文集》（安陽：2009）。

60. 文音，〈學契箚記四則〉，發表於「復旦大學出土文獻與古文字研究中心」網站（http://www.guwenzi.com/srcshow.asp?src_id=914），2009 年 9

月 20 日。

61. 莫伯峰，〈《花東》中新見的「羔」字〉，發表於「復旦大學出土文獻與古文字研究中心」網站（http://www.gwz.fudan.edu.cn/SrcShow.asp?Src_ID=919），2009 年 9 月 24 日。

（九）歷史文化

1、花東卜辭時代

（1）黃天樹，〈簡論「花東子類」卜辭的時代〉，《古文字研究》（北京：中華書局，2006）第 26 輯。又收於黃天樹，《黃天樹古文字論集》（北京：學苑出版社，2006）。

（2）韓江蘇，〈殷墟花東 H3 卜辭時代再探討〉，《故宮博物院院刊》2008.4。

（3）趙鵬，〈從花東子組卜辭中的人名看其時代〉，中國社會科學院歷史研究所學刊編委會編，《中國社會科學院歷史研究所學刊》（北京：商務印書館，2010）第 6 集。

2、人物研究

關於子

（1）李學勤，〈花園莊東地卜辭的「子」〉，《河南博物院落成暨河南博物館建館 70 周年紀念論文集》（鄭州：中州古籍出版社，1998）。

（2）趙誠，〈羌甲探索〉，《揖芬集——張政烺先生九十華誕紀念文集》（北京：社會科學文獻出版社，2002）。

（3）饒宗頤，〈殷代歷史地理三題〉，《九州》（北京：商務印書館，2003）第 3 輯。

（4）劉一曼、曹定雲，〈論殷墟花園莊東地甲骨卜辭的「子」〉，王宇信、宋鎮豪主編，《紀念殷墟甲骨文發現一百周年國際學術研討會論文集》（北京：社會科學文獻出版社，2003）。

（5）李銳，〈清華大學簡帛講讀班第三十四次研討會綜述〉，「Confucius 2000」網站（http://www.confucius2000.com/qhjb/qhjbjdb34cythzs.htm），2004 年 8 月 22 日。

（6）楊升南，〈殷墟花東 H3 卜辭「子」的主人是武丁太子孝己〉，王宇信、

宋鎮豪、孟憲武主編，《2004 年安陽殷商文明國際學術研討會論文集》
（北京，社會科學文獻出版社，2004）。又收於楊升南，《甲骨文商史
叢考》（北京：線裝書局，2007）。又收於李雪山等主編，《甲骨學 110
年：回顧與展望》（北京：中國社會科學出版社，2009）。

（7）姚萱，〈試論花東子卜辭的「子」當爲武丁之子〉，《故宮博物院院刊》
2005.6。

（8）常耀華，〈花東 H3 卜辭中的「子」──花園莊東地卜辭人物通考之
一〉，王建生、朱歧祥主編，《花園莊東地甲骨論叢》（台北：聖環圖
書股份有限公司，2006）。

（9）徐義華，〈試論花園莊東地甲骨的子〉，王宇信主編，《北京平谷與華
夏文明國際學術研討會論文集》（北京：社會科學文獻出版社，2006）。

（10）劉一曼、曹定雲，〈再論殷墟花東 H3 卜辭中占卜主體「子」〉，《考古
學研究（六）》（北京：科學出版社，2006）。

（11）魏慈德，〈關於花東子卜辭世系及身份的幾點推測〉，《華學》（北京：
紫禁城出版社，2006）第 8 輯。

（12）曹定雲，〈三論殷墟花東 H3 占卜主體「子」〉（提要），發表於中國殷
商學會、安陽市政府、安陽師範學院主辦，「慶祝殷墟申報世界文化
遺產成功暨 YH127 坑發現 70 周年紀念研討會」（安陽：2006 年 8 月
11～14 日）。

（13）韓江蘇，〈殷墟花東 H3 卜辭主人「子」爲太子的考證〉（提要），發
表於中國殷商學會、安陽市政府、安陽師範學院主辦，「慶祝殷墟申
報世界文化遺產成功暨 YH127 坑發現 70 周年紀念研討會」（安陽：
2006 年 8 月 11～14 日）。

（14）沈建華，〈從花園莊東地卜辭看「子」的身份〉，《中國歷史文物》
2007.1。又收於沈建華，《初學集》（北京：文物出版社，2008）。

（15）韓江蘇，〈殷墟 H3 卜辭主人「子」爲太子再論證〉，《古代文明》2.1
（2008）。

（16）朱歧祥，〈由花東子的活動論子的身份〉，宋鎮豪、唐茂松主編，《紀
念殷墟 YH127 甲骨坑南京室內發掘 70 周年論文集》（北京：文物出

版社，2008）。

（17）朱歧祥，〈論花東子的神權〉，四川大學歷史文化學院主辦，《紀念徐
中舒先生誕辰 110 周年國際學術研討會論文集》（成都：四川大學歷
史文化學院，2009）。

（18）曹定雲，〈三論殷墟花東 H3 占卜主體「子」，《殷都學刊》2009.1。略
作修改後刊於《先秦、秦漢史》2009.5。

（19）陳光宇，〈兒氏家譜刻辭之「子」與花東卜辭之「子」〉，王宇信、宋
鎮豪、徐義華主編，《紀念王懿榮發現甲骨文 110 周年國際學術研討
會論文集》（北京：中國社會科學文獻出版社，2009）。

關於丁

（1）李學勤，〈關於花園莊東地卜辭所謂「丁」的一點看法〉，《故宮博物
院院刊》2004.5。

（2）陳劍，〈說花園莊東地甲骨卜辭的「丁」—附：釋「速」〉，《故宮博物
院院刊》2004.4。又收於陳劍，《甲骨金文考釋論集》（北京：線裝書
局，2007）。

（3）朱歧祥，〈阿丁考——由詞語系聯論花東甲骨的丁即武丁〉，發表於台
灣大學東亞文明研究中心主辦，「東亞語文學與經典詮釋學術研討會」
（台北：2004 年 11 月 19～20 日）。

（4）裘錫圭，〈「花東子卜辭」和「子組卜辭」中指稱武丁的「丁」可能應
該讀為「帝」〉，陝西師範大學、寶雞青銅器博物館，《黃盛璋先生八
秩華誕紀念文集》（北京：中國教育文化出版社，2005）。

（5）葛英會、閻志，〈殷墟花園莊東地甲骨卜用丁日的卜辭〉，《古代文明
研究通訊》第 22 期（2004）。

（6）閻志，〈殷墟花園莊東地甲骨卜用丁日的卜辭〉，《故宮博物院院刊》
2005.1。

（7）朱歧祥，〈由詞語聯繫論花東甲骨中的丁即武丁〉，《殷都學刊》
2005.2。

（8）張永山，〈也談花東卜辭中的「丁」〉，《古文字研究》（北京：中華書
局，2006）第 26 輯。

（9）曹定雲，〈殷墟花東 H3 卜辭中的「王」是小乙——從卜辭中的人名
　　　「丁」談起〉，《古文字研究》（北京：中華書局，2006）第 26 輯。

（10）魏慈德，〈殷非王卜辭中所見商王記載〉，逢甲大學中文系主編，《文
　　　字的俗寫現象與多元性：通俗雅正，九五經典：第十七屆中國文字學
　　　全國研討會論文集》，（台北：聖環圖書股份有限公司，2006）。修改
　　　後發表於宋鎮豪主編，《甲骨文與殷商史（新一輯）》，（北京：線裝書
　　　局，2008）。

（11）曹定雲，〈殷墟花東 H3 卜辭中的「王」是小乙——從卜辭中的人名
　　　「丁」談起〉，《殷都學刊》2007.1。

（12）朱歧祥，〈尋「丁」記——論非王卜辭中的武丁〉，《東海中文學報》
　　　第 20 期（2008）。

（13）劉桓，〈關於殷墟卜辭中「丁」的問題〉，《甲骨集史》（北京：中華書
　　　局，2008）。

（14）劉源，〈再談殷墟花東甲骨卜辭中的「□」〉，宋鎮豪主編，《甲骨文與
　　　殷商史（新一輯）》（北京：線裝書局，2008）。

其　他

（1）常耀華，《子組卜辭人物研究‧附錄》「1. 花東 H3、子組相同人物卜
　　　辭對照表」（北京：中國社會科學院研究生院歷史系碩士論文，宋鎮
　　　豪先生指導，2003），此表又收於《中國文字》（台北：藝文印書館，
　　　2006）新 31 期，頁 57～59；《殷墟甲骨非王卜辭研究》（北京：線裝
　　　書局，2006），頁 131～134。

（2）魏慈德，〈論同見於花東卜辭與王卜辭中的人物〉，《故宮博物院院
　　　刊》，2005.6。

（3）劉一曼、曹定雲，〈殷墟花園莊東地出土甲骨卜辭中的「中周」與早
　　　期殷周關係〉，《考古》2005.9。

（4）乃俊廷，〈論殷墟花園莊東地甲骨卜辭與非王卜辭的親屬稱謂關
　　　係〉，王建生、朱歧祥主編，《花園莊東地甲骨論叢》（台北：聖環
　　　圖書股份有限公司，2006）。

（5）曹定雲，〈殷人「妃」姓辯——兼論文獻「子」姓來由及相關問題〉，

王建生、朱歧祥主編，《花園莊東地甲骨論叢》（台北：聖環圖書股份有限公司，2006）。

（6）郭勝強，〈婦好之再認識——殷墟花東 H3 相關卜辭研究〉（提要），發表於中國殷商學會、安陽市政府、安陽師範學院主辦，「慶祝殷墟申報世界文化遺產成功暨 YH127 坑發現 70 周年紀念研討會」（安陽：2006 年 8 月 11～14 日）。

（7）林澐，〈花東子卜辭所見人物研究〉，中央研究院歷史語言研究所，《古文字與古代史》（台北：中央研究院歷史語言研究所，2007）第 1 輯。

（8）韓江蘇，〈殷墟 H3 卜辭「祖甲、祖乙和妣庚」身份考證〉，《殷都學刊》，2007.2。

（9）朱歧祥，〈花東婦好傳〉，《東海中文學報》第 19 期（2007）。

（10）郭勝強，〈婦好之再認識——殷墟花東 H3 相關卜辭研究〉，李雪山等主編，《甲骨學 110 年：回顧與展望》（北京：中國社會科學出版社，2009）。

3. 地名研究

（1）鄭杰祥，〈殷墟新出卜辭中若干地名考釋〉，《中州學刊》2003.5。

（2）常耀華、林歡，〈試論花園莊東地甲骨所見地名〉，王宇信、宋鎮豪、孟憲武主編，《2004 年安陽殷商文明國際學術研討會論文集》（北京，社會科學文獻出版社 2004）。又收於常耀華，《殷墟甲骨非王卜辭研究》（北京：線裝書局，2006）。

（3）魏慈德，〈殷墟花園莊東地甲骨卜辭的地名及詞語研究〉，《中國歷史文物》2005.6。

（4）饒宗頤，〈殷周金文卜辭所見夷方西北地理考〉，《中國文化研究所學報》（香港：中文大學中國文化研究所，2007）第 47 期，頁 8～9。

4. 祭祀與禮制

（1）劉源，〈花園莊卜辭中有關祭祀的兩個問題〉，《揖芬集——張政烺先生九十華誕紀念文集》（北京：社會科學文獻出版社，2002）。

（2）李學勤，〈從兩條《花東》卜辭看殷禮〉，《吉林師範大學學報（人文

社會科學版）》2004.3。

（3）郭勝強，〈殷墟《花東》甲骨中的「卩」祭卜辭——殷墟花東卜辭研究〉，《殷都學刊》2005.3。

（4）宋鎮豪，〈從新出甲骨金文考述晚商射禮〉，《中國歷史文物》2006.1。

（5）宋鎮豪，〈從花園莊東地甲骨文考述晚商射禮〉，王建生、朱歧祥主編，《花園莊東地甲骨論叢》（台北：聖環圖書股份有限公司，2006）。

（6）劉源，〈殷墟花園莊東地甲骨文所見禳祓之祭考〉，王建生、朱歧祥主編，《花園莊東地甲骨論叢》（台北：聖環圖書股份有限公司，2006）。又收於李雪山等主編，《甲骨學 110 年：回顧與展望》（北京：中國社會科學出版社，2009）。

（7）韓江蘇，〈作冊般銅黿與晚商射禮〉，王宇信主編，《北京平谷與華夏文明國際學術研討會論文集》（北京：社會科學文獻出版社，2006）。

（8）劉一曼，〈花園莊東地 H3 祭祀卜辭研究〉，《三代考古（二）》（北京：科學出版社，2006）。

（9）張世超，〈花東卜辭祭牲考〉，《南方文物》2007.2。

（10）魏慈德，〈花東甲骨卜辭的祭祀現象〉，《南方文物》2007.2。

（11）張玉金，〈殷商時代宜祭的研究〉，《殷都學刊》2007.2。

（12）李凱，〈試論作冊般銅黿與晚商射禮〉，《中原文物》2007.3。

（13）韓江蘇，〈作齒禮與西周冠禮比較〉，《原創文化論文集》（西安：2007）。

（14）張玉金，〈說甲骨金文中「尊宜」的意義〉，宋鎮豪、唐茂松主編，《紀念殷墟 YH127 甲骨坑南京室內發掘 70 周年論文集》（北京：文物出版社，2008）。

（15）張世超，〈花東卜辭中的「延祭」〉，《吉林師範大學學報（人文社會科學版）》第 6 期（2007）。又收於宋鎮豪、唐茂松主編，《紀念殷墟 YH127 甲骨坑南京室內發掘 70 周年論文集》（北京：文物出版社，2008）。

（16）劉源，〈讀殷墟花園東地甲骨卜辭札記二則〉，《東方考古》（北京：科學初版社，2008）第 4 集。

（17）韓江蘇，〈論殷墟花東 H3 卜辭中的自西祭〉，發表於中國社會科學院

考古研究所等主辦,「紀念世界文化遺產殷墟科學發掘 80 周年——考古與文化遺產論壇」(安陽：2008 年 10 月 29～31 日)。

(18) 常耀華,〈由祖道刻辭說到商代的出行禮俗〉《甲骨文與殷商史(新一輯)》,宋鎮豪主編,《甲骨文與殷商史(新一輯)》(北京：線裝書局,2008)。

(19) 楊州,〈從花園莊東地甲骨文看商代的玉禮〉,《中原文物》2009.3。

(20) 韓江蘇,〈從殷墟花東 H3 卜辭排譜看商代彈侯禮〉,《殷都學刊》2009.1。又收於李雪山等主編,《甲骨學 110 年：回顧與展望》(北京：中國社會科學出版社,2009)。

(21) 韓江蘇,〈從殷墟花東 H3 卜辭排譜看商代學射禮〉,《中國歷史文物》2009.6。

5. 社會生活與文化

(1) 李學勤,〈釋花園莊兩版卜雨腹甲〉,《夏商周年代學札記》(瀋陽：遼寧大學出版社,1999)。

(2) 劉一曼、曹定雲,〈殷墟花東 H3 卜辭中的馬——兼論商代馬匹的使用〉,《殷都學刊》2004.1。

(3) 宋鎮豪,〈從甲骨文考述商代的學校教育〉,王宇信、宋鎮豪、孟憲武主編,《2004 年安陽殷商文明國際學術研討會論文集》(北京,社會科學文獻出版社,2004)。

(4) 宋鎮豪,〈商代的疾患醫療與衛生保健〉,《歷史研究》2004.2。

(5) 末次信行,〈殷墟花園莊出土龜甲の貢納記事について〉,《郵政考古》第 36 號(2005)。

(6) 李凱,〈花園莊東地甲骨所見的商代教育〉,《考古與文物・古文字(三)》2005 年增刊。

(7) 武家璧,〈花園莊東地甲骨文中的冬至日出觀象紀錄〉,《古代文明研究通訊》第 25 期(2005)。

(8) 李宗焜,〈花東卜辭的病與死〉,發表於「從醫療看中國史」學術研討會(台北：中央研究院歷史語言研究所,2005 年 12 月 13～15 日)。

(9) 黃天樹,〈甲骨文中有關獵首風俗的記載〉,《中國文化研究》(北京：

北京語言大學出版社，2005）總 48 期。又收於黃天樹，《黃天樹古文字論集》（北京：學苑出版社，2006）。

（10）劉海琴，〈甲骨「伐」字資料反映「獵首」風俗商榷〉，《傳統中國研究集刊》（上海：上海人民出版社，2006）第 2 輯。

（11）宋鎮豪，〈甲骨文中的夢與占夢〉，《文物》2006.2。又收於江林昌等主編，《中國古代文明與研究與學術史——李學勤教授伉儷七十壽慶紀念文集》（保定：河北大學出版社，2006）。

（12）章秀霞，〈花東田獵卜辭的初步整理與研究〉，《殷都學刊》2007.1。

（13）韓江蘇，〈從殷墟花東 H3 卜辭排譜看商代樂舞〉，《中國史研究》2008.1。

（14）章秀霞，〈殷商後期的貢納、徵求與賞賜——以花東卜辭為例〉，《中州學刊》2008.5。

（15）宋鎮豪，〈殷墟甲骨文中的樂器與音樂歌舞〉，《古文字與古代史》（台北：中央研究院歷史語言研究所，2009）第 2 輯。

從以上書目中大致可以看出，花東卜辭的研究是以「字、詞考釋」與「歷史文化」兩大類為主，都有五十篇以上的論文。字、詞的考釋本為甲骨學最重要的研究內容，花東卜辭中除了新見字、詞值得研究之外，還有許多字、詞出現新的用法，可補證或修訂過去的說法，因此成為研究重點。至於歷史文化方面，「人物」、「祭祀與禮制」、「社會生活與文化」三類都有不少文章，一方面因為新資料的啟發，一方面因為關鍵人物占卜主體「子」與商王「丁」身分問題的爭議，而「子」與「丁」的身分問題尤其受到重視，至今未有定論。

另外，在甲、金文與商、周歷史文化的研究中，花東卜辭由於重要性頗高，也成為不可缺少的研究資料之一，如：嚴志斌，《商代青銅器銘文研究》（北京：中國社會科學院研究生院博士論文，劉一曼先生指導，2006）；劉海琴，《殷墟甲骨祭祀卜辭中「伐」之詞性考》（上海：華東師範大學博士論文，詹鄞鑫先生指導，2006）；楊州，《甲骨金文中所見「玉」資料的初步研究》（北京：首都師範大學博士論文，黃天樹先生指導，2007）；時兵，《上古漢語雙及物結構研究》（合肥：安徽大學出版社，2007）等。而在甲骨學的領域中，花東卜辭更是必須討論的內容，如：方稚松，《殷墟甲骨文五種記事刻辭研究》（北京：首都師

範大學博士論文，黃天樹先生指導，2007）；趙鵬，《殷墟甲骨文人名與斷代的初步研究》（北京：線裝書局，2007）等。相關論著甚多，茲不具引。

　　最後必須一提的是《花東》一書的價值，上引各家書評與介紹中都一致讚揚此書編纂品質極高，堪稱甲骨著錄之典範。除了考古、鑽鑿、龜種研究等資料齊全以外，拓片、摹本、照片、釋文的對照提供了研究者最大的便利，這也是使花東卜辭研究的質與量能夠快速成長的主因。在今日攝影技術與電腦影像處理技術充分結合的影響下，甲骨著錄中收錄照片已非難事，且照片的解析度及印刷的品質都大為提升。《花東》之後，陸續有《中國國家博物館藏文物研究叢書・甲骨卷》、《殷墟甲骨輯佚》、《北京大學珍藏甲骨文字》〔註21〕等書出版，也都有清晰的照片，顯示今日甲骨著錄的編纂水準已經邁入新的里程。

第二節　本文的研究動機與研究方法

一、本文的研究動機

　　本文將「人物研究」歸於「歷史文化」的研究主題之下，從上節整理的書目來看，在個別人物的研究中除了占卜主體「子」、商王「丁」與「婦好」、「中周」、「中周妾」之外，未見其他人物的專門研究。另有兩篇對祭祀對象的研究。除了上述人物之外，對其他人物有相關討論的，早期有《花東・前言》中的「H3卜辭時代」此一項目，內容為從人物的生死及同見於其他卜辭的人物看花東卜辭的時代。其後魏慈德的〈論同見於花東卜辭與王卜辭中的人物〉，黃天樹先生的〈簡論「花東子類」卜辭的時代〉都是延續《花東・前言》從人物論花東卜辭時代的討論。另外還有常耀華的碩士論文《子組卜辭人物研究・附錄》「花東H3、子組相同人物卜辭對照表」，其中也提到幾個個別人物，以及朱鳳瀚的〈讀安陽殷墟花園莊東地出土的非王卜辭〉提到「多臣」之類集合名稱的人物。

　　最早對花東卜辭中的人物作全面性綜合研究的是魏慈德，魏先生於 2006年 2 月出版了《殷墟花園莊東地甲骨卜辭研究》一書，該書第二章對花東卜

〔註21〕　朱鳳瀚、沈建華主編，《中國國家博物館藏文物研究叢書・甲骨卷》（上海：上海古籍出版社，2007）；段振美等編著，《殷墟甲骨輯佚》（北京：文物出版社，2008）；李鍾淑、葛英會，《北京大學珍藏甲骨文字》（上海：上海古籍出版社，2009）。

辭所見人物作了分類整理與研究，包含生人與死人，生人中也提到身分爲職官的集體人物（如「多臣」之類）。稍後於 2006 年 4 月，大陸學者趙鵬與韓江蘇分別完成了他們的博士論文《殷墟甲骨文中的人名及其對於斷代的意義》〔註22〕與《殷墟花東 H3 卜辭主人「子」研究》。趙鵬整理出花東卜辭中的男名與女名，由於該文主題在探討人名對卜辭斷代的意義，所需要的是能確指某個人物的人名，因此身分名稱、職官名稱、集體名稱與一般的祭祀對象不在討論之列。〔註23〕韓江蘇的研究重點是從花東卜辭中的生人、死人與占卜主體「子」的關係中，論述「子」的身分與地位，由於這些人物本身也是主要的研究對象，因此韓江蘇對花東卜辭所見人物有更深入的討論。另外，同年 9 月，林澐於中央研究院歷史語言研究所舉辦的「第一屆古文字與古代史學術研討會」中發表了〈花東子卜辭所見人物研究〉一文，該文只討論生人，並對花東卜辭中的人物作了精要的分類，以人物之親疏、身分與社會階層區分爲「親屬」、「僚屬」、「私臣」、「邑人」、「奴隸」，還有這些人物之外的「其他人等」。相對於之前的研究，林先生的架構具有家族形態研究的特色，可以窺見子家族內部的社會階層與相互間的關係。

　　上述四家的研究範圍基本上涵蓋所有花東卜辭中的人物，不過由於各自對卜辭的理解不同，對某些字是否爲人名及人物生死的認定也有所歧異。又學者對花東卜辭所見人物的詮釋角度各有不同，導致對人物身分的理解也有很大的差異，其中同見於花東卜辭與其他卜辭的人物最能說明此種狀況，以下簡述之。

　　魏慈德在〈論同見於花東卜辭與王卜辭中的人物〉一文中提到幾個同見人物，此文主要是由同見人物論花東卜辭的時代，這些人物在《殷墟花園莊東地甲骨卜辭研究》一書中有進一步的分類與討論。書中除了祭祀對象與子、丁、婦好之外，將其他生人分爲「諸子」、「諸方國大臣」、「子的家臣」、「貞人」、「記事刻辭中的人物」。其中人物「🝔」魏先生原認爲即「子」，後修改爲可能是子

〔註22〕由線裝書局出版後更名爲《殷墟甲骨文人名與斷代的初步研究》。

〔註23〕參《殷墟甲骨文人名與斷代的初步研究》，頁 294、295。趙鵬所整理出的人名中第 66 號「畣」見於《花東》290「壬辰卜：子祼畣」，爲祭祀對象。關於甲骨文中的「畣」，可參蔡師哲茂的〈武丁王位繼承之謎——從殷卜辭的特殊現象來做探討〉，「中央研究院歷史語言研究所講論會」演講稿，2008 年 9 月 15 日。

或隨侍在子身旁地位很高的人物，若是後者，則「⊠」可能與「⊀」是同一人。又如「韋」、「㠯」、「賈壴」、「崖」則歸於「子的家臣」，「賈壴」又見於「記事刻辭中的人物」一類。「子的家臣」一類的歸類標準包括子是否曾對之「呼」或表示關心，以及是否有職官身分，可知魏先生基本上是將符合此標準的同見人物歸於「子的家臣」。在林澐的架構中，同見人物如所舉：「子㚔」、「子利」、「子臂」、「子戠」、「子興」，由於和子關係密切，歸於「家族中的親屬成員」。又如：「發」、「崖」、「大」、「㠯」，由於子常命他們辦事，而歸於子的「僚屬」。韓江蘇對同見人物的看法異於魏、林二家，認為不少同見人物的身分是商王的臣屬，由於子也能命令、管理這些人物，故子是武丁太子。簡而言之，對同見人物的理解，魏、林二文傾向解釋為子的僚屬，韓文傾向於解釋為武丁的僚屬。

至於趙鵬的研究是透過相同的人名與事類，探討不同組別的卜辭可能屬於同一時期（同時也能說明同名者為同一人物）。雖然同見人物為研究重點，但趙文處理的是斷代問題，討論的是同見人物對斷代的意義，因此人物的身分問題基本上不在討論範圍中。

以上為花東卜辭人物研究的概況，本文想要整理與研究的就是花東卜辭所見人物的活動與身分問題。首先，筆者認為這些同見人物的身分尚有詮釋的空間，他們究竟是子的僚屬，還是同時臣屬於商王與子的異族人物，又或是商王的僚屬，仍有待考證。此即筆者以花東卜辭所見人物為研究對象的主要研究動機與切入點。其次，筆者也以林澐的架構理解花東子家族的家族形態，整理所有花東卜辭所見人物，希望建構出花東子家族內部結構與對外關係。而這些人物與子、商王或其他占卜主體的關係，也是理解花東子家族在商王朝中的地位的關鍵。另外，在韓江蘇的研究中，對花東卜辭所見人物的資料已有詳細的整理與詮釋，但筆者對某些個別人物的判定與相關卜辭的詮釋仍有不同的意見，因此也將透過對某些人物的再研究，重新詮釋相關人物之間的關係，並討論子的身分與地位。最後，筆者也希望透過人物與相關事類的研究，對花東卜辭的時代問題作一些補充。

基於以上想法，本文以花東卜辭所見生人為研究對象，以林澐的架構為基礎，對相關卜辭作整理與詮釋，並討論子的身分、地位與子家族在商王朝中的角色與地位。在研究觀點與方法上，過去對人物與人名的相關研究都是本文應

該參考的,其中關於非王卜辭人物的研究是最重要的參考資料。以下簡述與本文有關的研究觀點與研究方法。

二、甲骨文人物研究方法概述

(一)人物研究的兩個重點

「人物的認定」與「人物資料的運用與詮釋」是人物研究的兩個重點,透過學者對甲骨文人物研究長期累積的成果,可以歸納出認定人物的基本方法,以及詮釋甲骨文人物資料的主要觀點。由於本文以「生人」爲研究對象,關於「死人」的相關研究從略。以下簡述之。

1. 人物的認定問題

在過去的研究中,人物的認定方法並沒有特別被提出來討論,也沒有產生出廣爲接受的認定標準,因此常發生人物認定不同的狀況,常耀華在整理子組卜辭人物時就曾注意到這個問題,而曰:

> 要想避免主觀性、隨意性,即須確立明確的判定標準。尋求明確的標準很難,然可能性並非不存在。各家指認的人物「多同」即表明大家有所遵循,只是沒有將其歸納,使之明確化而已。「少異」也表明,即便有標準,不可能放之四海而皆準,因此,在判定具體人物時,還應綜合考慮各種因素。

爲了避免自己的研究中的主觀性,我們試將人物判定標準加以歸納:

> 1. 從稱謂來判定。如,陽甲、伊尹、大甲,這些名字見諸於文獻,不會有疑問。王、小王、多亞,一般認作人名。然而,仔細來想,這些與其說是人名,毋寧說是封號和職官名。……把它理解爲人名似無大礙,……。
>
> 2. 從語法角度來判定。此標準包括含兩方面:(1)看詞性。人名一般應該是名詞。……(2)從所充當的句子成分來考慮。人名常常出現在主語或賓語位置上。……。
>
> 　眾所周知,省略是卜辭常見現象,甲骨文的語法成分常常是丟東落西,要想用語法標準衡量所有句子是不現實的,因此,必須尋找另外的途徑。

3. 在卜辭中找內證。如本組卜辭中有「尻人歸」之語，「尻人」的
「尻」是人名、地名、抑或方國名、族氏名，一時難以判定，但
是，本組卜辭中有祭祀「尻司（后）」之辭，花東 H3 子卜辭中又
有子尻其人，有此內證，尻具有人名性質庶幾可以確定了。……。

4. 在卜辭外找外證。即從時代相近的金文、簡牘、文獻中尋找旁
證。……。

上述標準，意在爲自己尋找一個比較客觀的尺度，然不敢自專，在
具體應用時力圖會通考慮，究竟是不是人名，關鍵要放諸卜辭中去
檢驗。〔註24〕

常先生的歸納面面俱到，既有具體的標準，也照顧到應用上應有的彈性，且兼
涉個別人物與集體人物，非常值得參考，趙鵬也將後三點運用在人名的判定上，
並補充了許多實際運用之例。〔註25〕其中第四點也是學者常用的方法，某疑似
人名的字如能從其他資料確定有作族氏名者，則該字就有作人名以指稱某特定
人物的可能性，反之亦然。〔註26〕而不論從卜辭找內證，還是從其他資料找外
證，基本上都是「人」、「地」、「族（國）」同名概念的運用。〔註27〕另外「邑人」、
「眾人」、「奴隸」、「人牲」之類，基本上也可從上述方法認定爲指涉某類人物

〔註24〕《子組卜辭人物研究》，收於《殷墟甲骨非王卜辭研究》，頁 19～20。

〔註25〕《殷墟甲骨文人名與斷代的初步研究》，頁 48。

〔註26〕可參朱鳳瀚《商周家族形態研究（增訂本）》第一章第一節，與陳絜的《商周姓氏
制度研究》（北京：商務印書館，2007）第二章第一節。嚴志斌的《商代青銅器銘
文研究》也充分運用卜辭與金文資料研究殷商族氏。

〔註27〕張秉權在〈卜辭甾正化說〉，《中央研究院歷史語言研究所集刊》29（1958）中已有
「人地同名」的概念。張政烺，〈古代中國的十進制氏族組織〉，《張政烺文史論集》
（北京：中華書局，2004），裘錫圭，〈釋秘〉，《古文字論集》（北京：中華書局，
1992），饒宗頤，《殷代貞卜人物通考》（香港：香港大學出版社，1959），張秉權，
〈甲骨文人地同名考〉，《慶祝李濟先生七十歲論文集》（台北：清華學報社，1967）
等文章中都有同樣的觀點，陳絜也對此問題有所補充，見《商周姓氏制度研究》，
頁 73～76。關於常先生所舉第三點的例子，也可作不同解釋，卜辭中「尻」也有
作地名用的例子，「尻人」也可能指「尻」地之「邑人」。關於「邑人」的討論可
參本文第四章第一節「邑人」處，關於「尻」的討論詳見本文第三章第一節「子
尻」處。

之名詞，至於確切義涵則須進一步討論。

2. 人物資料的運用與詮釋問題

趙鵬對「人名」研究的意義有一段說明，基本上也可用來說明「人物」資料的運用與詮釋，因為人名代表當時確曾存在的特定人物，他指出：

> 殷墟甲骨文中的人名所指稱的是生活在當時社會中的一個活生生的人。通過對人名的逐一梳理，可以瞭解這些人在當時的身份、社會地位及其所從事的主要社會活動。從而進一步瞭解當時社會的生活狀況及階級狀況，可以為我們打開當時社會生活歷史畫卷的一部分。
>
> 殷墟甲骨文人名方面的研究，可以為全部殷墟甲骨文的斷代提供參照標準。對各組類甲骨文中的人名進行梳理，可以判斷各組類甲骨文在時間上的銜接、交錯及先後順序，可以為某一組類卜辭時代的確定提供參照。〔註28〕

可知有明確人名而確指為某特定人物者，可運用於斷代研究；而對人物資料進一步詮釋，則是建構歷史的工作。

關於資料的運用，在甲骨學研究中「人物」一直是卜辭斷代的依據之一，對於用人名進行斷代，趙鵬已有詳細的研究史論述，本文僅以貞人以外的「一般人物」在斷代研究中的重要性為脈絡略述梗概，並作一點補充。

在初期的甲骨斷代研究中，貞人是最重要的斷代標準，而貞人以外的「一般人物」在斷代研究的初期重要性較低，基本上是輔助性的標準。董作賓曾指出：

> 殷墟卜辭所包含的時期，如能詳密的分劃，不但方國的關係每代不同，就是各時期的人物如史官，諸侯，臣僚，也都有所隸屬。這同分期研究是互為因果的，能分時期，則各代的人物，自然成為一個團體；反之由人物的相互關係，也可以證明他們時代。〔註29〕

這段話指出理論上可將「人物」當作斷代標準，但實際上「人物」也是依據斷代結果整理出的「史料」，這樣的觀念也見於陳夢家的斷代研究中，他將斷代的

〔註28〕《殷墟甲骨文人名與斷代的初步研究》，頁1～2。

〔註29〕董作賓，《甲骨文斷代研究例》（台北：中央研究院歷史語言研究所，1965），頁59。

標準分爲三個層次，世系、稱謂、貞人屬第一標準，是斷代的主要依據，第二標準是依據第一標準得出不同時代的字體、詞彙、文例，曰：「利用上述兩標準，可將所有的甲骨刻辭按其內容分別爲不同事類而加以研究。」〔註30〕雖然「人物」與「事類」是不同的概念，不過人物也包含在事類中，王宇信也說「我們用『第一標準』確定了一些甲骨的時代，因而也就能夠確定不同時代的一批自己的『當代』人物」。〔註31〕王先生以婦好的死亡與伐土方、舌方爲基準，整理婦好曾參與、未參與的戰爭及相關人物，將武丁時期分爲前葉與後葉。〔註32〕林小安從同版中的人、事入手，也強調伐舌方事件的意義，進一步區分出前後期三組人物，將武丁卜辭分爲「雀組」武丁早期卜辭、「婦好組」武丁中期卜辭、「𠂤組」武丁晚期卜辭，並整理出各期的戰爭。〔註33〕

其實，早期說法已點出「方國」、「人物」、「事類」之類「標準」的「被研究」性質，也就是說此類內容只是輔助斷代的資料，或被研究的對象，在斷代理論尚未建構完整之前，嚴格來說「人物」並不能做爲斷代的「標準」。理想的狀況是，在可信的卜辭分類與斷代的前提下，透過對卜辭內容的研究，或許可以找出較客觀的歷史作標，更細微的區分出一段時期內人物與事件的先後關係。

「一般人物」對斷代研究的重要性在歷組卜辭時代的討論中才得到彰顯，同見於歷組卜辭與其他卜辭中的人物成爲斷代的重要依據之一，此一問題《甲骨學殷商史研究》一書有精簡的說明，茲引述如下：

> 歷組卜辭中的人物亦見於賓組、出組卜辭，這是討論雙方都承認的事實，但他們對此種現象的解釋是不同的。持早期說的學者認爲這是歷組、賓組、出組卜辭時代相同所致，裘錫圭就將同見人名增至 50 人，李學勤、彭裕商也制有一張詳細的《各類早期卜辭人物比較》表。持

〔註30〕 陳夢家，《殷墟卜辭綜述》（北京：中華書局，2004），頁 137～138。

〔註31〕 王宇信，《甲骨文通論》（北京：中國社會科學出版社，1999），頁 174。

〔註32〕 王宇信，〈武丁期戰爭卜辭分期的嘗試〉，《甲骨文與殷商史》（上海：上海古籍出版社，1991）第 3 輯。文末標明 1978 年 5 月初搞，1982 年 9 月修改。

〔註33〕 相關說法見林小安，〈殷武丁臣屬征伐與行祭考〉，《甲骨文與殷商史》（上海：上海古籍出版社，1986）第 2 輯；〈武丁晚期卜辭考證〉，《中原文物》1990.3；〈武丁早期卜辭考證〉，《文史》（北京：中華書局，1992）第 36 輯。

晚期説的學者則以「異代同名」的思路來看待這一現象。〔註34〕

若單就人名本身而論，確有異代同名的現象存在，〔註35〕不過正因如此，才要進一步考察事類及相關卜辭，以確認同名者是否爲同一人。裘錫圭這段話足以說明歷組與賓、出二組的同名現象應視爲同一人才合理：

> 歷組卜辭中所見的與賓組出組卜辭相同的人名，數量遠遠超過其他各個時期或其他各組卜辭；而且歷組卜辭中所見的這些人的情況，也與賓組出組卜辭中的同名者非常相似。……甚至賓組出組卜辭和歷組卜辭裏所見的、與這些同名者有關的事項；也往往是相類或相同的。……我們不能相信相隔幾朝的武丁、祖庚時期和武乙、文丁時期，在人事上竟會存在這麼多如此相似的現象；不能相信商王朝各個重要的族在這樣長的時間裏，竟能全都始終保持他們的地位而沒有任何比較顯著的變化。〔註36〕

李學勤與彭裕商也指出：

> 𠂤組小字二類、𠂤賓間組乃至賓組一類提到的人物少見或不見於賓組二類及出組，而後者的許多人物……也未出現於前者，這說明所謂「異代同名」只是個別現象，並非普遍存在。〔註37〕

林宏明也認爲這種現象不容易用「異代同名」解釋，而曰：

> 如果殷人同名的現象真如部分學者所説的那麼普遍，那麼按理同代的同名現象應該會比異代更爲普遍。可是主張異代同名的學者卻沒有人懷疑大量出現在武丁卜辭中的人名，是不同人的可能性。〔註38〕

不只歷組卜辭的時代問題，在根據字體劃分的不同組類中，見於不同組類的相同人物與事件，也進一步被運用在確認各組類間是否有時代重疊，相關討論可參李學勤、彭裕商的《殷墟甲骨分期研究》與黃天樹先生的《殷墟王卜辭的分

〔註34〕宋鎮豪、劉源，《甲骨學殷商史研究》（福建：福建人民出版社，2006），頁197。

〔註35〕陳絜有相關整理，見《商周姓氏制度研究》，頁72。

〔註36〕裘錫圭，〈論歷組卜辭的時代〉，《古文字論集》，頁290～291。

〔註37〕李學勤、彭裕商，《殷墟甲骨分期研究》（上海：上海古籍出版社，1996），頁125。

〔註38〕林宏明，《小屯南地甲骨研究》（台北：政治大學博士論文，蔡哲茂先生指導，2003），頁301。

類與斷代》，〔註39〕而趙鵬的《殷墟甲骨文人名與斷代的初步研究》便是此類研究集大成之作。在花東卜辭時代的討論中，人物的比對也是重要的標準之一，此問題於本章第四節詳論。

再談到人物資料詮釋的問題。卜辭本身負載了很多訊息，既是研究殷商史的第一手史料，也是研究殷商語言文字的基礎資料，而甲骨文的人物與相關卜辭則是建構殷商歷史的重要史料之一。個別人物與集合人物都是商代史研究中常見的題目，相關論文甚多，於甲骨文與殷商史書目檢索之參考書籍或電子資料庫中都很常見，茲不贅引。最近較有代表性的文章為李宗焜的〈卜辭中的「望乘」——兼釋「比」的辭義〉、〈泚戛的軍事活動與敵友關係〉二文，〔註40〕大陸學者韓江蘇的碩士論文《甲骨文中的泚戛》也是以個別人物為主題的研究。〔註41〕而對花東卜辭的丁、子、婦好等人的研究也屬於此類。

個別人物的研究基本上是類聚資料後建構個人相關歷史，大多先分類、釋讀卜辭與其他相關資料，再討論該人物的各種活動、人物關係、所處時代及其身分、地位等問題。至於集合人物，即「多臣」、「多尹」、「眾人」、「𦥑」、「伐」……之類，包括「職官」、「平民」以及各種「奴隸」、「人牲」。此類研究涉及的問題層級較高，一方面是某類集合人物身分、地位的研究，一方面透過集合人物的身分、地位可進一步詮釋整個社會制度與社會形態。

（二）非王卜辭人物研究的重要問題

在人物研究的主題中，非王卜辭中的人物是一批特殊的材料，包含只見於非王卜辭的人物與同見於王卜辭或其他卜辭的人物，都是用來探討非王家族形態的重要資料。前者基本上可用上述方法討論，不成問題；後者則由於非王卜辭與王卜辭代表不同的政治單位，人物的歸屬問題較難解決。要進一步分析「同見人物」的身分、地位，除了基本的人物認定與資料整理之外，最重要的方法是從此人「從事的活動」與「人物關係」入手，釐清他們與占卜主體、其他人物之間的互動關係，以確認他們的身分。其中「人物關係」尤為重要。

〔註39〕黃天樹，《殷墟王卜辭的分類與斷代》（北京：科學出版社，2007）。

〔註40〕分別收於《古文字與古代史》第 1、2 輯，前者 2007 年出版，後者 2009 年出版。

〔註41〕韓江蘇，《甲骨文中的泚　》，（北京：中國社會科學院研究生院碩士論文，楊升南先生指導，2001）。

有些人物可以從人名格式直接認定人物關係，如「丁臣」(《花東》75)、「子臣」(《花東》215、290)之類，以及一些職官、平民、奴隸、人牲之類有集體名稱的人物，〔註42〕但更多的人物是只有族氏名或私名的人物，必須透過卜辭內容間接推定人物關係。而人物關係基本包含「臣屬關係」與「親屬關係」，此二者是討論人物關係的關鍵。

綜上所述，「同見人物」之歸屬問題是非王卜辭人物研究的重點，而「臣屬關係」與「親屬關係」是解決「同見人物」之歸屬問題的關鍵。以下先從臣屬關係的判別方法談起。

1. 界定甲骨文所見人物臣屬關係的主要方法

關於臣屬關係的討論，林澐的〈甲骨文中的商代方國聯盟〉與楊升南的〈卜辭中所見的諸侯對商王室的臣屬關係〉二文提出了代表性的原則。雖然二位先生對商代國家形態的看法不同，但其判斷相關人物與商王之間臣屬關係的方法並無本質上的差異。此方法也可以運用在對非王卜辭人物的討論上。

林先生認爲甲骨文所反映的商代「國家形態」〔註43〕是「方國聯盟」，指出甲骨文中「商王或其屬下比某伐某」的「比」字表示「比親」之義，被比者與商王地位雖然對等，卻可從卜辭中得知商王「聯盟盟主」的地位，如：一、商王對盟國的首領使用「呼」、「令」；二、商王可向盟國徵取貢物，具體表現在「取某」、「某以」、「某來」之類的卜問，商王對「盟國」則用「商（賞）」；三、商王可到「盟國」領地狩獵；四、商王對「盟國」有仲裁和懲罰的權力。〔註44〕林先生對「比」字的詮釋並未獲得學界共識，〔註45〕但所指出判別「聯盟共主」

〔註42〕集體名稱的人物由於出現在非王卜辭中，多半直接被視爲屬於非王家族，其中也有少數不屬於非王家族者，如《花東》401被「丁」命令返回的「多臣」。

〔註43〕商王朝國家形態的內容包含兩方面：一是地理上的統治架構，即不同政治單位間的政治地理關係；一是政治上的統治方式，即不同階級身分的官僚統屬關係。宋鎮豪、劉源的《甲骨學與殷商史》第七章「商代後期的國家與社會」對相關研究有詳細的敘述與討論，可參。

〔註44〕方國聯盟說爲于省吾提出，林澐加以闡述，詳見〈甲骨文中的商代方國聯盟〉，《林澐學術文集》（北京：中國大百科全書出版社，1998）。

〔註45〕如楊升南便釋之爲「輔助」，卜辭顯示被「比」者也有被商王「令」的例子，「比」者則都是商王或被商王令的臣下，可見商王仍是軍事行動的主導者，「比」並無表示「對等」之義，見〈卜辭中所見的諸侯對商王室的臣屬關係〉，《甲骨文與殷商史》（上海：

地位的標準，正是判別商王地位高於這些國族首領的標準，換句話說，由此可知這些人臣服於商王。〔註 46〕楊先生對國家型態的詮釋不同於林說，認為商代國家形態是君主專制的封建制度，所謂的「聯盟方國」應為「諸侯」，其對商王與「諸侯」關係的描寫，基本上也用了與林先生類似的資料，而有所補充。他指出「諸侯是商王的臣，其地位和王室的官吏相當的事實，在卜辭中商王對諸侯經常使用的幾個詞上也得到反映」，所舉的就是「呼」、「令」、「取」等詞。又將商王對「諸侯」的權利概括為商王可在「諸侯國」進行生產活動、打獵、巡遊、舉行占卜、祭祀活動，可將「諸侯國」作為對外進行軍事行動的起點。也歸納了「諸侯」對商王的義務，包括軍事上戍邊、報告敵情、受命征伐或輔助爭伐，與經濟上對商王納貢，如「氏（致）」（按：即「呂（以）」）、「収（供）」、「入」、「來」等卜辭所示，以及替王室耕種。〔註 47〕

　　二位先生所指出的方法中，最客觀的是從「呼」、「令」這類使役動詞以及「取」、「以」、「來」這類與納貢有關的動詞，確定句中主語、賓語的施事、受事關係，以知人物的臣屬關係。正如楊先生所說：

> 語言本身是沒有階級性的，但由于使用者所處的社會地位不同，階級不同，致使一些用詞成為一種身份的人對另一種人的專用詞。我們在上面分析的令、呼、取就是這種上對下，尊者對卑者的專門用詞。卜辭中沒有對王用「令」，「呼」，「取」的例子，而都是王或依據商王旨意的王臣所發，這反映出諸侯的地位是在商王之下。〔註 48〕

上海古籍出版社，1983），頁 150～153。最近楊先生將該文修改再出版，卻刪除舊說，改從楊樹達釋「比」為「从」之說，見《甲骨文商史叢考》（北京：線裝書局，2007），頁 35～36。又李宗焜對「比」字釋為「輔助」的看法有進一步申論，指出從與「眔」、「以」、「啓」有關的卜辭來看，更能看出「比」的「輔助」之義，而被「比」者是軍事或其他行動的主力，見〈卜辭中的「望乘」──兼釋「比」的辭意〉，《古文字與古代史》第 1 輯。最近劉源也有新說，認為「『某比某』有二人會同、協力的意思，……比字前後二人身分並不固定，……商王或王臣所比者，主要還是商王國外服諸侯和商人強族的首領，……他們一般不是商王國敵對方國的首領（方伯）」，見〈殷墟「比某」卜辭卜說〉，《古文字研究》第 27 輯（2008）。可見「比」字字義至今仍有爭議。

〔註 46〕此點劉源已指出，見〈殷墟「比某」卜辭卜說〉，《古文字研究》第 27 輯，頁 111。

〔註 47〕詳見〈卜辭中所見的諸侯對商王室的臣屬關係〉，《甲骨文商史叢考》，頁 22～39。

〔註 48〕〈卜辭中所見的諸侯對商王室的臣屬關係〉，《甲骨文商史叢考》，頁 26。

　　歸納以上說法，臣屬關係的認定基本上要看人物間有沒有臣屬的行爲，包括上對下的權力與下對上的義務。其中從詞語上判斷是較爲客觀的方法，如「呼」、「令」之類動詞表達上對下的權力，「取」、「以」、「來」之類動詞則表示雙方的貢納關係。後者的例子在記事刻辭中較爲豐富。臣屬關係確定之後，則對同時臣屬於商王及其他非王族長的人物可進一步討論歸屬問題。此外，個別或集體的職官人物（包括貞人）本身便是臣屬的身分，在王卜辭中自然是商王的臣屬。若出現在非王卜辭中，則可進一步討論是否爲該家族私屬。此類歸屬問題只能從卜辭內容推定。

2. 判斷與推定甲骨文所見人物親屬關係的方法

　　親屬關係包括血親與姻親，基本上可以從人名格式判斷，包括子、女、妻、妾、婦之類。趙鵬已有詳係的整理，茲不贅述。〔註49〕卜辭中還有「友」、「司」的稱呼，有學者認爲也是表示某種血緣關係的稱謂，涉及問題複雜，本文於第四章第三節「人名格式『某友某』與『某友』」、第六章第二節「⿺𠃊又」處有相關討論，此亦從略。

　　在殷商史的研究中，還有一種間接推定人物之間親屬關係的方法，即用文獻中的「民不祀非族」爲標準，將祭祀同一先祖者視爲有血緣關係。于省吾曾認爲商代社會是部落聯盟的形式，並認爲區分商王部落與外部落是否有血緣關係的條件中，第一項就是看是否具有祭祀商王先祖或父兄的權力，而曰：

> 商王對於本部族內部的臣僚或氏族族長如子𡧛，子𨺵，吳，雀等人，常常使之祭祀先祖或父兄。因爲他們有著血緣關係。但對於沒有血緣關係的三強（引者按：指沚𢧜、望乘、⿱冃韋侯虎）或其它的酋長則無司祭之舉。這就很清楚的可以判定哪一個是本族，哪一個是外族。
> 〔註50〕

林小安也認爲：

> 《左傳》襄公十二年曰：「凡諸侯之喪，異姓臨於外，同姓於宗廟」，此必先朝典禮之遺俗。奔喪，異姓不得入於宗廟之內。報祭祖先，

〔註49〕詳見《殷墟甲骨文人名與斷代的初步研究》第二章「殷墟甲骨文中人名的結構」。

〔註50〕于省吾，〈從甲骨文看商代社會性質〉，《東北人民大學人文科學學報》第 2、3 期合刊（1957），頁 123。

異姓當亦不得主其事。所謂「鬼神非其族類，不歆其祀」者也。因此之故，我們可以根據其是否參加祭禮殷之先公、先王，而辨別其與殷族是否同姓同族。〔註51〕

朱鳳瀚討論商代家族型態時，發揮此原則，舉《左傳‧僖公十年》狐突所說「神不歆非類，民不祀非族」，《左傳‧僖公三十一年》寧武子說的「鬼神非其族類，不歆其祀」，《論語‧為政》「非其鬼而祭之，諂也」，《禮記‧曲禮》「非其所祭而祭之，名曰淫祀，淫祀無福」等，認為「先秦時代祭祀必由同族」。除了將卜辭中「參與王室祭祀之事」的人物視為與商王同姓的人物，還進一步將「王曾為之向自己的祖先舉行攘災求佑之祭」的人物以此原則衡量。〔註52〕

然而，商代祀典是否有「民不祀非族」此一原則，仍有待商榷。張永山指出非商族的伊尹受到商族大量祭祀，就是最明顯的反例，在《合》32103 中「伊尹」甚至與開國先王「大乙」並列，張先生也舉出不少文獻中周人違反「民不祀非族」原則的例子。〔註53〕另外，葛志毅也檢討相關的先秦文獻指出：

> 族類或族姓上的區別，似不是古人制定祀典時的絕對原則，而是以是否有功澤遺利於民人後嗣為制定祀典的重要原則。……把「族類」作為祭祀對象的限定範圍，主要被歸定在卿大夫以下，……天子諸侯的祭祀特權已超出族姓祖先的範圍並及於對天地山川等高級自然神的祭祀。同時，此特權又因天子諸侯二者間等級地位之異而有別，……所以，把「神不歆非類，民不祀非族」的族類原則作為有關祭祀的一個重要限定概念時，一定要注意到它所涉及的有關意義和適用界域，不能孤立抽象的套用它。〔註54〕

〔註51〕 〈殷武丁臣屬征伐與行祭考〉，《甲骨文與殷商史》第 2 輯，頁 296～297。

〔註52〕 《商周家族型態研究（增訂本）》，頁 29～30。並在第一章第三節「『多子』以外的商人貴族與其族屬」中討論相關人物。

〔註53〕 〈從卜辭中的伊尹看「民不祀非族」〉，《古文字研究》第 22 輯（2000）。又在〈周原卜辭中殷王廟號與「民不祀非族」辨析〉一文中有進一步討論，此文收於中國文物學會、中國殷商學會、中山大學編，《商承祚教授百年誕辰紀念文集》（北京：文物出版社，2003）。

〔註54〕 葛志毅，〈周原甲骨與古代祭禮考辨〉，《先秦兩漢的制度與文化》（哈爾濱：黑龍江較育出版社，1998），頁 83～88。限於篇幅，其論證本文只能從略。

可見此一原則在周代亦非絕對，在商代是否存在也有待商確。

這裏再稍爲說明一下關於「伊尹」的問題。甲骨文中的伊尹是受到隆重祭祀的對象，正如上文提到可與大乙並列，由此可知其地位之高。對於甲骨文的現象，趙誠如此詮釋：「由這一事實可以認爲，伊尹似是大乙的弟兄輩」，又曰：

> 我國進入父系社會後，父親方面的血緣關係雖然被放在首位，但母
> 親方面的血緣關係也一直受到重視。所以，能夠在先王去世之後主
> 持立其子、孫爲王者大多是有血緣關係的長者，或是先王之弟兄，
> 或是母后之弟兄，伊尹似也不能例外。如果從卜辭的內容來看，似
> 乎更像是成湯的弟弟。〔註55〕

事實上，從文獻與甲骨文的資料看來，伊尹更可能是趙先生所謂的「母后之弟兄」，即「舅」的身分。根據先秦文獻的記載，伊尹的出身基本上有「媵臣」、「庖人」、「處士」三類，近人又從「媵臣」、「庖人」之說發展出諸多說法，蔡師哲茂曾對相關說法有詳細的辨證，可參。而張政烺便曾認爲伊尹是與殷聯姻的有莘氏子弟，可能仍保有「舅權」的尊嚴，才有廢立太甲這樣大的權力。蔡師哲茂更進一步指出卜辭中的「龜示」其「龜」字可讀爲「舅」，「龜示」指伊尹，可知伊尹的身分就是「舅」，又第一期常見的「求示」也可讀「舅示」，亦指伊尹。或許「媵臣」的傳說就是因爲伊尹「舅」的身分而來。〔註56〕因此，若伊尹的身分爲舅，則更可說明其以非子族之人受祭於子族的狀況，則卜辭中的祀典應無「民不祀非族」的限制。

3. 非王卜辭人物關係的討論

在花東卜辭未出土前，對非王卜辭所見人物的分類基本上包括家族內部與外部人物。內部成員又可分爲親屬與非親屬成員，從身分來看，包括職官、僚屬與奴隸、人牲之類；外部人物包含各類地位不低於於非王家族族長者。相關研究可參林澐的〈從子卜辭試論商代家族形態〉、彭裕商的〈非王卜辭研究〉、常耀華的《子組卜辭人物研究》。另外，黃天樹先生的《黃天樹古文字論集》中

〔註55〕　〈羌甲探索〉，《揖芬集——張政烺先生九十華誕紀念文集》，頁168～169。

〔註56〕　詳見蔡哲茂，〈殷卜辭「伊尹𩴦示」考——兼論它示〉，《中央研究院歷史語言研究所集刊》58.4（1987）；〈伊尹傳說的研究〉，李亦園、王秋桂主編，《中國神話與傳說學術研討會論文集》（台北：漢學研究中心，1996）。

有一系列關於非王卜辭的研究，也有相關討論。如前所述，在非王卜辭人物的研究中，「同見於非王卜辭與其他卜辭的人物」是比較值得注意的問題。

（1）關於同見人物的討論

以上判斷「臣屬關係」與「親屬關係」的方法也被運用在非王卜辭的研究中。由於非王卜辭與王卜辭代表不同的政治單位，其中同見於非王卜辭與其他卜辭的人物，其身分必須進一步分析。此類人物究竟私屬於子家族，還是歸屬於商王或其他家族，又或是服屬於商王朝的異族，不易辨別。此類問題很早就有相關的討論，討論的對象是同見人物中同時與非王家族族長及商王有臣屬關係的人物。

林澐的〈從子卜辭試論商代家族形態〉一文對於商代家族形態的研究有啓發性的意義，文中提到一批受到族長呼、令的人物：

> 從三種子卜辭可以看出，它們的占卜主體——「子」，都有呼令他人的權力，例如：……根據現有材料，還不能斷定像豚、陕、羕等是族長的子弟，抑爲該族的「附庸」；是管事的僚屬，抑爲奴隸中的首領。但是可以看出，在家族中，有有權呼令他人的首腦，有受遣使的人物。〔註57〕

此段文字主要在說明族長的權力，但此類被呼、令的人物引起彭裕商的注意，並試圖對此類人物的身分提出解釋。在〈非王卜辭研究〉一文中，彭先生整理出各組非王卜辭中被族長呼、令的人物，並以陕、帚、曾、戉、光、🐱、方、執〔按：即𤔲（擇）〕、邑等人爲例，指出：

> 這些人員則既見於各種非王卜辭又見於王室卜辭，他們既聽命於各家族首領又聽命於商王，並且商王還關心他們的年成好壞，這說明他們不僅與各家族首領有上下關係，而且還和商王有直接的上下關係；其次，這些人員雖聽命於各多子族首領，但各組卜辭卻並不卜問其凶吉休咎及爲其舉行「禦」祭，並且其中有的人員，如「陕」是既見於此組又見於彼組卜辭的，這些情況都說明了他們不是各家族的內部成員，而祇應是各族首領的僚屬或一般的地位較多子族爲低的異姓家族。〔註58〕

〔註57〕〈從子卜辭試論商代家族形態〉，《林澐學術文集》，頁53～54。

〔註58〕〈非王卜辭研究〉，《古文字研究》第13輯，頁72～73。

此說提出兩個觀點：其一是注意到其中有些人物「既聽命於各家族首領又聽命於商王」，他們與各族長及商王都有直接的上下關係；〔註59〕其二是從是否「卜問其凶吉休咎及爲其舉行『禦』祭」認定他們是否爲「家族內部成員」，〔註60〕若不是，則爲各家族的「僚屬」或地位低於多子族的「異姓家族」。基本上彭先生討論所謂「家族內部成員」時運用了「民不祀非族」的原則，他認爲家族內部成員分爲兩部分：一是「有血緣關係或婚姻關係的族長、『子某』、『婦某子』和『婦某』」，此類人物中也包括如「午組卜辭」中的「量」、「家」、「新」、「嶔」（嶔可能與家爲同一人）之類人物，由於族長也爲之行禦祭，也可能是家族內部親屬成員；一是「隸屬於家族的眾多臣僕」，如卜辭中的「多臣」、「臣」，即文獻中所謂「私屬」、「私人」之類。〔註61〕

　　彭先生提出的觀點極富啓發性，就研究方法而言，是先從呼、令卜辭確認臣屬關係，再討論這類人物在商代家族制度與政治體制中的定位，即先釋讀卜辭內容，再進行歷史詮釋，對商代家族形態的研究很有意義，但卻也留下一些可討論的空間。

　　首先，商王與非王家族都有各自的官僚系統，則同一人應該不會同時任職於兩處，那麼他們可能是非王家族的僚屬，也可能是見於非王卜辭中的商王僚屬。歸屬問題有待討論。當然，也不能排除「異人同名」的可能性，陳絜就以此觀點詮釋同見於非王卜辭與王卜辭中的婦名（包括「婦某」與「女化字」），而曰：「既然她們並見於王卜辭與非王卜辭中，故極有可能是分屬於商王室與多子族中的不同女子。」所舉證據中《合》19790 的「王用二婦兀」、《合》655甲正「三十妾媚」值得注意，曰：「『二婦兀』這一集合稱名形式，顯然就是『異

〔註59〕 反對卜辭中有「非王卜辭」的學者，據此類同見於王卜辭與非王卜辭的人物說明所有殷卜辭應該都是屬於商王的占卜，受商王命令，並無所謂「非王卜辭」，詳見方述鑫的《殷墟卜辭斷代研究》（台北：文津出版社，1992），頁 37～71。

〔註60〕 是否受到占卜主體的關心，彭先生用以判斷是否爲「家族內部成員」，在花東卜辭的研究中，魏慈德也用以判斷人物的臣屬關係，見《殷墟花園莊東地甲骨卜辭研究》，頁 90。本文對這些觀點都持保留態度，如本文第四章提到的「量」、「大」、「多臣」，第五章提到的「奠」、「歸」等人物都是子爲之行禦祭的對象，本文認爲未必是子家族成員。

〔註61〕 〈非王卜辭研究〉，《古文字研究》第 13 輯，頁 67～69。

人同名』例的極好證據。」〔註62〕其次，由於親屬關係基本上與臣屬關係有一定的相關性，在非王家族中，除了長輩或已立族的兄弟未必是該家族內的臣屬外，妻、子或其他親屬一般可視爲族長的臣屬。但從「卜問其凶吉休咎及爲其舉行『禦』祭」判定親屬關係，如上文所述，此一觀點仍有待商榷。因此若同見人物不能確定是否與非王族長有親屬關係，則無法藉卜問凶吉或爲之行禦祭判斷這些人物應歸屬於商王還是非王家族族長。

另外，同見人物中也有不臣屬於該非王家族族長者。彭裕商指出非王卜辭中有一些地位不低於子者，曰：

> 「子商」、「雀」在賓組卜辭中都有很高的地位。這裏有一個很值得
> 注意的問題，即盡管各非王卜辭提到他們，但他們並不聽命於多子
> 族的首領，而多子族的首領也不聽命於他們，大家都只聽命於商王。
> 從上引子組卜辭《綴》330 和《前》8.9.3 的口氣來看，子與子商和
> 亞雀的地位是平等的，因此，多子族首領可能與「子商」和「亞雀」
> 差不多，都是王室大吏，其地位相當於周代的王室卿士。〔註63〕

常耀華對子組卜辭的此類人物也有相關討論，在「子家族之外部關係中」列出「尊於子的貴族」、「地位與子相當或尊於子的其他貴族」以及「地位與子可能不相上下」者，而曰：「總的來說，他們不是子的部曲，也不隸屬於子之家族。」〔註64〕

綜上所述，可知同見人物的討論涉及的問題相當複雜，其歸屬問題、是否「異人同名」、地位是否不低於非王家族族長，都必須對相關卜辭深入探討，不能簡單的一概而論。

（2）非王卜辭人物研究的深化

對於非王卜辭人物研究的基本觀點與研究對象如上所述，就方法而言，常

〔註62〕相關討論詳見《商周姓氏制度研究》，頁 78～86。不過陳先生所舉證據中仍有可商，如《合》24610 有「自今十年㞢五王　☑」，陳先生在㞢前段句，解釋爲對「五王」進行㞢祭，但此版辭殘，也可能在「五」後斷句，爲「自今十年㞢五，王　☑」，有待進一步探討。

〔註63〕〈非王卜辭研究〉，《古文字研究》第 13 輯，頁 74。

〔註64〕《子組卜辭人物研究》，收於《殷墟甲骨非王卜辭研究》，頁 107。

耀華在《子組卜辭人物研究》中有進一步的總結，常先生指出：

> 子組出現人物逾百，其間主從、尊卑關係如何？誰隸屬於子家族，
> 誰不隸屬於子家族？這些問題對於探討商代社會結構、構擬「子」
> 家族的形態無疑是重要的。〔註65〕

並歸納推定人物關係的方法爲：

> Ⅰ、直接認知法：是指卜辭中有些人物可以由其稱謂或人名用字直
> 　　接認知。……。
>
> Ⅱ、語法文例推證法：指通過具有役使意義卜辭的句法分析，理清
> 　　句子施事、受事關係，借此來推證卜辭所見人物之關係及其社
> 　　會地位，然後再進一步將處於相同語法地位的人物歸併在一
> 　　起，劃分出不同階層人物的社會層面。……。
>
> Ⅲ、綜合比較法：是指綜合本組相關辭例，兼與它組卜辭比較，根
> 　　據與身份已明人物的類似跡象，輾轉推勘其他人物關係。……。
>
> 〔註66〕

就臣屬關係而言，常先生的第一項方法是人名格式的運用；第二項方法除了過去提出的使役動詞「呼」、「令」外，還加入了「使」字句，並在實際考證中以句型爲綱目，詳細整理所有涉及的人物，比以往的研究更嚴謹仔細；第三項專門討論子組中特殊的「卜歸」卜辭，擴大了與臣屬關係有關的事類內容。常先生的研究不論在研究方法的運用與研究內容的深度、廣度都有所進展，是具有開創性的研究。

至於研究對象也由於花東卜辭的出現而有所進展。首先，是占卜主體子與丁的身分問題以及子、丁、婦好之間關係的探討，大量的商王記載也是過去的非王卜辭中少見的狀況。其次，花東卜辭集體人物的名稱很多，其中有新的名稱，如「多御正」、「多丰臣」……之類，也有能夠補證舊有詞義的名稱，如「多臣」、「多賈」、「多万」……之類。再者，花東卜辭有過去未見於非王卜辭的記事刻辭，其中的人物也成爲研究的對象，而花東卜辭中有大量的貞人，也是前所未見，由記事刻辭中的人物與貞人可見子的地位崇高。另外還有一項特殊的

〔註65〕　《子組卜辭人物研究》，收於《殷墟甲骨非王卜辭研究》，頁56。

〔註66〕　《子組卜辭人物研究》，收於《殷墟甲骨非王卜辭研究》，頁56～86。

內容，即林澐指出的「邑人」一類人物。上文提到常耀華特別舉出的「卜歸卜辭」中，常見「某人歸」的內容，這類人物應該也是邑人，〔註67〕花東卜辭中邑人的相關內容更為多樣，有助於釐清此類人物的身分。

第三節　本文的章節架構

上節所述各家的研究成果是本文最重要的參考，反映在本文的章節架構中。林澐的架構是本文主要的依據，林先生對花東卜辭所見人物有非常精簡而全面的描述，指出：

> 花東子卜辭中所見人物是很複雜的。也就是說，子卜辭所占卜的事情，絕不是只限于某個家族內部的事務，而涉及當時社會上各個階層的人物，上到商王及其配偶，下到男女奴隸。……從花東子卜辭來看，該家族不但有若干年齡不同的子某與「子」構成主幹，家族內擁有男女奴隸、多工、多賈、還有管事的多尹、多御正、瞽等人物。這個家族還擁有不止一處領邑，（如狀、刺、入、劃），可以對這些邑中居住的民眾進行呼令。……而且，像「子」這樣地位高的貴族，平時還經常呼令一批與之關係密切的其他家族的族長或主要成員，替他辦各種事情，我們姑且名之為「僚屬」，這種僚屬的有無和多少，對「子」的權勢和地位應該有很重要的意義。至于「子」有沒有權力呼令非其領邑的邑人，是有待進一步探究的問題。〔註68〕

本文對花東卜辭所見人物的分類，基本上從林澐的架構，並參照學者所提出的研究方法與觀點進一步擴充。

本文第一章為「緒論」，共分四節：

第一節　花東卜辭研究概況

第二節　本文的研究動機與研究方法

第三節　本文的章節架構

第四節　花東卜辭的時代問題

人物研究的第一個部分，即本文第二章「花東卜辭中的商王武丁、婦好與

〔註67〕相關討論詳見本文第四章第一節「邑人」處。

〔註68〕〈花東子卜辭所見人物研究〉，《古文字與古代史》第 1 輯，頁 34。

子」，共分三節：

　　　　第一節　花東卜辭中的王與丁

　　　　第二節　花東卜辭中的婦好

　　　　第三節　花東卜辭中的子

　　此章是子、丁、婦好與三人關係的研究，爲目前花東卜辭人物研究中最重要的議題，已累積了相當多的研究成果，本文除整理各家說法之外，也進一步對子與丁婦好的關係、有關此三人的重要內容及相關卜辭的釋讀提出一些補充。由於婦好死亡時間的問題涉及花東卜辭的時代問題，提前於上章第四節「花東卜辭的時代問題」中探討。

　　人物研究的第二個部分，即本文第三章「花東卜辭所見諸子考」，共分三節：

　　第一節　受到子關心的「子某」

　　　　子興、子馘、子尻（附：子罘、子𡥝）、子利（附：子利女）、子妻、子炅 [註69]

　　第二節　與子有臣屬關係的「子某」

　　　　子妻、子配、𤔔（子營）、子敉（敉）、子媚、子𡥝、子炅

　　第三節　其他有「子稱」者與存疑待考者

　　　　其他有子稱者　不子曲、秉子、弔子（弔）、大子、小子、三子、多子、呂𤔔（移）

　　　　存疑待考者　子髟、子曾、子匿、子罘、子𡥝

　　此章討論與子有血緣關係的「子某」，包括受到子關心者、與子有臣屬關係者，以及其他有「子稱者」。其中本應在本章第三節的「子罘」、「子𡥝」在字句的理解上與第一節「子尻」的辭例有關，故附於其後討論。「子利女」可能是「子利」的配偶，附於「子利」之後。臣屬於子的「子妻」、「子炅」也受到子的關心，不過所見資料中較著重「子妻」的臣屬性質，故於本章第二節討論，而「子炅」爲花東卜辭中重要的貞人，與貞人「友」關係密切，故移至第五章第二節「花東卜辭所見貞卜人物考」中討論。第三節「存疑待考者」中的「子某」都有可能是人物，但無法完全肯定，故存以待考。

〔註69〕加底線的人物有兩類：1.有多種身分者；2.附於其他人物之下以便討論者。爲避免重複討論，於本簡從略，詳於其他章節。

　　人物研究的第三個部分，即本文第四章「花東子家族臣屬考（一）」、第五章「花東子家族臣屬考（二）」，此二章為本文主要內容，相關人物眾多且身分複雜。第四章共分三節：

　　第一節　受到子「呼」、「令」、「使」的人物

　　　　個別人物

　　　　　　峚（崒）、大、發（射發）、剢、剮、庚、射告、南、卯（邵、召、妻友卯）、虢、臺、子妻、子配、弔子（弔）

　　　　集合人名

　　　　　　職官　多臣、多賈、多卲正、辟、多尹（附：旛尹）

　　　　　　邑人　人、皿、剌人、入人

　　第二節　其他臣屬於子的人物

　　　　貢納關係

　　　　　　曾、伯或（或）、茯乃〔附：羌（俘虜）〕、新、俴、疾（附：彝、丙）、歷、吳、晌（附：舟噥）

　　　　其他人物

　　　　　　職官　子臣、多工、万家（附：家）、多万、𢀛、舟噥、賈壴（壴）

　　　　　　邑人　我人（附：我）、𡉚（附：𡳄）、圭人、敘人

　　第三節　人名格式「某友某」與「某友」

　　　　　　子雍友敉、妻友卯、𡉚友

　　此章主要從兩方面討論與子有臣屬關係的人物，包括個別人物與集體人物。第一節是討論從使役動詞切入而確認其曾被子命令的人物，其中「妻友卯」即「卯」，有「友」的身分，於本章第三節討論。「子妻」、「子配」、「弔子（弔）」是「子某」及具有「子稱」者，已於第三章中討論，此章不重複討論。又人物「旛尹」身分不明，由於學者或認為與「多尹」有關，故附於「多尹」處討論。第二節是討論從卜辭內容可推論其臣屬於子的人物。其中作為俘虜的「羌」本應於第六章第一節討論，因與「茯乃」有關，故附於「茯乃」處討論。「彝」無法確定是否為人物，「丙」可能指人、地名，都與「疾」有關，也與「疾」一併討論。人物「家」身分不明，或與「万家」有關，也與「万家」一併討論。「舟噥」可能為職官人物，因與「晌」有關而附於「晌」處討論，「賈壴」即記

事刻辭中的「壴」，於第五章第一節「花東卜辭所見記事刻辭人物考」中討論，本節從略。「我」在花東卜辭中出現於記事刻辭中，本應於第五章第二節「花東卜辭所見貞卜人物考」中討論，此人應即「我人」之長，故與本章第二節「我人」一併討論。人物「𣆥」身分不明，由於與「𦵩」有關，也一併討論。第三節討論具有職官性質的特殊稱謂「友」，從相關內容來看，花東卜辭的此類人物應該也都臣屬於子。

第五章分兩節：

第一節　花東卜辭所見記事刻辭人物考

　　　　甲橋刻辭

　　　　　　正面　賈（附：𦵩）、卯、鼎、朕、万家

　　　　　　反面　屰、周、屰、𡥏、史、龠、封、壴（賈壴）、亞、𠂤、庚、屋、我、舟、𦵩、大

　　　　其他部位　甲尾反面　疋

第二節　花東卜辭所見貞卜人物考

　　　　同版關係

　　　　　　一組　爵凡、𣆥、女、征、肉、迍、商、三子、子、配（子配）

　　　　　　二組　子炅、友

　　　　　　三組　奠（亞奠、侯奠，附：小臣）、終、舟

　　　　個別出現　糸、行、受、夫、𣆥、利（子利）、子𥎦、發（射發）、𫃎

此章討論記事刻辭中的人物與貞人，前者基本為與「子」有貢納關係者，替子家族的貞卜者應該也臣屬於子。第一節中「𦵩」見於甲橋反面，但由於相關辭例中與甲橋正面的「賈」一樣有動辭「乞」，故一併討論。「万家」已於四章第二節中討論，此節從略。甲橋反面的「庚」、「大」於本文第四章第一節討論，「屋」、「我」已見於第四章二節，「舟」則見於本章第二節，此節皆從略。第二節中「子」見於第二章第三節，「三子」、「配（子配）」、「利（子利）、「子𥎦」見於第三章，「發（射發）」、「𫃎」見於第四章，於本節皆從略。其中「小臣」身分不明，由於與「奠」有關，故一併討論。

人物研究的第四個部分，即本文第六章「花東卜辭所見俘虜、奴隸與人牲

考」，共分三節：

第一節　花東卜辭所見俘虜、奴隸考

俘虜與奴隸　執、何、疒、臣、圉臣、羌

女性奴隸　妾、磬妾

第二節　花東卜辭所見人牲考

異族人牲　羌、莧、屯、妝

具有某種身分者　奴、臣、妾、㝷（㝷）

第三節　存疑待考者

無法確定身分者　𪿩、叡、琡羌、☒、奚、奴

字義或詞性有爭議者　俞、羁（附：𢔤）、印

本章討論花東卜辭中地位最低的一類人物。第一節的「羌」與「孚乃」有關，附於第四章第二節討論。第三節「存疑待考者」學者一般視爲奴隸或人牲之類，但仍有可商之處，故存以待考。其中「𢔤」屬第七章的三節「無法確定是否爲人物者」，由於與「羁」有關，附於「羁」處討論。

人物研究的第五個部分，即本文第七章「其他人物」，共分三節：

第一節　不臣屬於子的人物

丁族、丁臣、多臣

第二節　身分與地位待考的人物

地位較高者　屰（屰）、韋、☒、赦（附：尋）、多丰臣、小臣

受到子關心者　☒、歸、引、右史、中周（附：㚔中周妾）、豐、

　　　　　季母（附：季）

其他人物　齒、火（附：☒）、多左、卜母壬、☒、☒、牖尹、

　　　　　家、季

第三節　無法確定是否爲人物者

☒、☒、☒、彝、☒、𢔤、尋

此章是與子無臣屬關係或無法確定身分地位的人物，也包括一些疑似爲人物者。「丁族」、「丁臣」從名稱上可知歸屬於丁，花東卜辭中的「多臣」多爲子的臣屬，有一例可能爲丁的臣屬，於第四章第一節「多臣」處討論。人物「小臣」、「☒」、「牖尹」、「家」、「季」身分與地位不明，不易判斷是否臣屬於子，

已分別於第五章第二節、第四章第二節、第四章第一節、本章第二節討論。還有本章第三節的字疑似人物而無法確定是否爲人物，由於與「火」有關，附於第二節「火」處討論。「彝」、「徲」無法確定是否爲人物，由於與「疾」、「鞁」有關，分別見第四章第二節、第六章第三節。「异」無法確定是否爲人物，其辭例與「𠭯」有關，附於本章第二節討論。

本文第八章爲「總結」，歸納整理本文的主要觀點，以子與武丁、婦好的關係以及子與花東卜辭其他人物的關係爲主軸，彙整前六章提到的重要人物、事類，作爲歷史座標，以建構本文對「花東卜辭之人物關係」，「子家族內、外部結構」，「子與子家族在商王朝中的角色」，「花東卜辭的時代」四個問題的看法。

第四節　花東卜辭的時代問題

一、花東卜辭時代問題的爭議

本文討論的對象爲人物，確認這些人物及其所涉事件的時間點，相關人、事才能成爲有意義的歷史作標。花東卜辭屬於武丁時期沒有爭議，但究竟是在武丁的早、中、晚期，學者有不同的論述，以下簡述各家說法並討論。

（一）花東卜辭為武丁時代的卜辭

早期對花東 H3 坑與花東卜辭時代的相關討論見於本章第一節所列舉的發掘報告中，《花東》出版後有完整的討論，確立了花東卜辭是武丁時期卜辭的基本事實，也奠定了日後討論的基礎。相關論點如下：

1. 花東 H3 坑的時代

從花東 H3 坑所在探方 T4、T5 的地層，以及 H3 坑周圍遺跡出土的陶片與 H3 坑出土陶片比較，根據地層疊壓與灰坑打破關係與出土陶器特徵比較，可將 T4、T5 分爲三期，出土花東卜辭的 H3 爲早期坑，相當於大司空村一期，或稱殷墟文化一期晚段。〔註 70〕

2. 花東 H3 卜辭的時代

整理者認爲殷墟一期晚段大致相當於武丁早期，並透過卜辭內容證明，

〔註 70〕《花東・前言》，頁 17。

所運用的資料是與武丁時代其他卜辭共見的人名及人物的生死。所舉人物有：「子戠」、「子尻」、「子歺」、「子利」、「岜（㞢）」〔本文隸爲「㞢（㞢）」〕、「婦好」、「宁壴」、「丁」、「弔」、「子辟」〔註71〕、「彈」。由於花東卜辭所見人物亦見於賓組、自組、子組、非王無名組等，說明花東卜辭不晚於武丁時期。並特別強調，「婦好」與「子戠」在賓組卜辭中有被祭祀的辭例，而花東卜辭中此二人還活著，說明花東卜辭當在武丁前期。〔註72〕

　　整理者也透過甲骨鑽鑿討論花東卜辭的時代，早期劉一曼、曹定雲曾在〈殷墟花園莊東地甲骨卜辭選釋與初步研究〉一文中提到：

> 花東 H3 甲骨反面鑽鑿的形態與《小屯南地甲骨的鑽鑿形態》一文中所述的一型三式鑿進似。該式鑿在小屯南地發現甚少，只見二片，……屬小屯南地早期，相當於殷墟文化第一期。〔註73〕

在《花東》一書中則曰：

> 由於花東 H3 卜甲之鑽鑿形態在總體上與 1973 年小屯南地「自組」卜甲鑽鑿形態、解放前第十三次發掘之 YH127 坑卜甲之鑽鑿形態基本相近，故它們所處的歷史時代應大致相近。但由於它們之間仍存有某些細微的區別，這些細微的區別可能反映出，H3 卜甲之時代，應比 1973 年小屯南地「自組」卜甲的時代略早一些。由於 YH127 坑卜甲數量大，雖然總體上都屬武丁時代，但延續時間長，內中卜辭亦有早晚之別。H3 卜甲的時代應與 YH127 坑時代較早的那部分卜甲時代相當。〔註74〕

其後學者多依循整理者提出的角度而有所補充或反駁，也有從其他角度論證者，基本上有四類說法。

（二）花東卜辭時代的四類說法

1. 小乙至武丁早期說

<hr>

〔註71〕《花東》275 的「辟」字於《花東・釋文》中解釋爲「『辟臣』，即身邊之近臣」（頁1673）。

〔註72〕《花東・前言》，頁 32～35。

〔註73〕〈殷墟花園莊東地甲骨卜辭選釋與初步研究〉，《考古學報》1999.3，頁 254。

〔註74〕《花東・殷墟花園莊東地甲骨鑽鑿形態研究》，頁 1776。

　　韓江蘇指出此說「以 2003 年 12 月殷墟花東 H3 卜辭材料發表後曹定雲爲代表」，說法分別見於〈1991 年殷墟花園莊東地甲骨的發現與整理〉、〈三論殷墟花東 H3 占卜主體「子」〉（提要）、〈殷墟花東 H3 卜辭中的「王」是小乙——從卜辭中的人名「丁」談起〉等文中。〔註75〕略舉其說如下：

> 當時我們二人在對待「丁」的問題尚持有不同的看法：劉一曼教授認爲是已經即位的武丁；而我認爲是尚未即位的武丁。在我看來《花東》420 和《花東》480 中的「王」和「丁」是同時並存的兩個人，既然「丁」是武丁，那這個「王」只能是小乙。因此，H3 卜辭的主體是武丁即位以前的卜辭，亦即小乙時代的卜辭；卜辭時代下限最遲在武丁早期。〔註76〕

由此可知曹先生認爲花東卜辭的王是小乙，曹先生也在文中強調花東卜辭是小乙時代的卜辭，下限在武丁早期。

2. 武丁早期說

　　即《花東・前言》之說，曰：「花東 H3 卜辭的歷史時代，大體上相當於武丁前期」。〔註77〕韓江蘇提到，劉一曼在 2006 年發表的〈小屯北 YH127 坑與花東 H3 坑之比較〉一文中仍主張花東卜辭時代在武丁前期，已與曹定雲不同，故「由此看出，劉一曼、曹定雲自殷墟 H3 卜辭材料發表後，關於 H3 卜辭時代認識的觀點不再保持一致。」〔註78〕

3. 武丁早期至中期說

　　劉一曼、曹定雲在〈殷墟花園莊東地甲骨卜辭選釋與初步研究〉一文中認爲「花東 H3 卜辭的歷史時代，上限在武丁前期，下限可到武丁中期」。〔註79〕朱鳳瀚將考古學的殷墟文化分期與甲骨學的斷代理論對應，曰：

> 殷墟文化一期約相當於盤庚至武丁早期（按：此種分期方法是將武

〔註75〕〈殷墟花東 H3 卜辭時代再探討〉，《故宮博物院院刊》2008.4，頁 12。

〔註76〕〈1991 年殷墟花園莊東地甲骨的發現與整理〉，《花園莊東地甲骨論叢》，頁 17。

〔註77〕《花東・前言》，頁 35。

〔註78〕〈殷墟花東 H3 卜辭時代再探討〉，《故宮博物院院刊》2008.4，頁 12。

〔註79〕〈殷墟花園莊東地甲骨卜辭選釋與初步研究〉，《考古學報》1999.3，頁 307。相關內容與《花東・前言》相同，但對花東卜辭時代的結論不同。

丁時代分爲早、晚兩期），則 H3 內出土甲骨刻辭之年代下限，不晚
於此種分期方法所劃分的武丁早期。……H3 出土卜辭中所出現的一
些當時生活著的人物，有的見於𠂤組、賓組、歷組（一類）及子組
卜辭……𠂤組卜辭主要屬於武丁早期，少數延續至中期；賓組卜辭
主要存在於武丁中期，少數延續至祖庚時期；歷組一類主要在於武
丁中晚期；乙種非王卜辭與賓組年代相近，主要在於武丁中晚
期。……這裏所謂武丁中期，在年代上應當可以理解爲上述主要依
據陶器化分的殷墟文化一、二期之際，而反之，此殷墟文化一期晚
段（相當於武丁時代兩期分法的早期）這一時段，自然也可以理解
爲相當於甲骨學上所謂武丁早期與中期偏早。……可以將 H3 卜辭
之年代定爲武丁早期至中期偏早這一時段內。〔註80〕

另外，韓江蘇也提出「武丁早期向中期過渡」的說法，在〈殷墟花東 H3 卜辭
時代再探討〉中對各家說法都有評論與反駁。該文指出五種探討花東卜辭時代
的方法：

第一，同科學發掘的 YH127 坑或小屯南地甲骨坑（特別是 YH127
坑）作對比研究。第二，將 H3 卜辭中活動的人物與武丁賓組卜辭
的人物進行對比研究。第三，考察武丁、婦好（特別是婦好）的時
代。第四，考察「子」的祭祀對象。第五，將 H3 卜辭中，所反映
商王朝戰爭事例與其他卜辭組中相同事例進行比較研究。〔註81〕

該文認爲前二點只能證明花東卜辭爲武丁時代卜辭，至於第三、四點可證明最
晚不超過武丁中期，第五點則可證明花東卜辭爲武丁早期向中期過渡的時代。
關於第三點，韓文舉《合》6153 的「庚子卜，𣪘貞：匄吾方于好妣」，認爲武
丁晚期婦好已死去，花東卜辭的婦好仍是生人，推論花東卜辭不晚於武丁中期。
關於第四點，指出從受祭對象可以排除花東卜辭爲小乙時期，但未論證如何能
從受祭對象得知花東卜辭時代最晚不超過武丁中期。關於第五點，韓江蘇認爲

〔註80〕〈讀安陽殷墟花園莊東出土的非王卜辭〉，《商周家族型態研究（增訂本）》，頁 598。
〔註81〕〈殷墟花東 H3 卜辭時代再探討〉，《故宮博物院院刊》2008.4，頁 17。相關說法見
於《殷墟花東 H3 卜辭主人「子」研究》，頁 46～53，在〈殷墟花東 H3 卜辭時代
再探討〉中有進一步補充。

武丁中期有對南土的戰爭，而《花東》264 中也有相同事件，可知花東卜辭最晚也應在武丁中期。

4. 武丁中至晚期說

（1）從人物與事類考察

陳劍最先主張此說，對《花東・前言》所提出「婦好」、「子戠」二人的生死可作花東卜辭時代的定位點有精簡的評論，指出：

> 上引兩條理由，前一條關於「婦好」的，恐怕最多祇能據以推斷花東子卜辭不晚於武丁後期或晚期，而很難作為花東子卜辭屬於「武丁前期」的積極證據；後一條「子戠」的，則完全是建立在對卜辭的誤解之上的。〔註 82〕

並指出「戠」應讀為「待」，非子之名。〔註 83〕更重要的是指出《花東》237、275+517、449 三版中「伐卲」與歷組卜辭中的「伐召」為同一件事。主要辭例如下：

> 辛未卜：丁隹（唯）好令比〔白（伯）〕或伐卲。　一　　《花東》237
>
> 辛未卜：丁〔隹（唯）〕子令比白（伯）或伐卲。　一
>
> 辛未卜：丁〔隹（唯）〕多丯臣比白（伯）或伐卲。　一　　《花東》275+517
> 【蔣玉斌綴】
>
> 辛未卜：白（伯）或再冊，隹（唯）丁自正（征）卲。　一
>
> 辛未卜：丁弗其比白（伯）或伐卲。　一　　《花東》449
>
> 辛未貞：王比沚或伐召方。　《屯南》81
>
> 辛未貞：王比〔沚〕或☑。　《屯南》2605
>
> 癸酉貞：王比沚或伐召方，受〔又（祐）〕，才（在）大乙宗〔卜〕。　《合》33058

陳劍認為「伯或」亦見歷組卜辭，就是歷組卜辭常見的「沚或」，持歷組卜辭早期說的學者多認為「沚或」就是賓組卜辭中常見的「沚馘」，亦稱「伯馘」。

〔註 82〕〈說花園莊東地甲骨卜辭的「丁」—附：釋「速」〉，《甲骨金文考釋論集》，頁 90。

〔註 83〕韓江蘇也有同樣的看法，見《殷墟花東 H3 卜辭主人「子」研究》，頁 204～205，與〈殷墟花東 H3 卜辭時代再探討〉，《故宮博物院院刊》2008.4，頁 13～14。

並指出：

> 在關於「歷組卜辭」時代的問題上，我們是相信所謂「早期說」
> 的，即認為其時代在武丁晚期至祖庚早期。這正與花東子卜辭屬
> 於武丁時期相近。上引卜辭都有人名「或」，方國名「召」从「刀」
> 聲，「卲」又從「召」聲，也沒有問題可以相通。……上引幾條歷
> 組卜辭從字體看都屬於歷組一類，「歷組一類主要是武丁之物」。
> 它跟前引花東子卜辭所卜事類的相合已如上述，而干支「辛未」
> 跟前引花東子卜辭完全相同，「癸酉」跟「辛未」中間也只相隔一
> 天。它們顯然是為同一事而占卜的。兩組卜辭的不同之處在於，
> 面對即將對「卲（召）方」採取軍事行動的形勢時，屬於「王卜
> 辭」的歷組卜辭占卜商王武丁是否聯合沚或征伐召方，而花東子卜
> 辭則多方揣摩武丁的意圖，關心武丁到底是親自去征伐召方，還
> 是命令婦好或「多□」聯合沚或、甚至是命令「子」自己去聯合沚
> 或去征伐召方。「王自征」某方之辭又見於《合集》6098、6099 等
> 賓組卜辭，上引歷組卜辭的「惠王自征刀方」，跟花東子卜辭的「唯
> 丁字征卲」顯然就是一事，「丁」就是商王武丁。……花東卜辭在
> 各方面的特徵都較為統一，有很多不同版的內容可以互相繫聯，
> 推測其延續的時間也不會很長。由此看來，可以推斷整個花東卜
> 辭存在的時間，恐在武丁晚期，最多可推斷其上限及於武丁中期。
>
> 〔註 84〕

另外，魏慈德的〈論同見於花東卜辭與王卜辭中的人物〉延續《花東‧前言》
從人物論花東卜辭時代的討論，除了再舉出了多名同見於花東卜辭與王卜辭中
的人物，特別提到：「韋死去這件事可作為花東卜辭的時間定點，而由於貞人韋
是賓組早期卜人，可進一步推知花東卜辭的時代當相對於賓組早中期。」〔註85〕
賓組卜辭時代的上下限基本為武丁中期至祖庚早期，〔註 86〕可知魏說亦將花東
卜辭的時代定為武丁中至晚期。黃天樹先生的〈簡論「花東子類」卜辭的時代〉

〔註84〕〈說花園莊東地甲骨卜辭的「丁」——附：釋「速」〉，《甲骨金文考釋論集》，頁
86～87、92。

〔註85〕〈論同見於花東卜辭與王卜辭中的人物〉，《故宮博物院院刊》，2005.6，頁 41。

〔註86〕詳見黃天樹先生的《殷墟王卜辭的分類與斷代》第四章、第五章。

也是延續《花東·前言》的討論，從人物論花東卜辭的時代，接受陳劍的說法，並補充許多證據，特別是舉出「子妻」、「賈壴」、「大」、「屮」等人的年代可能不會早到武丁早期，也提到「韋」，認爲此人見於「賓出類」的《安明》678，而在《花東》195 中卜問「葬韋」，可見韋已死。〔註87〕賓出類基本是祖庚時期，上限是武丁晚期，〔註88〕可知《花東》195 顯示花東卜辭的時代下限不早於武丁晚期。另外，趙鵬全面整理了各組卜辭中同人同事的占卜，也得出花東卜辭存在於武丁中期到晚期的結論：

> 花東子組卜辭與𠂤小字類、賓組一類、典賓類、歷組一類、午組、非王圓體類卜辭存在同一個人物同事類的占卜。它們應該同時共存過。共見於花東子組卜辭與其他類別中的人名和相關事類爲我們提供的花東子組卜辭時代的框架應該是其主要存在於武丁晚期，上限應該早到武丁中期偏晚，其下限下及武丁晚期，其存在時間應該在一二十年間。〔註89〕

（２）卜骨整治

此爲黃天樹先生提出，黃先生指出胛骨不鋸去臼角是早期特徵，花東所見五塊牛肩胛骨都去掉臼角，又補充舊有卜辭所見花東卜骨《合》19803，從拓本看也是鋸掉臼角的胛骨。也可佐證花東卜辭時代爲武丁晚期。〔註90〕

（３）從字跡考察

此爲張世超提出，茲引述其說：

> 第一，合文在普遍地解體，最明顯的例子如第 9 號龜甲第 1、2 兩辭：……數詞一皆附著在「牛」字之下。……這種將「一」有意刻於「牛」或「羊」下的現象還見於第 493 版。

〔註87〕詳見黃天樹，〈簡論「花東子類」卜辭的時代〉，《黃天樹古文字論集》。

〔註88〕關於賓出類，黃天樹先生指出賓組晚期和出組早期卜辭的字體文例都很接近，可統稱爲「賓出類」，其中署名賓組貞人的稱「賓組賓出類（賓組三類）」，時代主要在祖庚之世，上限及於武丁晚期。署名出組貞人的稱「出組賓出類（出組一類）」，時代上限在祖庚之初。不記貞人或人名缺刻者統稱爲「賓出類」。詳見《殷墟王卜辭的分類與斷代》，「第五章」。

〔註89〕《殷墟甲骨文中的人名及其對於斷代的意義》，頁 303～304。

〔註90〕〈簡論「花東子類」卜辭的時代〉，《黃天樹古文字論集》，頁 155。

花東刻辭習慣於將數字「一」或「二」與名詞構成上下相疊的合文，如「㸚一」、「牝一」，這是後形成的合文，其用意顯然是爲了省約面積，與早期合文不同。

第二，花東子卜辭常見先人稱謂與通常習慣相倒，即將日名放在前面的現象。如「甲祖」（37.1、37.2）、「己妣」（39.1、336.3）、「乙祖」（226.5、237.3）。比較一下第 463 版即可知道，上述例中在橫行中逆排先人之名是不應用「合文」來解釋的。

在殷墟王卜辭中，㠯組小字類卜辭中已出現將月名合文解散的跡象。其他合文的解散，賓組以後的卜辭中才逐漸顯著起來。先人名號逆稱的現象最集中表現在黃天樹先生所稱的「㠯歷間 B 類」中，此類卜辭與「賓組一類、歷組一類卜辭關係最爲密切」。

以上所敘花東子卜辭中的二種現象所反映的時代，與陳劍所主張的相合。〔註91〕

（4）從記事刻辭考察

此爲方稚松提出，是從記事刻辭的歷史演變看花東記事刻辭的時代，茲引述其說如下：

武丁中期偏早（㠯小字、㠯賓間）的記事刻辭在動詞使用上主要是「入」和「來」；內容上也只是僅記下龜甲的貢入者，連貢入的數量都沒有記錄（這種不計數量並不代表只貢納一版）。這時因內容簡單、字數較少而多記錄在甲尾位置。武丁中期（賓一類）刻辭在內容上慢慢地豐富起來，開始記錄貢入的龜甲數量和經手的「史官」名。由於字數增多，再刻寫於甲尾無疑會影響到占卜，故多改寫在甲橋位置，因此甲橋刻辭日益流行起來。隨著刻寫記事刻辭的風氣進一步加強，武丁晚期至祖庚時期（典賓、賓出）記事刻辭的種類更爲多樣了，甲橋、背甲、骨臼骨面刻辭都出現了（歷組刻辭只用骨，不用龜，僅見骨面刻辭）。這時的內容也更爲豐富，記錄的更爲詳細了，增加了記錄交付到占卜機構的日期、人員名及交付數量。在開始記錄交付人員時（武丁中晚期之間，賓一至典賓）動詞多使用「來」或僅記婦人名（如我

〔註91〕〈殷墟花園莊東地甲骨字跡與相關問題〉，《古文字研究》第 26 輯，頁 44。

們在第一章有關「示」的論述中所舉辭例），後來（武丁晚期，典賓類字體）習慣用動詞「示」來表示「交付」這一含義。動詞「乞」也在這一時段內開始流行（花東卜辭中有動詞「示」和「乞」且多記貢入數量，由這些特徵看這類刻辭的時代不宜定的過早）。這時因字數較多，故不見有甲尾刻辭。記事刻辭在武丁晚期至祖庚時期這段時間發展到最高峰，祖甲後就逐漸衰退下來，內容又趨於簡化。〔註92〕

二、本文對花東卜辭時代的看法

本文同意韓江蘇認為從祭祀對象來看，可以排除在小乙時代的可能，故花東卜辭時代應非「小乙至武丁早期」，而黃天樹先生指出《合》21537+21555 中也有「丁」與「王」並見的現象，可見仍無法斷定《花東》420、480 與「丁」同見一版的「王」就是「小乙」。〔註93〕至於究竟花東卜辭的時代是「武丁早期」、「武丁早期至中期」，還是「武丁中期至晚期」，學者或從「考古分期」、「鑽鑿形態」說明花東卜辭的早期特點，或從「卜骨整治」、「字跡」、「記事刻辭」說明花東卜辭的晚期特點，沒有共識。進一步區分花東卜辭存在於武丁的哪個時期的關鍵則在「人物與事件」，即以人、事為基準排比出前後關係，其中最重要的是「人物的生死」。不過，作為歷史座標的人、事都是可被討論的，也就是說被詮釋為歷史座標的人、事若無法得到共識，則不同的歷史座標建構出的歷史終將成為時空的平行線，永無交集。

由於「武丁早期說」並未提出積極證據，可暫不論。而本文認為韓江蘇提出的「征南土」一事其卜辭釋讀仍可商，「武丁早期至中期說」亦無積極證據，另外，對「婦好的死亡時間」，本文有不同的意見。至於「武丁中期至晚期說」，學者提出不少花東卜辭與武丁晚期卜辭相同的人與事的積極證據。雖然陳劍認為花東卜辭的「邵」即歷組卜辭的「召」，有學者持保留態度，〔註94〕而本文也

〔註92〕方稚松，《殷墟甲骨文五種記事刻辭研究》（北京：首都師範大學博士論文，黃天樹先生指導，2007），頁 132～133。

〔註93〕關於花東卜辭中主要祭祀對象的討論，詳見本文第二章第三節。關於花東卜辭中所見「王」字的討論詳見本文第二章第一節。

〔註94〕韓江蘇認為花東卜辭中於辛未日「比伯或伐邵」一事與歷組卜辭中於辛未日「比沚或伐召方」並非同人、同事，見《殷墟花東H3卜辭主人「子」研究》，頁 153～156，與〈殷墟花東H3卜辭時代再探討〉，《故宮博物院院刊》2008.4，頁 15。

認爲花東卜辭的「韋」此人未必是王卜辭中的貞人「韋」，〔註95〕仍很難將所舉其他人物全部說成武丁早期人物，是這些武丁晚期人物的年輕時代或父輩，因此筆者基本同意主張中期至晚期說諸位學者的立場，認爲這些同名同事的例子並非偶然，當是時代相同的結果。〔註96〕

（一）對「武丁早至中期說」的討論

1. 關於祭祀對象的問題

韓江蘇認爲「子」是武丁子輩，祭祀對象中「祖甲」是「陽甲」、「祖乙」是「小乙」、「妣庚」是小乙之配，而說「排除花東卜辭時代可以早到小乙時期的可能性」，可以理解，本文也同意子爲武丁子輩之說。但他說「H3 卜辭的受祭對象限定了 H3 卜辭時代最早可到武丁前期，最晚到武丁中期」，〔註97〕則令人費解。因爲確立「祖甲」、「祖乙」、「妣庚」的身分只能說明子是武丁子輩，以及排除時代早到「小乙」，並不能說明花東卜辭的時代「最晚到武丁中期」，對祖先的稱呼可以區分王世、輩分，卻無法更細的區分王世的早晚，因爲武丁中期之後的武丁子輩人物也能稱「陽甲」、「小乙」爲「祖甲」、「祖乙」，則花東卜辭的時代「最晚到武丁中期」無法由祭祀對象得到證明。

2. 關於「征南土」的問題

韓江蘇認爲《合》5504 與《合》20576 有「征南土」之事，《花東》264 中

〔註95〕詳見本文第七章第二節「韋」處。

〔註96〕當然，學者可能有完全相反的立場，如韓江蘇將花東卜辭人物與賓組卜辭人物比較，認爲花東卜辭中有眾多可以確定爲武丁時期王室人物，但「只能佐證 H3 卜辭的時代爲武丁時期，但不能成爲判定 H3 卜辭較確切時代的標準」，見〈殷墟花東 H3 卜辭時代再探討〉，《故宮博物院院刊》2008.4，頁 19。如筆者理解無誤，此看法並未採用目前以組類爲主的斷代法（因爲此種斷代法同時也區分各組時代先後），也未採用林小安所提出區分早期、中期、晚期人物的看法，而認定這些人物只能籠統代表其處於武丁時代。此立場與本文不同，本文也予以尊重。由於目前所見武丁早期卜辭數量較少，以𠂤組肥筆類爲主，且未見與花東卜辭「人物與事類皆相同」的例子，而「人物與事類皆相同」的狀況在武丁中、晚期卜辭中較多，因此本文暫時將花東卜辭時代視爲武丁中期至晚期，也期待日後能有更多有助於討論此一問題的資料出土，或許能從人物與事類證實花東卜辭的時代確在武丁早期，也未可知。

〔註97〕〈殷墟花東 H3 卜辭時代再探討〉，《故宮博物院院刊》2008.4，頁 21。

也有相同事件，而曰：

> H3 卜辭的時代當在賓組卜辭中武丁對南土征伐的這一歷史時期。又
> 由於武丁對南土的征伐之事在𠂤組卜辭中有反映，那麼，H3 卜辭的
> 時代當在𠂤組卜辭與賓組卜辭交叉的歷史時期。〔註98〕

本文認為《花東》264 與南征無關，主要論點是從與「子其乎（呼）射告眔我
南正」對貞的「弜乎（呼）<u>眔南</u>」來看，「南」應該是人名，類似句型如：

> 己巳貞：其𩰀祖丁眔父丁。　一
>
> 弜<u>眔父丁</u>。削。　一　《屯南》1128
>
> 庚戌卜：子叀（惠）發乎（呼）見（獻）丁，<u>眔大</u>亦𣂟。用。戻。　一
>
> 《花東》475

可知「南」為人名，為「我南」之省，相關討論詳見本文第四章第一節「射告、
南」處。由於卜辭仍有詮釋的空間，因此本文認為《花東》264 無法作為花東
卜辭有「征南土」之事的證據。

即便花東卜辭存在「征南土」事件，且卜辭中「征南土」內容可定在武丁
中期，又花東「征南土」與武丁中期「征南土」為同一事，也頂多說明花東卜
辭時代包括武丁中期，並未說明此事為花東卜辭時代下限。另外，韓江蘇也認
為婦好的死亡時間可證花東卜辭非晚期卜辭，以下進一步討論。

（二）對「婦好死於武丁晚期前葉」說的討論

基本上，由於花東卜辭中的婦好是活生生的人，因此學者或認為婦好死亡
的時間可作為花東卜辭時代的下限。而判斷婦好死亡時間的主要方法是透過與
婦好有關的人、事入手。

誠如陳劍所言，在賓組卜辭中有祭祀婦好的辭例「恐怕最多祇能據以推斷
花東子卜辭不晚於武丁後期或晚期」（前引文），但韓江蘇曰：

> 婦好死於武丁晚期前葉（主要依據是武丁後期，不見婦好在商王
> 朝的活動，對𠭳方的戰爭中，婦好成為求佑的對象《合集》6513）。
>
> 〔註99〕

〔註98〕〈殷墟花東 H3 卜辭時代再探討〉，《故宮博物院院刊》2008.4，頁 23。

〔註99〕《殷墟花東 H3 卜辭主人「子」研究》，頁 157。

即使陳劍認爲花東卜辭中的伐卲方與歷組卜辭中的伐召、刀爲一事，並在此基礎上斷定 H3 卜辭的時代爲武丁晚期到祖庚時期，他還將面臨一個問題難於回答，即殷墟花東 H3 卜辭中的婦好。賓組卜辭（王卜辭）中有生前的婦好，也有死去的婦好，卜辭如：

> 庚子卜，㱿，貞勾舌方于好妣？（《合集》6513）

……這說明武丁晚期，商王朝對舌方發動大規模戰爭時婦好已經死去。〔註100〕

事實上陳劍認爲「整個花東卜辭存在的時間，恐在武丁晚期，最多可推斷其上限及於武丁中期」（前引文），並未「斷定」花東卜辭時代到祖庚時期。即便如韓說將婦好死亡的時間點判定爲「武丁晚期前葉」，在沒有排除花東卜辭還有其他可作爲時代下限參考的人、事之前，仍無法以之作爲花東卜辭的時代下限。趙鵬的說法較爲謹慎：

> 典賓類卜辭主要是武丁晚期之物，說明在武丁晚期婦好已死去。學者們一般認爲，婦好可能死於武丁中期偏晚或晚期偏早，也就是中晚期之交的幾年中，我們認爲這種觀點應該是正確的。花東子組卜辭中的婦好都是生稱，這也說明花東卜辭至少應該是武丁晚期偏早或中期偏晚以前就應該存在。〔註101〕

不過婦好是否死於武丁中期左右，也並非定論。以下對婦好死亡時間的問題作一些補充。

1. 與婦好死亡時間有關的辭例

婦好死於武丁晚期前葉是王宇信所提出。基本上典賓類與歷一類的王卜辭中有卜問婦好是否有憂患與疾病狀況，如：〔註102〕

第一組

貞：帚（婦）好㞢（有）盅（害）。　《合》2665

☐帚（婦）好不亡盅（害）　《合》2666 正

〔註100〕〈殷墟花東 H3 卜辭時代再探討〉，《故宮博物院院刊》2008.4，頁 15。

〔註101〕《殷墟甲骨文人名與斷代的初步研究》，頁 303。

〔註102〕下引二組卜辭爲《殷墟甲骨文人名與斷代的初步研究》提出，見頁 173、176。

帚（婦）好隹（唯）蛊（害）。

帚（婦）好不𡳳（有）蛊（害）。　　《合》2667 正

貞：帚（婦）好亡不若。　　《合》14071

丙戌貞：帚（婦）好亡𡆥（憂）。　　《綴續》544（《合》32762 乙正部分
+33291 部分）

戊戌貞：帚（婦）好亡𡆥（憂）。　　《醉古集》243（《合》32760+35190+
35212）

第二組

☑卜，爭貞：帚（婦）好冎（𩨋）。　　《合》682 正

貞：帚（婦）好冎（𩨋）。　　《合》795 正

☑帚（婦）好冎（𩨋）。　　《合》32762 正乙

此時婦好還活著，可見婦好的死亡時間是在典賓類與歷一類卜辭的時段中，約爲武丁中、晚期。以下先將歷來認爲與婦好死亡有關的辭例列出，並稍作討論：

（1）☑好☑𡯧（殙）☑。　　《合》17063

（2）☑好其𡯧（殙）☑。　　《合》17064

（3）帚（婦）好㣤（延）𡳳（有）𦵩（葬）☑。　　《合》17159 反

（4）貞：帚（婦）好☑𥣡大☑㣤（延）瘑☑☑。　　《合》17391

（5）☑我𦵩（葬）☑帚好☑𡆥弗☑。　　《合》2674

王宇信引用（1）～（5）時曾指出這幾條卜辭雖與死、葬有關，但並不一定說明婦好已死，對（3）、（4）二例的「葬」字曰：「𦵩字有人認爲與死爲同字。《續甲骨文編》將此字列於葬字之下。𦵩爲𦵩之別構，意應相同」。〔註103〕（1）、（2）二例「𡯧」字爲「殙」，爲暴死之義，〔註104〕不表示婦好一定會死，也可能是在婦好身染重病或深受重傷的垂死情況下作的卜問。關於「葬」字蔡師哲

〔註103〕王宇信，〈試論殷墟五號墓的年代〉，《鄭州大學學報》1979.2，頁 90。

〔註104〕陳劍，《殷墟卜辭的分期分類對甲骨文字考釋的重要性》，收於《甲骨金文考釋論集》，頁 427～436。

茂也指出：

> 祥恆師在《續甲骨文編》葬字下列出以下諸字：
>
> （一）⊠乙 1178　⊠8998　⊠六清 126、外 240　⊠外 419
>
> （二）⊡乙 4761　⊡佚 641　⊡京 3.31.
>
> （三）甲 944　3516　乙 2813　續存 22　粹 1582
>
> （四）續 5.4.3　徵 5.55　粹 1213　新 1698
>
> （五）粹 1247
>
> （一）（三）兩行的葬字顯然是象意字，……。〔註105〕

而（3）～（5）辭殘，無法確知辭義，婦好未必是被葬者。

（6）貞：帚（婦）好于臺。　《合》2668

（7）貞：王夢帚（婦）好，不隹（唯）骲（孽）。　《合》17380

（8）勿〔隹（唯）〕☐燎☐〔好〕☐十牛☐。　《合》2670 正

（9）丁巳卜，貞：酓（酒）帚（婦）好刧（禦）于婦乙。　《合》712

（10）貞：翌〔癸〕未酓（酒）〔帚（婦）〕好☐。　《合》2712 正

（11）☐〔屮〕帚（婦）好。　《合》2669

（12）司帚（婦）好。　《合》2672

（13）畀帚（婦）好女。　《合》684

關於（6）的「𡘜」字曾被釋爲「哭」，認爲是是祭名，〔註106〕但此字考釋目前尚無定論，此例可暫時不論。（7）被認爲是婦好鬼魂作祟，〔註107〕根據宋鎭豪的研究，卜辭內容中夢中的景象非常多，他指出：

> 甲骨卜辭中所記載晚商貴族的夢景夢象，有雨晴氣候變化之夢，有

〔註105〕蔡哲茂，〈說甲骨文葬字及其相關問題〉，張光裕等編，《第三屆國際中國古文字學研討會論文集》（香港：香港中文大學中國語言及文學系、香港中文大學中國文化研究所，1997），頁 123。

〔註106〕王宇信、張永山、楊升南，〈試論殷墟五號墓的「婦好」〉，《考古學報》1977.2，頁 18。又見〈試論殷墟五號墓的年代〉，《鄭州大學學報》1979.2，頁 92。

〔註107〕同上。徐義華也從此說見〈商代諸婦的宗教地位〉，《紀念殷墟甲骨文發現一百周年國際學術研討會論文集》，頁 455。

王邑中的非常事態或雷震地動之夢，有外出、來使、敵情警報及戰
爭征伐之夢，有夢見器物，有夢見在宗廟秉物和參加祭祀，有狩獵
之夢，有夢見大虎、死虎、野豬、白牛、麋（獐子）、龍、群狸、鳥
等猛獸飛禽，有夢得病，有夢見身邊親屬及重臣，有夢到祖先已故
者。〔註108〕

可見夢到婦好未必爲婦好鬼魂作祟，婦好也未必已死。（8）辭殘可不論。（9）、
（10）、（11）也被認爲是祭祀婦好的例子，〔註109〕喻遂生曾指出卜辭中酒祭也
有用於生者的，如《屯南》1104、《合》3453 3 有「酒王」，《合》3216 正有「酒
子凡」，《合》7945 有「酒子央」，而《合》3032 反「屮子妻」其「子妻」也未
必爲死者，此類例子可理解爲「爲動用法」，即爲某人行「酒」祭。〔註110〕（12）
的「司」字，或從郭沫若釋爲「祀」，〔註111〕或釋爲「后」。〔註112〕曹定雲釋爲
「司」，指出卜辭中的「司」爲殷代王宮中的女官，具體職務是掌管宮中祭祀事
務，是婦好的官名，〔註113〕已否定此婦好爲祭祀對象。最近裘錫圭對「司」字
有新的說法，認爲可以讀爲「姒」，爲表示婦女年長之尊稱，〔註114〕可從，故
此辭也與祭祀婦好無關。關於（13）的「畀」字學者或從于省吾釋爲「矢」，解
釋爲「均就陳牲而言」，〔註115〕本文從裘錫圭釋爲爲「畀」，義爲「給予」，婦

〔註108〕宋鎮豪，〈甲骨文中的夢與占夢〉，《文物》2006.6，頁 65。

〔註109〕〈試論殷墟五號墓的「婦好」〉，《考古學報》1977.2，頁 18～19。又見〈試論殷墟
五號墓的年代〉，《鄭州大學學報》1979.2，頁 92～93。徐義華也認爲婦好曾受到
酒祭，見〈商代諸婦的宗教地位〉，《紀念殷墟甲骨文發現一百周年國際學術研討
會論文集》，頁 455。

〔註110〕喻遂生，〈甲骨文動詞和介詞的爲動用法〉，《甲金語言文字研究論集》（成都：巴
蜀書社，2002），頁 91。

〔註111〕〈試論殷墟五號墓的「婦好」〉，《考古學報》1977.2，頁 19。張政烺也認爲此辭可
證婦好已死，見〈婦好略說〉，《張政烺文史論集》，頁 655～656。

〔註112〕〈試論殷墟五號墓的年代〉，《鄭州大學學報》1979.2，頁 94。

〔註113〕曹定雲，《殷墟婦好墓銘文研究》（昆明：雲南人民出版社，2007），頁 111。

〔註114〕參裘錫圭，〈說「姒」（提綱）〉，中央研究院歷史語言研究所，《古文字與古代史》
（台北：中央研究院歷史語言研究所，2009）第 2 輯。本文第六章第二節「㚸」
處對裘說有詳引。

〔註115〕〈試論殷墟五號墓的「婦好」〉，《考古學報》1977.2，頁 19。又見〈試論殷墟五號

好應為生人。〔註116〕另外，《合》2637、2636 正反、《合補》5554 正反有「取婦好」卜辭，不少學者認為是婦好「冥婚」的內容，亦可商，相關討論詳見本文的六章第三節「🔲」處，此從略。

（14）乙未卜，敵貞：其屮（有）再帚（婦）好🔲。　　《合》6653 正+
　　　　《乙》2311〔註117〕

（15）庚子卜，敵貞：勻舌方于好𡹬。　　《合》6153

（16）🔲貞：于好🔲方，畀我🔲。五月。　　《合》6770 正〔註118〕

（17）🔲寅卜，韋貞：𡧊（賓）帚（婦）好🔲。
　　　　貞：弗其𡧊（賓）帚（婦）好。　　《合》2638

（18）貞：屮（有）來𡧊（賓）帚（婦）好，不隹母庚。　　《合》2639

（19）丁亥卜，敵貞：昔乙酉箙奔卯（禦）🔲大甲、祖乙百鬯、百羊，卯三百宰。　　《合》302+1477（《合》301 同文）

（20）乙酉卜：卯（禦）箙奔于帚（婦）好十犬。　　《屯南》917

（21）己亥卜：辛丑歆祀帚（婦）好。　　《合》32757

（14）～（21）的婦好一般認為是祭祀對象，〔註119〕其中（14）～（19）為典賓類，（20）、（21）為歷二類。其中最關鍵的是（15）《合》6153，王宇信認為伐舌方的卜辭中未見婦好，《合》6153 婦好又是「勻舌方」的對象，推測婦好可能在伐舌方之時已死，由於舌方之亂在武丁晚葉被平定，婦好應該死於舌方平定之前，可能是「武丁晚期前葉」，〔註120〕可知「舌方何時平定」是婦好死於武丁晚期前葉說的主要依據。

墓的年代〉，《鄭州大學學報》1979.2，頁 93，以及〈商代諸婦的宗教地位〉，《紀念殷墟甲骨文發現一百周年國際學術研討會論文集》，頁 455。

〔註116〕詳見〈「畀」字補釋〉，《古文字論集》。

〔註117〕蕭良瓊等編，《甲骨文合集材料來源表》（北京：中國社會科學出版社，1999），頁 177。

〔註118〕裘錫圭認為據《合》6153 知此辭「好」下可補「勻舌」二字，見〈「畀」字補釋〉，《古文字論集》，頁 93。

〔註119〕喻遂生認為（17）的「賓婦好」可能是為動用法，見〈甲骨文動詞和介詞的為動用法〉，《甲金語言文字研究論集》，頁 91。但從（18）來看，婦好應為祭祀對象。

〔註120〕〈試論殷墟五號墓的年代〉，《鄭州大學學報》1979.2，頁 94。

2. 舌方何時平定的問題

關於舌方何時平定，王宇信舉了幾版「**鼻**」此人伐舌方的卜辭，說明舌方是被**鼻**平定的，其中此版值得注意：

　　　　丁酉卜，出貞：**鼻鼻**（擒）舌方。　　《合》24145〔註121〕

並指出《合》5445 是舌方被平定後的卜問。辭例如下：

　　　　丁酉卜，亘貞：舌**凵**（贊）〔註122〕王事。

　　　　貞：王曰：舌來。　　《合》5445 正

　　　　〔王〕固（占）曰：其日舌來。　　《合》5445 反

王宇信從出組卜辭上及武丁晚期的看法，認爲舌方平定於武丁晚期，並進一步推論婦好死於武丁晚期前葉。《合》24145 李學勤與黃天樹二位先生都分在「出組一類」，但李先生認爲：「這類卜辭與賓組二類有同卜之例（見上文），在字體、人物等方面二者也非常接近，其上限可能上及武丁之末。」〔註123〕黃先生認爲：「目前尚未見署出組貞人名的出組一類卜辭中有『父乙』稱謂（參閱《綜述》第 187～188 頁），因此，出組一類的上限仍以定在祖庚之初爲宜。」並且將典賓類與出組一類同卜一事者視爲典賓類卜辭下及祖庚之初的依據。〔註124〕本文認爲舌方平定於「武丁晚期」的籠統說法，並不能說明究竟是在晚期的前葉、中葉還是晚葉平定的，仍無法推論婦好死於武丁晚期前葉，而出組的《合》24145 此版內容究竟是否早於賓組的《合》5445 並不能確定。首先，若出組卜辭確如黃先生所言，未及於武丁晚期，則《合》24145 只能視爲祖庚時期舌方再度叛亂，則婦好可能死於武丁晚期的任何時間點。其次，即便出組卜辭有上及武丁晚期的可能，武丁在位時間將近六十年，以二十年爲一期，舌方也可能在武丁晚期的末幾年被平定，婦好仍然可以死在武丁末年以前的任何時間點。

〔註121〕黃天樹先生認爲此版與典賓類的《合》10811、33396 同事，見《殷墟王卜辭的分類與斷代》，頁 46、184。不過趙鵬並未從黃先生之說，以《合》10811、10774、33396 爲一事，「卜問**鼻**是否能在田獵中有所擒獲」，見《殷墟甲骨文人名與斷代的初步研究》，頁 177。

〔註122〕詳見蔡哲茂，〈釋殷卜辭的**凵**（贊）字〉，《東華人文學報》第 10 期（2007）。蔡師哲茂也認爲此版代表「舌方」已臣服於商王朝（頁 35）。

〔註123〕《殷墟甲骨分期研究》，頁 138。

〔註124〕《殷墟王卜辭的分類與斷代》，頁 79、47。

　　若肯定舌方平定於武丁晚期或祖庚初期，則賓組的《合》5445 與出組的《合》24145 至少還能有三種解釋：1.《合》5445 臣服的舌與《合》24145 被征伐的舌並非同一國族，2. 武丁後期（或祖庚初期）舌方被平定後又再度叛變，3.《合》24145 與《合》5445 都在武丁晚期（或祖庚初期），《合》5445 晚於《合》24145。第一種解釋在目前甲骨學研究的脈絡中不容易成立，也無學者如此主張，可不論。第二、三種解釋有斷代學說爲基礎，但都只能說明婦好死於武丁晚期，無法證明婦好死於武丁晚期「前葉」，故《合》6153 的「匄舌方于好」也只能說明婦好死於武丁晚期，並不能說明婦好死於武丁晚期「前葉」。

　　3. 從花東卜辭的「🔲（崖）」看舌方戰事

　　本文的四章第一節對舊有卜辭與花東卜辭的人物「🔲（崖）」有整理與研究，相關卜辭的釋讀與詮釋可參該節。以下簡述本文觀點。

　　花東卜辭中有人物「🔲（崖）」，一般認爲就是舊有卜辭中常見的「🔲（崖）」，此族與其周邊族邑在賓組卜辭中常有受到舌方侵略的卜問，是在商王朝與舌方發生衝突之時。檢視目前所見花東卜辭，會發現婦好與此人都與舌方無關，且多見於獻禮活動中，如：

　　乎（呼）崖🔲。不用。

　　乙亥卜：弜乎（呼）崖🔲。用。　一　《花東》255

　　乙未卜：乎（呼）崖🔲見（獻）。用。　二

　　乙未卜：乎（呼）崖🔲見（獻）。用。　二　《花東》290

　　辛亥卜：發攵（肇）〔註125〕帚（婦）好新三，崖攵（肇）帚（婦）新二。
　　屮（往）🔲。　一　《花東》63

　　辛亥卜：乎（呼）崖面見（獻）于帚（婦）好。才（在）狀。用。　一
　　《花東》195

此狀況顯示花東卜辭中與「🔲（崖）」有關的卜問不是在商王朝伐舌方之前，就是在與舌方的戰事告一段落之後。

　　從與「🔲（崖）」有關的卜辭來看，舊有卜辭中有征伐寰（畏）、崖的卜

〔註125〕「肇」字有「致送」之義，詳見方稚松，《殷墟甲骨文五種記事刻辭研究》，頁 37 ～52。

問：

貞：龏（龔）及寅、垡。　　《綴集》69　　（《英》341+《合》5457）

貞：多犬及畏、垡。

貞：多犬弗其及畏、垡。　　《合》5663

貞：叀（惠）輚乎（呼）生（往）于垡。　　《合》5478 正

貞：叀（惠）輚令生（往）于垡。　　《合》5479

貞：叀（惠）輚令旌（奔）畏、垡。　　《合》6855 正　　（《合》6856 同文）

由於伐「寅（畏）」之事可能發生於武丁中期左右，同時被征伐的「垡（崖）」族在武丁中期很可能尚未臣服於商王朝（詳見本文第四章第一節），而伐「舌方」大約在武丁中期之後，也就是說「垡（崖）」可能在商王朝與舌方發生戰爭前不久才剛臣服於商王朝。因此，花東卜辭中與「垡（崖）」有關的卜問，很可能發生在此族剛臣服於商王朝與商王朝伐舌方之間的武丁中、晚期之交，或商王朝與舌方的戰事告一段落之後，當為武丁晚期。若為前者，則可知武丁中晚期之交婦好還活著，何時死亡不得而知。若為後者，則武丁晚期舌方戰事告一段落之後婦好仍未死。參照《合》6153 的「勻舌方于好」，可能婦好不久後就死了，而舌方又再度作亂，才有出組卜辭中伐舌方的卜問以及向婦好「勻舌方」的卜問。也就是上文提到的第二種解釋。而出組伐舌方的卜問大幅減少也可解釋為舌方已不成氣候，並非主要的外患，此時商王朝的主要外患應該就是歷組卜辭中的「召方」。

　　本文認為花東卜辭的「垡（崖）」是武丁中期以後的人物，也說明此人獻禮的對象婦好當時仍活著。不過相關卜辭究竟在武丁中晚期之交伐舌方之前，還是在武丁晚期舌方戰事告一段落之後，還需要更充分的資料與證據才能進一步討論，本文傾向武丁晚期的解釋。

第二章　花東卜辭中的商王武丁、
　　　　婦好與子

第一節　花東卜辭中的王與丁

一、花東卜辭中的王為商王武丁

花東卜辭中有「王」的記載，見於以下二辭：

庚戌卜：隹（唯）王令（命）余乎（呼）🏹，若。　一　《花東》420

癸酉，子炅（金），才（在）🏹：子乎（呼）大子邧（禦）丁宜，丁丑
王入。用。來戰（狩）自斝。　一　《花東》480

在過去的研究中，王字的字形演變被作爲斷代的標準之一，董作賓曾說：

王字變化有三，因所見最多，頗可據爲斷定時代標準。明義士牧師
曾注意及此，嘗爲我言太，天，王三體時代之次，其說甚是，……
太爲武丁至祖庚時書體，祖甲以後加橫畫於上作天，此體直寫至武
乙之世。〔註1〕

林澐也指出：

_____

〔註1〕《甲骨文斷代研究例》，頁100。

王字在甲骨文中最常見的形體有 🔲、🔲、🔲、🔲、王等幾種，而以作 🔲 者最早，武丁時甲骨文均作此形。🔲 形，乃 🔲 即戌字上半部豎置之形，戌字在稟辛康丁時代的甲骨文中多作 🔲 或 🔲 形，而王字在稟辛康丁時代也正好多作 🔲 形，可見王字確與戌字有關。〔註2〕

花東卜辭「王」字二見，《花東》420 作 🔲，《花東》480 作 🔲，細審照片，前者上有一橫，爲 🔲，後者爲 🔲，原釋文在《花東》480、420 考釋中指出：

> 「丁丑王入」此「王」字作「🔲」；420（H3：1314）其「王」字作「🔲」。以往將「🔲」視爲武丁早期的寫法；而「🔲」則視爲祖庚、祖甲以後才出現的寫法。而 H3 卜辭中，這兩種「王」字形體同時並存。
>
> H3 卜辭時代是屬於殷墟文化一期，明顯早於祖庚、祖甲時代。由此證明，我們以往的認識具有局限性、應予以糾正。〔註3〕

本文認爲花東卜辭爲武丁晚期卜辭，則「🔲」形在此時已出現。

另外，《花東》275+517【蔣玉斌綴】有「丰」字，作 🔲，綴合後可知爲人物「多丰臣」之「丰」，有學者將 🔲 字視爲「王」字，認爲：「以往出現此種『王』字，均視爲晚期特徵。如今，在殷墟早期就出現了。」〔註4〕而學者已指出此字應爲「丰」字，本文同意此說，相關討論詳見本文第七章第二節「多丰臣」處。

關於「王」的身分，劉源曾認爲：

> 丁的身份是一個很複雜的問題，乃至各條卜辭中的丁是生者還是死人尚待具體分析，在這種情況下，將花東卜辭中的丁遽定爲商王武丁似乎爲時過早。眾所周知，在殷墟卜辭中，商王一般直接稱爲「王」，花東卜辭中也有「王」（《花東》420、480），從這一點上看，似無稱王爲丁的必要。〔註5〕

〔註2〕〈說王〉，《林澐學術文集》，頁 1。

〔註3〕《花東・釋文》，頁 1744、1724。

〔註4〕《花東・釋文》，頁 1754。

〔註5〕〈殷墟花園莊東地甲骨研究概況〉，《歷史研究》2005.2，頁 182。

曹定雲則肯定的認爲「王」是小乙，「丁」是武丁，「王」、「丁」不是同一人，曰：

> 我們二人在對待「丁」的問題尚持有不同的看法：劉一曼教授認爲是已經即位的武丁；而我認爲是尚未即位的武丁。在我看來《花東》420和《花東》48中的「王」和「丁」是同時並存的兩個人，既然「丁」是武丁，那這個「王」只能是小乙。〔註6〕

> 《花東》420、480卜辭表明：H3卜辭中的生者「丁」與「王」不是同一個人，既然生者丁是「武丁」，那王必爲「小乙」。〔註7〕

> 同《花東》420一樣，《花東》480中的「丁」與「王」也是同時並存的兩個人，尤其是第〔3〕辭「丁」與「王」同時出現，是同時並存的鐵證。既然「丁」是武丁，那此「王」必爲小乙，沒有任何游移的餘地。〔註8〕

不過「王」、「丁」仍可能是同一人的不同稱呼，黃天樹先生指出子組卜辭中也有「丁」與「王」並見的現象，如：

壬寅卜：丁伐龏。

甲寅卜：王伐。三月。

癸巳卜：夕至☒牢母庚。〔註9〕

癸巳卜：卸（禦）母庚牢。　《合》21537+21555【常耀華、黃天樹綴】

黃先生也指出子組卜辭中曾出現「王」，如「辛向壬午，王貞：▌不 ▨（殟）」（《合》21374），從卜辭內容來看，子組卜辭中也有許多關於「丁」的卜問，其

〔註6〕〈1991年殷墟花園莊東地甲骨的發現與整理〉，《花園莊東地甲骨論叢》，頁17。

〔註7〕〈三論殷墟花東H3占卜主體「子」〉（提要），「慶祝殷墟申報世界文化遺產成功暨YH127坑發現70周年紀念研討會」。

〔註8〕〈殷墟花東H3卜辭中的「王」是小乙——從卜辭中的人名「丁」談起〉，《殷都學刊》2007.1，頁23。

〔註9〕此版即《乙》9029，拓片甲寅卜一辭「伐」字前後字跡不清，經目驗原骨，可知爲「王」、「三月」。而「夕至」後缺字部分已斷開，目前尚未發現可綴合者，從「癸巳卜：禦母庚牢」來看很可能有「禦」字，而《屯》2673有「至禦母庚牢」，《合》22226有「庚申卜：至婦禦母庚牢，束小宰」，「夕至」後可能有「禦」字。

身分地位甚高，應即商王武丁。又指出𠂤組小字類卜辭中有卜問「丁」是否「喪明」者，與賓組一類卜問「王」是否「疾目」同類，「丁」即「王」。〔註 10〕可見在子組卜辭中同時存在「王」、「丁」，且身分地位相近，應該代表商王武丁的有兩個稱呼。〔註 11〕

二、花東卜辭中的丁

花東卜辭的「丁」字作「囗」，自花東卜辭刊布以來，最受爭議的問題之一就是關於人物「丁」的解釋，目前學界普遍認爲花東卜辭中絕大多數干支字之外的「丁」指商王武丁，但對其中某些卜辭的解釋仍未有一致的看法。以下簡介各家說法，並進一步討論。

（一）各家說法簡介

首先是認爲花東卜辭的人物「丁」有生稱也有死稱，生稱的「丁」即商王武丁。在花東卜辭尚未完全公布時，劉一曼與曹定雲已對花東卜辭的人物「丁」有初步的說法，在〈殷墟花園莊東地甲骨卜辭選釋與初步研究〉中曰：

> 「丁」是武丁早期又一個重要人物，他參與王朝的軍政大事。H3
> 卜辭中的「子」與「丁」之關係十分密切。
>
> 壬卜：婦好告子于丁，弗司？　　（H3：864）
>
> 壬卜，在𡥏：丁畀子圍臣？一
>
> 壬卜，在𡥏：丁曰：余其𦥑子臣？允。二　　（H3：1290）
>
> 子夢丁，王禍？　　（H3：1106）
>
> 以上四辭，將「子」、「婦好」、「丁」之關係描繪出來。由其是「丁畀子圍臣」，是「丁」將一些「圍臣」送給「子」，供其使用，說明他們的關係非同一般。〔註12〕

〔註10〕詳見〈重論關於非王卜辭的一些問題〉，《黃天樹古文字論集》，頁 71～78。《初步研究》也引用《合》21537+21555 說明王與丁同見一版的意義（頁 35～36）。

〔註11〕也有學者認爲花東卜辭與子組卜辭的「丁」都應釋爲「方」，可商。相關討論詳見下文。

〔註12〕〈殷墟花園莊東地甲骨卜辭選釋與初步研究〉，《考古學報》1999.3，頁 303。

此早期的說法不容易讓人聯想到「丁」即「武丁」，而劉源也曾據「H3：1290」
認爲「貢獻圉臣（可能是奴隸）給子的情況來看，丁可能是子的族人」，〔註13〕
常耀華也引用上引〈殷墟花園莊東地甲骨卜辭選釋與初步研究〉該段內容，認
爲花東卜辭的人物「▢」爲「方」，就是子組卜辭的「方」。〔註14〕《花東》出
版後，該書「前言」也用了這段話，但將「『丁』是武丁早期又一個重要人物，
他參與王朝的軍政大事」刪除，〔註15〕可能當時對「丁」的身分已有進一步的
理解。該書認爲《花東》401、416中出現「死去的丁」，而《花東》401中同時
有「活著的丁」，曰：

> 本版第12辭云：「丁乎多臣」；而第17辭則云：「其彭豕▢于丁」。
> 此兩辭中均有「丁」。從辭意分析，第12辭之「丁」是生者，而第
> 17辭之「丁」則爲死者。此證明H3卜辭中同時存在兩個「丁」。
>
> 〔註16〕

對於「活著的丁」，在《花東》475考釋中曰：

> 本版中，幾個重要人物：丁、帚好、子均在卜辭中出現。第9辭「丁
> 令（命）子曰：往眔帚好于……」，說明「丁」之地位在「帚好」和
> 「子」之上。〔註17〕

很快的陳劍便指出這個「活著的丁」就是商王武丁。〔註18〕曹定雲與劉一曼也
同意此看法，曰：

> H3卜辭中，有一位活著的「丁」，還有一位死去的「丁」。……這位
> 活著的「丁」地位很高，權力很大。……我們二人已認識到此「丁」
> 應是武丁，非他莫屬。……我們在《釋文》中，對這種關係已經作
> 了充分的表述，只差沒有將「窗戶紙」捅破。爲什麼沒有捅破？因
> 爲當時我們二人在對待「丁」的問題尚持有不同的看法：劉一曼教

〔註13〕 劉源，《商周祭祖禮研究》（北京：商務印書館，2004），頁320。

〔註14〕 《殷墟甲骨非王卜辭研究》，頁116。

〔註15〕 《花東・前言》，頁31。

〔註16〕 《花東・釋文》，頁1717。

〔註17〕 《花東・釋文》，頁1742。

〔註18〕 〈說花園莊東地甲骨卜辭的「丁」─附：釋「速」〉，《甲骨金文考釋論集》。

授認爲是已經即位的武丁；而我認爲是尚未即位的武丁。〔註19〕

其後曹定雲又在〈殷墟花東 H3 卜辭中的「王」是小乙──從卜辭中的人名「丁」談起〉一文中重申花東卜辭同時有「死去的丁」與「活著的丁」，後者即商王武丁。韓江蘇的《殷墟花東 H3 卜辭主人「子」研究》也主張此說。

第二類說法是由於對部分卜辭的釋讀不同，認爲花東卜辭的人物「丁」全爲武丁生稱，朱歧祥、魏慈德與姚萱都持此說。〔註20〕

而對於武丁何以能生稱「丁」，也有以下幾種解釋：（1）李學勤釋爲「辟」，爲「璧」之象形初文，義爲「君」，林澐從之並有所補充。〔註21〕（2）裘錫圭釋爲「帝」，認爲與區分嫡庶有關，是強調直系繼承族長的尊稱，姚萱認爲是目前最合理的說法，張永山亦同意裘說。〔註22〕（3）曹定雲認爲「丁」是「日名」，而「日名」源自此人生前在同族同輩中的出生次第，〔註23〕朱歧祥與黃銘崇也認爲生稱之「丁」是「日名」，前者認爲「丁」即武丁「私名」，

〔註19〕 〈1991 年殷墟花園莊東地甲骨的發現與整理〉，《花園莊東地甲骨論叢》，頁 16～17。

〔註20〕 〈由詞語聯繫論花東甲骨中的丁即武丁〉，《殷都學刊》2005.2；《殷墟花園莊東地甲骨卜辭研究》，頁 72；《初步研究》，頁 28～39。不過有幾版「丁」（《花東》211、401）朱先生解釋爲「祊」，見《殷墟花園莊東地甲骨校釋》，頁 997、1032。以下簡稱《校釋》。

〔註21〕 〈關於花園莊東地卜辭所謂「丁」的一點看法〉，《故宮博物院院刊》2004.5；〈花東子卜辭所見人物研究〉，《古文字與古代史》第 1 輯，頁 15。

〔註22〕 〈「花東子卜辭」和「子組卜辭」中指稱武丁的「丁」可能應該讀爲「帝」〉，《黃盛璋先生八秩華誕紀念文集》；《初步研究》，頁 28；〈也談花東卜辭中的「丁」〉，《古文字研究》第 26 輯。最近宋華強發表了〈由楚簡「北子」「北宗」說到甲骨金文「丁宗」、「啻宗」〉一文，也同意裘說，並認爲甲、金文的「丁宗」、「啻宗」應該指「嫡宗」，該文發表於「2008 年國際簡帛論壇」（芝加哥：芝加哥大學國際學社，2008 年 10 月 30～11 月 2 日），刊於武漢大學簡帛研究中心主辦，《簡帛》（上海：上海古籍出版社，2009）第 4 輯。

〔註23〕 〈1991 年殷墟花園莊東地甲骨的發現與整理〉，《花園莊東地甲骨論叢》，頁 16；〈殷墟花東 H3 卜辭中的「王」是小乙──從卜辭中的人名「丁」談起〉，《殷都學刊》2007.1，頁 19。關於「日名」源自出生次第說見曹定雲，〈論商人廟號及其相關問題〉，《新世紀的中國考古學：王仲殊先生八十歲華誕紀念論文集》（北京：科學出版社，2005）。

後者從張光直之說認爲商人貴族分爲十個族群，十干日名即各世係族群之符
號。〔註24〕

　　也有學者認爲花東卜辭的人物「丁」是商代大族的族長，爲第三類說法。
此說又分爲二：其一是朱鳳瀚提出，認爲花東卜辭的「丁」就是子組卜辭（朱
先生從《合集》稱爲乙一卜辭）中的「丁」，曰：「H3卜辭與乙種卜辭占卜主體
之貴族與丁三者各自所在家族爲一個大的宗親集團內的三個分支。」也同意《花
東》所指出丁地位高於婦好與子，認爲丁是上一級的貴族。〔註25〕之後又進一
步舉出以下卜辭：「邑來告」、「邑不其來告」、「唯兄丁來」〔《合》2895，《綴集》
44（《合》2896＋4467）同文〕及「兄丁㞢曰」（《合》2894），認爲此兄丁「爲
王（武丁）兄輩，『丁』在此非日名，乃生稱。或即花園莊東地甲骨及乙類非王
卜辭中常見之很有地位之丁」。〔註26〕成家徹郎也認爲丁不是武丁，同樣也聯想
到卜辭中的兄丁，認爲「這個『口』是武丁的哥哥的可能性很大。武丁時期
的卜辭可見『兄丁』這一說法。在這裡可能是兄字被省略了」。不過成家先生認
爲這個丁字不應解釋爲丁，目前尚未有合理的解釋，而曰：「作爲意義來說，可
能是『室』、『房』、『局』、『堂』等表示場所的意思，在花東卜辭中，在那裏居
住的人物，也就是說應該是『子』的父親。」〔註27〕其二是常耀華所提出，將
花東卜辭的「口」釋爲「方」。子組卜辭中有人物「口」，學者或釋爲「方」，
常先生從之，認爲卜辭內容顯示此人地位與子組卜辭的「子」身分大致平等，
應該是某大族族長，而花東卜辭中的「口（方）」就是此人。〔註28〕另外，陳
絜在《商周姓氏制度研究》的「卜辭所見婦名、男子名或地名、族名、國名重
合事例表」中將「口」隸定爲「丁」，認爲《花東》294的「丁」是族名，《花

〔註24〕　〈由詞語聯繫論花東甲骨中的丁即武丁〉，《殷都學刊》2005.2，頁5、12。；黃銘
　　　　崇，〈商人日干爲生稱以及同干不婚的意義〉，《中央研究院歷史語言研究所集刊》78.4
　　　　（2007）。

〔註25〕　〈讀安陽殷墟花園莊東地出土的非王卜辭〉，《商周家族形態研究（增訂本）》，頁
　　　　604～605。

〔註26〕　《中國國家博物館藏文物研究叢書・甲骨卷》，頁183。

〔註27〕　〈新出土殷墟花園莊東地甲骨的沖擊（上）——以往分類法暴露出來的局限和缺
　　　　點〉，《紀念徐中舒先生誕辰110周年國際學術研討會論文集》，頁46、42。

〔註28〕　《殷墟甲骨非王卜辭研究》，頁109～119。

東》331 的「丁」是男子名，而在《乙》4810 中「丁」是婦名。〔註29〕陳先生並未對所有花東卜辭的丁作解釋，但至少可以確定當時他認為《花東》294、331 的「丁」不是武丁。

最後，還有第四類說法，即認為花東卜辭的「丁」非人名。如閻志認為花東卜辭的丁全為日干名。〔註30〕以及劉源認為花東卜辭中除了「唯 ▢ 自征劭」的「▢」可能是人物之外，其他過去被認為是人名的「▢」可能都應該解釋為宗廟相關的祭祀地點，可釋為「祊」，讀為「廟」。〔註31〕

（二）爭議問題的討論

1. 關於「丁」的解釋

（1）族名說

花東卜辭的「丁」是否為族氏名的問題有待商榷，常先生從于省吾與林澐之說，認為子組卜辭的「▢」字作方形，干支字「丁」作圓形，截然二分，「▢」應釋為「方」，子組卜辭與花東卜辭的「▢」是同一人，即「方」。不過陳劍認為花東卜辭中的「丁」多作扁方形，要區分為「丁」與「方」並不容易，從花東卜辭中與丁有關的內容來看，認為「在舊有的『子組卜辭』裏，也常常見到一位活著的人物『丁』，我們現在據花東卜辭可以斷定，他同樣就是當時的商王武丁。」〔註32〕黃天樹先生詳細比對了子組卜辭與花東卜辭「丁」的內容，對陳說有進一步的補充。〔註33〕事實上學者多已指出花東卜辭中的「丁」權力甚大，不但可以命令子，還能命令婦好，在花東卜辭中可以看到子對「丁」田獵活動的卜問，以及在「丁」田獵後「勞丁」之事，尤其「丁」還能「侃子」，也說明丁與子地位的差別（相關討論詳下文）。而子組卜辭中的「丁」同樣有「侃子」的卜問，如《合》21734+21735+《英》1869（《天理》314 同文）【黃天樹綴】，子組卜辭中的「子」也有「丁出狩」（《合》21729）、「丁自甘來盎（毖）」（《合》21731）等卜問，與花東卜辭的「丁」很類似，這樣的地位應該只有武

〔註29〕《商周姓氏制度研究》，頁 116。

〔註30〕〈殷墟花園莊東地甲骨卜用丁日的卜辭〉，《故宮博物院院刊》2005.1。

〔註31〕〈再談殷墟花東甲骨卜辭中的「□」〉，《甲骨文與殷商史（新一輯）》。

〔註32〕〈說花園莊東地甲骨卜辭的「丁」——附：釋「速」〉，《甲骨金文考釋論集》，頁 87～88。

〔註33〕〈重論關於非王卜辭的一些問題〉，《黃天樹古文字論集》，頁 71～78。

丁才有，而非名為「方」或「丁」的族長。而花東卜辭中丁往往與婦好並列，如《花東》26、28、211、320，可以看出對子而言，在很多方面婦好的地位是跟武丁一樣的。因此本文也認同子組卜辭與花東卜辭的「丁」都是指商王武丁。

（2）日干名說

花東卜辭的「丁」全為干支之說也不能成立。此說至今未獲學界肯定，主要原因在於無法通讀相關卜辭。姚萱便曰：「按其說，絕大部分卜辭根本無法講通，他們的解釋十分牽強，實不可信。」〔註34〕張永山也舉例指出其誤，如：卜辭中「夢」字之後無接時間副詞者，《花東》349 的「子夢丁」的「丁」應為人名；《花東》410 的「丁畀子圉臣」與「余其肇子臣」、《花東》26 的「獻婦好」與「獻丁」、《花東》475 的「丁曰」與「子曰」、《花東》211「告行于婦」與「告行于丁」皆為對貞。〔註35〕都是「丁」為人名的鐵證。而《花東》1 的「丁令」也應與花東卜辭中常見的「子令」意思相同。

（3）祭祀場所說

劉源對關於丁活動的卜辭都有討論與解釋，其思路與論證有其合理性，但亦有難以通讀之處，如該文中指出關於《花東》75「子作 ☐ 」的辭例不易理解，以及《花東》449「伯或再冊，唯 ☐ 自征卲」的「 ☐ 」不能直接讀為祊。〔註36〕《花東》449「伯或再冊，唯 ☐ 自征卲」與「 ☐ 弗其比伯或伐卲」對貞，劉源認為前一「 ☐ 」不能直接讀為祊，卻將與之對貞的反面敘述「 ☐ 弗其比伯或伐卲」理解為「祊，弗其比伯或伐卲」。前一「 ☐ 」從語序看當為人名，若二「 ☐ 」同字，前者既為人名，則後者自然不用解釋為「祊」，即便認為二辭的「 ☐ 」非同字，後一「 ☐ 」也應該是被省略掉了，原貌應為「祊， ☐ 弗其比伯或伐卲」，如此花東卜辭中仍有一參與伐卲的人物「 ☐ 」。既有此一人物，則其他與此「 ☐ 」同字形者是否可解釋為「祊」，當需再考慮。另外，《花東》183 有「丁來視子舞」，劉源理解為「祊，來見子舞」，認為「子舞」是祭祀儀式中的內容，但花東卜辭中子進行樂舞活動的內容很多（參本章第三節），若將「 ☐ 」解釋為地點，則「來視子舞」自然是省略了主語，而花東卜辭占卜主體是子，子自己視察自己的樂舞活動則不好解釋。限於篇幅，僅舉以

〔註34〕《初步研究》，頁27。

〔註35〕〈也談花東卜辭中的「丁」〉，《古文字研究》第26輯，頁19～20。

〔註36〕〈再談殷墟花東甲骨卜辭中的「□」〉，《甲骨文與殷商史（新一輯）》，頁156、155。

上二例說明，本文對其他相關卜辭的釋讀與理解，可參本節討論丁的活動之處，本文仍認為將丁解釋為「人物」較合理。

2. 花東卜辭是否有死去的「丁」

花東卜辭中可以確定的以「丁」為日名的祭祀對象為「兄丁」，見於《花東》236。此外《花東・釋文》與其他文章、書籍中提到有「死去的丁」的卜辭如下：

（1）戊卜：其㪤豕，肉入于丁。 一 《花東》401

（2）庚寅：歲匕（妣）庚小宰，登（登）自丁糕（黍）。 一
　　庚寅：歲匕（妣）庚小宰，登（登）自丁糕（黍）。 二 《花東》416

（3）甲辰：宜丁牝一，丁各，矢（昃）于我，翌日于大甲。 一二 《花東》420

（4）甲寅卜：弜宜丁。 一 《花東》255

（5）☑于丁（日？）雨入。 《花東》258

（6）己卜：叀（惠）丁〔乍（作）〕子興，尋丁。 一 《花東》53

（7）甲辰：宜丁牝一，丁各，矢（昃）于我，翌〔日〕于大甲。用。 一
　　二 《花東》34

（8）壬卜：子又（有）求，曰：視丁官。 一 《花東》384

（9）癸酉，子炅（金），才（在）𢓊：子乎（呼）大子卲（禦）丁宜，丁丑王入。用。來戰（狩）自斝。 一 《花東》480

（10）壬子卜：子其告狀既圍丁。子曾告曰：丁族盩（愨）𡿧宅，子其乍（作）丁𦥑（營）于狀。 一
　　壬子卜：子戠（待），弜告狀既圍于〔丁〕，若。 一 《花東》294

《花東》236之外，（1）、（2）為《花東・釋文》中提出，〈1991年殷墟花園莊東地甲骨的發現與整理〉一文中又提出（3）、（4）、（5）三版，其後曹定雲再度談到「死去的丁」見於花東卜辭中的有十餘版，並重提（1）、（4）、（5），加上

（6）〔註37〕以及與（3）同文的（7）。〔註38〕最後韓江蘇也舉了（3）、（4）、（5）三版，又提出（8）、（9）、（10）三例。〔註39〕

　　（1）、（5）原釋文爲：「戊卜：其改豕□于丁？」「☑钔于丁，雨？用。」朱歧祥認爲（1）上下排列的「豕」與「肉」應該是「豚」字，無缺字，「丁」可讀作「祊」，（5）「钔」字拓本不清，字形無法判斷。〔註40〕姚萱指出（1）的「豕」應爲「犭」，缺字爲「肉入」二字，從拓片與照片都清晰可見，而「丁」即武丁，（5）的「钔」字從拓片看完全不可辨識，「丁」應爲「日」，〔註41〕趙偉同意朱歧祥釋（1）爲「其改豚于丁」，認爲姚萱釋「犭」是誤以甲面劃痕爲筆劃，（5）也從朱歧祥刪「钔」字。〔註42〕韓江蘇則認爲從拓片與照片看，（1）辭「肉」字後的缺字很像「入」，而花東卜辭中多見「入肉」，即對武丁的貢納肉，又花東卜辭中並無用「某肉」祭祀之例，故補「入」字，認爲「肉入」就是「入肉」，將此辭釋讀爲「其改豕肉入于丁」。〔註43〕

　　（1）辭從照片看（右圖），「豕」字腹旁橫劃「━」在腹部中間，且與腹部筆劃分離，應該是甲面刮痕，非「犭」字，而「肉」與「于」間有一字之間隔，「入」字右筆有筆鋒，且上有裂紋（或刮痕）跨過，「入」字刻痕明顯比裂紋深，應爲筆劃，故釋文應從韓說，爲「戊卜：其改豕，肉入于丁」，則「丁」非祭祀對象。（5）的「钔」字各家都認爲可疑，因此即便是「丁」非「日」也無法確定是否爲祭祀對象。（2）的「登自

〔註37〕《花東》53 考釋中將「尋」解釋爲「祭名」，可能就已認爲此版的「丁」是祭祀對象。

〔註38〕分別見《花東・釋文》，頁 1717、1723；〈1991 年殷墟花園莊東地甲骨的發現與整理〉，《花園莊東地甲骨論叢》，頁 16；〈殷墟花東 H3 卜辭中的「王」是小乙──從卜辭中的人名「丁」談起〉，《殷都學刊》2007.1，頁 19～20。

〔註39〕《殷墟花東 H3 卜辭主人「子」研究》，頁 121～123、522～523、212。

〔註40〕《校釋》，頁 1032、1008。

〔註41〕《初步研究》，頁 23、29。

〔註42〕《《殷墟花園莊東地甲骨・釋文》校勘》，頁 58、45。以下簡稱《校勘》。

〔註43〕《殷墟花東 H3 卜辭主人「子」研究》，頁 158～159。

丁黍」陳劍指出「自丁黍」即來自「丁」之黍，[註44] 就是用來此物祭祀之意，丁爲活人無疑。而韓江蘇將「自」解釋爲「親自」，認爲「登自丁黍」是舉行「登」祭，子親自爲活著的「丁」準備祭品的意思，[註45] 卜辭中似未見此種表達方式，當以陳說爲是。可知（1）、（2）、（5）的「丁」皆非祭祀對象。（8）的「丁官」本文認爲並非指祭祀「丁」的場所，於下文「丁與子的深層互動」詳論。而（3）〔（7）同文〕、（4）、（9）的「宜丁」、「丁宜」字、詞的解釋與斷句仍待進一步研究，其「丁」可能是活著的武丁，於下文「存疑待考的卜辭」詳論。（6）的「尋丁」也不容易解釋，也有學者將此「丁」解釋爲活著的武丁，相關內容與「子興」有關，於下章第一節「子興」處討論。（10）的「丁」也可能不是祭祀對象，於本文第七章第一節「丁族」處詳論。綜上，本文認爲上舉十辭都無法確證花東卜辭中有死去的「丁」。

3. 對生稱「丁」解釋為「辟」的一些看法

至於武丁之生稱「丁」應如何解釋，諸說都指出一些可能的面相，也都存在可商榷的空間，其中尤以「日名」一說最爲複雜。由於此一問題目前學界尚未取得共識，涉及的問題亦非本文所能處理，筆者不敢妄論，只能暫存疑待考。而關於李學勤釋爲「辟」的說法，頗有想像空間，在此稍作討論。

韓江蘇認爲花東卜辭中的「璧」都作圓形，並舉 ⣿（《花東》198），⣿、⣿《花東》180，⣿《花東》475，⣿《花東》490爲例。[註46] 事實上這些字形所從之「璧」並非全作圓形，茲將相關拓片羅列如下：

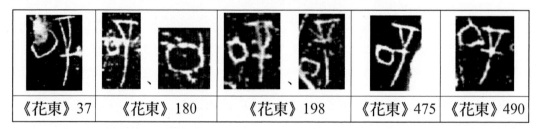

《花東》37	《花東》180	《花東》198	《花東》475	《花東》490

作方形與作圓形者差異非常明顯，《花東》198 同版一方一圓可證二形通用。林澐對李說有如下補充：

〔註44〕〈說花園莊東地甲骨卜辭的「丁」──附：釋「速」〉，《甲骨金文考釋論集》，頁 83
　　　　～84。

〔註45〕《殷墟花東 H3 卜辭主人「子」研究》，頁 164～165。

〔註46〕《殷墟花東 H3 卜辭主人「子」研究》，頁 118。

而武丁爲什麼用「⬛」來表示，則有不同解釋。我個人贊成李學勤先生的解釋，即⬛是圓形的⬤的刻寫變體。應讀爲「辟」。丙種子卜辭常見的⬛也應讀爲辟。這裏我補充一點：花東子卜辭中用來記錄璧的呼字（《花東》37、180），正好也有寫作吁形的（《花東》198、475）。可證方形的的確可以是表是璧的符號。……丙種子卜辭和花東卜辭的占卜主體喜歡稱商王爲「辟」，有可能是出於和商王的特殊關係。〔註47〕

此說或可聯想到林澐早期對王字的看法，林先生曾對王字的造字本義有如下詮釋：

大形，乃𠀉即戉字上半部豎置之形，戉字在廩辛康丁時代的甲骨文中多作𠀉或𢁅形，而王字在廩辛康丁時代也正好多作𠀉形，可見王字確與戉字有關。有時戉也寫作𠀉……，本象斧鉞形，由此可知大乃象斧鉞類武器不納柲之形。……更進一步説，即王字的讀音也和斧鉞之古名有關。……鉞之本名揚，揚之音轉而爲王。……斧鉞這種東西，在古代本是一種兵器，也是用於「大辟之刑」的一種主要刑具。不過在特殊意義上來説，它又曾長期作爲軍事統率權的象徵物。……用象徵軍事統率權的斧鉞來構成王字，這是十分耐人尋味的。〔註48〕

又指出：

與商王結盟的其他方國首領都只稱「伯」、「侯」、「任」而不稱王，那末可以斷言，商代的「王」的實際意義，顯然並不是指某一方國的軍事首領，而是方國聯盟的最高軍事統領。〔註49〕

當然，商代政治體制是否爲「方國聯盟」可商，但「王」還是可能代表「最高軍事統領」的意義。劉桓認爲：

作爲生稱的日名「丁」從未在王卜辭中出現過，而只見諸子組卜辭，這點是耐人尋味的。合乎情理的解釋應是在以同一血緣關係紐帶的

〔註47〕 〈花東子卜辭所見人物研究〉，《古文字與古代史》第 1 輯，頁 15。

〔註48〕 〈説王〉，《林澐學術文集》，頁 1～2。

〔註49〕 〈甲骨文中的商代方國聯盟〉，《林澐學術文集》，頁 77。

王室貴族中才實行這種稱謂，而不是對外的稱謂。〔註50〕

「璧」本為禮器，是否象「璧」形的 ▢ 、〇 也因此能象徵某種禮制上的身分，也頗耐人尋味。而在某些非王卜辭中此字又用以指稱商王，或可代表占卜主體因某種緣故習慣以另一種禮制上的稱謂來稱呼商王，也許就是宗法上的最高族長的意思。當然，此推測非文字學的範疇，只是提出另一種思路，並無進一步資料佐證。

三、花東卜辭中有關商王武丁的卜問

魏慈德曾整理所有花東卜辭中有關商王的記載，並考慮子與丁的往來互動關係，而有精詳的分類與研究，本文以此為基礎進一步討論。由於卜辭是為占卜而作，不是專門的歷史記載，今人只能從卜問內容反推當時可能發生過什麼事，或即將發生什麼事，其中有些卜問是預期性的，無法確定相關內容是否確曾發生過。雖然如此，透過對相關卜辭的詮釋，仍能一窺這些資料可能描繪出的歷史與社會文化圖像。

在子與丁的互動中，可以很容易的看出子臣屬於丁，最常見的是子對丁貢納、獻禮的卜問，也有丁賞賜子的卜問，還有丁命令子、子「有事」、子向丁報告之類的卜問，在子與丁的互動過程中，也能歸納出一些有關商代禮儀活動的內容。而引起學者注意的還有丁對子「虞」及「作某事」的卜問，以及子對丁關心的卜問，從中也可探討子與丁之間較為深層的互動關係。

（一）子對丁的貢納與禮獻

花東卜辭中出現大量子對丁貢納與禮獻的卜辭，章秀霞有〈殷商後期的貢納、徵求與賞賜──以花東卜辭為例〉一文，對相關詞彙與卜辭有詳細的整理與研究。〔註51〕而在這些卜辭中有不少是在「丁各」（武丁到來）的情況下對武丁的禮獻。以下先討論「丁各」情況下的禮獻活動。

1.「丁各」情況下子對丁的禮獻儀式

（1）「丁各」的目的

花東卜辭中丁到子處的目的主要有三，包括丁來視察子樂舞之事、田獵活

〔註50〕〈關於殷墟卜辭中「丁」的問題〉，《甲骨集史》，頁68。

〔註51〕詳見〈殷商後期的貢納、徵求與賞賜──以花東卜辭為例〉，《中州學刊》2008.5。

動以及祭祀與飲宴活動。丁來視察子樂舞之事與田獵活動的辭例如下：

丙卜：丁來視子舞。　　一

坒（往）于舞，若，丁侃。　　《花東》183

己卜：丁各，叀（惠）鞒（新）□舞，丁侃。　一　《花東》181

丁卯卜：子🙂（勞）丁，爯黹（圭）一、緅九。才（在）剢，戰（狩）□罙。　一　《花東》363

丙寅卜：丁卯子🙂（勞）丁，爯黹（圭）一、緅九。才（在）剢。來戰（狩）自罙。　一二三四五

癸酉，子灷（金），才（在）剢：子乎（呼）大子知（禦）丁宜，丁丑王入。用。來戰（狩）自罙。　一　《花東》480

李學勤認爲《花東》480是武丁從罙地狩獵歸來，子前往迎接慰勞的記載，[註52]故從「來狩自罙」與「勞丁」可知是丁田獵後至子處的事。

「丁」參與祭祀活動的辭例如下：

甲辰：歲且（祖）甲牢，祝𠟭一。　一二

甲辰：宜丁牝一，丁各，矢（戻）于我，翌〔日〕于大甲。用。　一二

甲辰卜：于麥（來）乙，又于且（祖）乙窜。用。　一二

乙巳卜：歲且（祖）乙牢，祝𠟭一，且（祖）甲□丁各。　一二　《花東》34

甲辰卜：丁各，矢（戻）于我，〔翌日〕于大甲。　一

甲辰卜：歲且（祖）乙牢，叀（惠）牡。　一二　《花東》169

甲辰：宜〔丁〕牝一，〔丁〕各，矢（戻）于我，翌日于大甲。　一二三　《花東》335

甲辰卜：丁各，矢（戻）于我。用。　一

甲辰：宜丁牝一，丁各，矢（戻）于我，翌日于大甲。　一二

甲辰卜：于且（祖）乙歲牢又一牛，叀（惠）□。　一　《花東》420

〔註52〕〈從兩條《花東》卜辭看殷禮〉，《吉林師範大學學報（人文社會科學版）》2004.3，頁2。

也有直接卜問召請丁來「飲」者，如：

丁卜：今庚其乍（作）豐，𢼄（速）丁酓（飲），若。　一二

丁卜：今庚其乍（作）豐，𢼄（速）丁酓（飲），若。　三　《花東》
501

陳劍解釋爲「子將作樂而擬召請商王來『酓』」，將「𢼄」字釋爲「速」，義爲
「召請」，可從。〔註53〕以下二版應該也是丁來子處後的卜問：

庚卜：丁鄉（饗）鼎（肆）〔註54〕。　一二

庚卜：丁弗鄉（饗）鼎（肆）。　一二　《花東》236

丁未卜：宜牝且（祖）乙，丁酓（飲）。用。　一　《花東》495

姚萱對此二版卜辭的解釋爲「商王武丁是否『爲鼎祭而舉行饗禮』」與「『丁』
未對祖乙舉行的宜祭行『酓禮』」〔註55〕此類內容中出現「速丁」這種特殊的卜
問，而在一系列與會見商王之禮儀有關的記載中，將「速丁」與「丁各」的卜
辭類聚起來，可以建構出「丁各」前後的禮儀概況，往往先有「速丁」之事而
後「丁各」，〔註56〕「丁各」後會向丁獻禮。魏慈德對「丁各」相關內容已有初
步的說明，〔註57〕本文進一步討論，以下試對「丁各」前後的禮儀概況作初步
整理。

〔註53〕〈說花園莊東地甲骨卜辭的「丁」──附：釋「速」〉，《甲骨金文考釋論集》，頁95。
「速」字從陳劍所釋，字義爲「召請」。此字《花東・釋文》中認爲與「見」、「啓」
義近（頁1596），韓江蘇有進一步發揮。本文認爲此說可商。如韓江蘇認爲《花東》
180甲子日「子肇丁璧珏瑹」與乙丑日「子弜畫丁」的「肇」與「畫」相對應，「畫」
應該爲奉送、給予之意（《殷墟花東 H3 卜辭主人「子」研究》，頁142）。但此二事
並非對貞，也非同日所卜，難以斷定二字意義相近。又其對《花東》113、475的
解釋本文也有不同的看法，詳下文及第七章第一節「丁族」處。另外，劉源認爲
此字是祭祀動詞，有前往宗廟行祭的意思，並未對此字作進一步考釋，見〈再談
殷墟花東甲骨卜辭中的「□」〉，《甲骨文與殷商史（新一輯）》，頁146～147。

〔註54〕「肆」從陳劍所釋，見〈甲骨金文舊釋「譱」之字及相關諸字新釋〉，《出土文獻與
古文字研究》（上海：復旦大學出版社，2008）第2輯。

〔註55〕《初步研究》，頁30、32。

〔註56〕〈從花園莊東地甲骨文看商代的玉禮〉，《中原文物》2009.3，頁60。

〔註57〕《殷墟花園莊東地甲骨卜辭研究》，頁74。

（2）「丁各」前後的禮儀

首先，「丁各」之前會行「召請」之禮，以下二條卜辭可能是子準備用「琡」、「🔔」召請丁的卜問：

乙卜：奎（速）丁吕（以）丗（琡）〔註58〕。　一

丗（琡）、🔔其入于丁，若。　一　《花東》90

楊州指出上引第一辭之「琡」即「召請用玉」，並舉《合》34286、34287、34400殘辭互補之「陟大御于高祖王亥以戚」（林澐指出）說明該辭之「以」與「速丁以琡」之「以」用法相同。〔註59〕至於第二辭，學者有不同的解釋，《花東·釋文》中將「玉🔔」視爲一詞，解釋爲帶蓋的玉質器皿，〔註60〕陳劍認「🔔」是與「琡」一同進貢的物品，〔註61〕楊州的釋文斷爲「琡，🔔其入于丁，若」，認爲🔔是人名，曰：「卜辭也許是說，在乙日這天占卜，用玉琡去邀請丁，卜兆言吉，然後再次占卜，玉琡由🔔這個人去進獻，會不會順善。」〔註62〕本文同意陳劍的看法，楊先生的解釋應該是將此句視爲爲賓語前置，但此類句型一般會加「惠」或「唯」，故🔔較有可能是物品，「琡、🔔其入于丁」或爲「子其入琡、🔔于丁」省略主語的倒裝句型，如《花東》38「壬卜：子其入鷹、牛于丁」，或許也可寫爲「鷹、牛其入于丁」。

另外，也有以下此種狀況：

己亥卜：甲其奎（速）丁，坒（往）。　一

〔註58〕　此字劉一曼、曹定雲釋爲「弄」，指小件玉質弄器，又將「𤦡」也釋爲「弄」，將「𤦡」隸定爲「瑪」，可能是玉弄器中的玉鳥。見〈殷墟花園莊東地甲骨卜辭考釋數則〉，《考古學集刊》第16集，頁251～252、257。陳劍將丗釋爲「琡」，並將「𤦡」、「𤦡」皆釋爲「琡」，見〈說殷墟甲骨文中的「玉戚」〉，《中央研究院歷史語言研究所集刊》78.2（2007）。本文從陳劍之說。

〔註59〕　〈從花園莊東地甲骨文看商代的玉禮〉，《中原文物》2009.3，頁59～60。

〔註60〕　《花東·釋文》，頁1596，《校釋》與《甲骨文校釋總集》（上海：上海辭書出版社，2006）卷十九「花園莊東地甲骨」（以下簡稱《校釋總集·花東》）也釋作「玉🔔」，分別見頁171、頁6503。

〔註61〕　〈說殷墟甲骨文中的「玉戚」〉，《中央研究院歷史語言研究所集刊》78.2，頁422，《初步研究》同陳說（頁257）。

〔註62〕　《甲骨金文所見「玉」資料的初步研究》，頁68。楊說又見〈說殷墟甲骨文中的玨〉，《山西大同大學學報（社會科學版）》23.2（2009），頁68。

己亥卜：丁不其罡（各）。　一　　《花東》371

辛亥卜：丁曰：余不其坒（往）。母（毋）盫（速）。　一

辛亥卜：子曰：余丙盫（速）。丁令（命）子曰：坒（往）罞帚（婦）好
于叟（叟）麥。子盫（速）。　一　　《花東》475

「召請」應非隨口招呼，須有相應的禮節，恐怕還要備禮並等候答覆，有時候可能需要事先準備，因此才會有在「己亥」卜問「甲」以及在「辛亥」卜問「丙」要不要速丁的狀況（類似的狀況還見於《花東》294、420、446），〔註63〕也因此會對「丁是否往」、「丁是否各」作卜問，如果有意召請但丁卻已決定「不往」、「不各」，〔註64〕就不用「速丁」了。

《花東》420 精簡的記錄了大致的過程：

壬子卜：子丙（丙）盫（速）。用。〔丁〕各，乎（呼）酓（飲）。　一二
　　《花東》420

姚萱認爲「丁各，呼飲」爲「驗辭」，可從。命辭是卜問子是否於丙日召請丁，而驗辭指出丁確實來了，並且舉行了「飲」的活動。〔註65〕其中提到的每個環節，花東卜辭中都有各別的卜問，如「速丁」與「弜速丁」：

辛卜：其盫（速）丁。　二

弜盫（速）丁。　二　　《花東》124

壬卜：弜巳盫（速）丁。　一

壬卜：丙（丙）盫（速）丁。　一　　《花東》446

〔甲〕寅卜：弜盫（速）丁。用。　　《花東》248

乙卯卜：子丙盫（速）。不用。　一二

乙卯卜：歲且（祖）乙牢，子其自，弜盫（速）。用。　一二　　《花東》

〔註63〕 「丙」字有學者認爲是人名，本文第七章第一節「丁族」處對相關問題有進一步討論。本文同意將「丙」解釋爲日干名的看法。

〔註64〕 沈培認爲《花東》475 的「余不其往」就是「余不準備往」的意思，見〈商代占卜中命辭的表述方式與人我關係的體現〉，《古文字與古代史》（台北：中央研究院歷史語言研究所，2009）第 2 輯，頁 106。

〔註65〕 《初步研究》，頁 73。

294

蚰（速）丁。　一

弜蚰（速）丁。　一

𢼸宰酒蚰（速）丁。　一

蚰（速）丁。　二

弜蚰（速）丁。　二　《花東》113〔註66〕

也有對「丁各」、「丁不各」的卜問，如：

甲子：丁𠬝（各）佲（宿）。　一　《花東》60

☑丁，壬午丁各。用。　二三四　《花東》142

丙子卜：丁不各。　一　《花東》517+275【蔣玉斌綴】

還有分別針對「速丁」後丁各或不各的狀況，以及「弜速丁」的狀況作卜問，
如：

甲午卜：子蚰（速），不其各。子𠨜（占）曰：不其各，乎（呼）鄉（饗）。
用。舌且（祖）甲乡。　一二

甲午卜：丁其各。子叀（惠）俑 ![字] （琡）奻（肇）丁。不用。舌且（祖）
甲乡。　三　《花東》288〔註67〕

〔註66〕韓江蘇認爲《花東》113 整版都是丁與子一起狩獵的卜問，故不會有「召請」之事，
從而否定「速」爲「召請」，見《殷墟花東 H3 卜辭主人「子」研究》，頁 141。但
此版「丁有鬼夢，![字]在田」辭義不明，丁是否有參與田獵難以判斷，而「速丁」相
關卜辭並無干支，也很難確認是何時所卜。

〔註67〕本版「子速」，朱歧祥曰：「來格對象『子蚰』和『丁』或是一人的異稱。存疑待考。」
（《校釋》，頁 1016）並在《花東》501 的考釋中曰：「對比 495 版的『丁舍』，未審
『蚰丁』是否即『丁』的異名，存疑待考。蚰字上從束從木，下從止。束木形示細
縛兵械，止示有所往，如臆測爲武字，亦備一說。」（《校釋》，頁 1044）又認爲陳
劍釋爲「速」的說法有待商榷，僅提到在花東卜辭中「蚰」與「丁」字連用，並未
進一步考釋此字。見朱歧祥，〈尋「丁」記——論非王卜辭中的武丁〉，《東海中文學
報》第 20 期（2008），頁 3。由前文所引「弜速」、「弜速丁」之例可知，此「速」
字較可能是動詞，非人名。另外，若「蚰」可能是「武」字，且「蚰（武）丁」可
能是「丁」的異名，而「子蚰（武）」又可能是「丁」的異稱，那麼「丁」就可能是

乙卯卜：子其自龠（飲），弜盄（速）。用。 一二

乙卯卜：子龠（飲），弜盄（速）。用。 三 《花東》454

《花東》454 卜問不速丁則是否「自飲」。速丁後的狀況有丁各或不各，《花東》288 卜問不各後是否舉行「饗」的活動，值得注意的是，丁各後有「衒琡肇丁」的卜問，「肇」字有致送之義，[註68] 可見丁來後會舉行獻禮的儀式，如以下三版所示：

乙巳卜：子大再。不用。 一

乙巳卜：丁各，子再小。用。 一

乙巳卜：丁各，子再。用。 一二

乙巳卜：丁〔各〕，子弜巳再。不用。 一二

乙巳卜：丁各，子〔于宣（庭）〕再。用。 一

乙巳卜：子于〔帚（寢）〕再。不用。 一 《花東》34

甲子：丁〔各〕，子再□一

甲子卜：乙，子欣（肇）丁璧罗𠙽（琡）。 一

叀（惠）黃璧罗𠙽[註69]。 一 《花東》180

丙寅卜：丁卯子𤔲（勞）丁，再𢽿（圭）[註70] 一、組[註71] 九。才

「盄（武）丁」，又稱「子盄（武）」，如此則卜辭不僅有「武丁」名號之生稱，花東卜辭的「子」還直呼其名，而此「武丁」竟然又叫「子武」，頗令人費解。

[註68] 詳見方稚松，《殷墟甲骨文五種記事刻辭研究》，頁 37～52。

[註69] 此字劉一曼、曹定雲指出從《花東》490 璧字𤔲、𤔲所從𤔲、𤔲形，可知𤔲、𤔲為作圓形與方形的璧字的異體，可能即婦好墓出土的「牙璧」的寫照。見〈殷墟花園莊東地甲骨卜辭考釋數則〉，《考古學集刊》第 16 集，頁 250。牙璧有二至五牙之分，或可說明上引字體多變之因。關於牙璧的研究可參欒豐實，〈牙璧研究〉，《文物》2005.7。楊州指出此字曾見於《合》9502+9322+《乙》1426+《乙補》589，很可能用於「藉禮」，見《甲骨金文所見「玉」資料的初步研究》，頁 61～62。

[註70] 圭字見於《花東》193、203、286、359、363、475、480、490。劉一曼，曹定雲認為此字「不能簡單的說𤔲象玉圭之形。因為殷墟出土玉器之中，圭出土數量不多，並有平首與尖首之分，且以平首為主。玉戈的數量遠較圭為多。玉戈、尖首圭、部分尖首的柄形飾，形體與𤔲字相近，……𤔲可能是玉戈類器物的泛稱。」見〈殷墟花園莊東地甲骨卜辭考釋數則〉，《考古學集刊》第 16 輯，頁 248。王暉

（在）〔圖〕。來獸（狩）自旲。　一二三四五　　《花東》480

丁卯卜：子龠（勞）丁，再黹〔圭〕一、組九。才（在）旲，獸（狩）

□旲。　一

丁卯卜：再于丁，敊（厄）〔註72〕才（在）寁（庭）迺再，若。用。才（在）

〔圖〕。　一二　《花東》363

「再」字本義爲「舉」，引申爲「興起」而有「稱述」、「舉兵」、「祭祀奉獻」等

意義，〔註73〕如《合》32535「王其再〔圖〕（琡）于祖乙」即「王舉琡獻於祖乙」。

花東卜辭的「再」也作舉、獻義解，出現在對丁獻禮的卜辭中，如：

己亥卜：于寁（庭）再〔圖〕（琡）、〔圖〕〔註74〕。用。　《花東》29

己亥卜：叀（惠）今夕再〔圖〕（琡）、〔圖〕，若，侃。用。　一　《花東》

149

乙亥：子叀（惠）白〔圖〕（圭）再。用。隹（唯）子見（獻）。一《花東》

193

丙卜：叀（惠）子〔圖〕〔註75〕〔圖〕（圭）用罙組再丁。用。　一　《花東》

認爲〔圖〕本義是「戈頭」或「戈首」，語音同「戛」、「吉」，見〈花園卜辭〔圖〕字音義與
古戈頭名稱考〉，《紀念王懿榮發現甲骨文110周年國際學術研討會論文集》。王蘊
智認爲甲骨文的〔圖〕是「士」的初文，可讀爲「圭」，見〈釋甲骨文〔圖〕字〉，《古文字
研究》第26輯。蔡師哲茂從卜辭辭例與文獻資料論證，認爲此字應即「圭」字，
見〈說殷卜辭中的「圭」字〉，《漢字研究》（北京：學苑出版社，2005）第1輯。

〔註71〕從李學勤所釋，即「珥」，見〈灃西發現的乙卯尊及其意義〉，《文物》1986.7。

〔註72〕此字從張玉金所釋，見〈釋甲骨文中的「〔圖〕」和「〔圖〕」〉，《故宮博物院院刊》2001.1。
劉桓釋爲「節」，見〈釋甲骨文的〔圖〕、〔圖〕二字〉，《甲骨集史》。

〔註73〕見于省吾主編，《甲骨文字詁林》（北京：中華書局，1996），頁3138～3139（以下
簡稱《詁林》）。其中「再冊」的解釋學者意見紛歧，尚有爭議。卜辭中還有「蠱（秋）
再」、「燮大再」等詞，前指蝗災興起，後者「燮」字未有定論，或指某種災害。

〔註74〕本文從楊州之說，認爲本版與《花東》149的「〔圖〕」即「牙璋」。相關討論詳見本
文第五章第三節「〔圖〕」處。

〔註75〕此字《花東·釋文》隸定作「揞」，認爲是意義不明的動詞（頁1640）。《校釋》隸
定作「〔圖〕」，認爲是「見」字繁體，讀爲「獻」（頁995）。齊航福曰：「象一個人伸
手去觸摸另一人頭之形，具體含意不明，疑用作動詞。」見〈花園莊東地甲骨刻
辭中新見字的初步整理〉，《中國文字學會第四屆學術年會論文集》，頁427。陳煒

203

丙卜：叀（惠）𥁕（瑳）〔註76〕吉 ⧖（圭）再丁。　一

丙卜：叀（惠）玄〔註77〕⧖（圭）再丁，亡紲。　一　　《花東》286

其中《花東》29 也是在「庭」行「再」。《花東》480 李學勤認爲是武丁從罩地狩獵歸來，子前往迎接慰勞的記載，故爲行慰勞之禮時是否獻「㳄圭一」與「紲九」的卜問。

《花東》34 爲「再」前的卜問，首先卜問丁來時要進行大規模的「再」還是小規模的「再」，再卜問是否要由子親自「再」，最後卜問在哪裏「再」。「再小」應爲「小再」，〔註78〕《花東》228「惠大歲又于祖甲。不用」與「惠小歲㱿于祖甲。用。一羊」對貞，《花東・釋文》中指出「大歲」與「小歲」可能指歲祭規模的大小，〔註79〕本版「小再」與「大再」也應指儀式的規模大小。「巳」字爲語氣詞，無實義。〔註80〕楊州指出對丁或婦好的獻禮不一定由子親自執行，其中《花東》193「乙亥：子惠白圭再。用。唯子獻」，「唯子獻」是用辭後的補

湛認爲可能是「覜」或「偭」，見〈讀花東卜辭小記〉，《紀念徐中舒先生誕辰 110 周年國際學術研討會論文集》，頁 29。

〔註76〕從《初步研究》所釋，見頁 212。何景成釋爲「索」，假借爲「素」，見〈釋《花東》卜辭中的「索」〉，《古國歷史文物》2008.1，頁 78。

〔註77〕此字據《初步研究》釋爲「玄」（頁 240），《校勘》也有同樣的意見（頁 49）。

〔註78〕《花東・釋文》，頁 1572。

〔註79〕《釋文》，頁 1651。《花東》228「大歲」與「小歲」對貞的例子解決了卜辭中是否有「太歲」的問題。胡厚宣曾認爲《合》33692「弜又于大歲祟」的「大歲」應爲「太歲」，該版蔡師哲茂遙綴《合》32022（《綴集》318），又認爲此「大」疑爲「大示（主）」之省略，見〈甲骨綴合對殷卜辭研究的重要性——以《甲骨綴合集》爲例〉，《第十一屆中國文字學全國學術研討會論文集》（台南：國立台南師範學院語文教育系，2000），頁 8。花東卜辭公布後，黃天樹先生即用《花東》228「大歲」與「小歲」對貞的例子，說明《合》33692 中的「大歲」也應指「大規模的歲祭」，見〈花園莊東地甲骨中所見的若干新資料〉，《黃天樹古文字論集》，頁 450。張永山亦有類似說法，進一步指出《花東》228 的「大歲」與其他卜辭中的「大歲」、「大禦」、「大祈」都是指大規模祭祀，見〈說「大歲」〉，《黃盛璋先生八秩華誕紀念文集》。

〔註80〕詳見拙文〈試論花東卜辭的「弜巳」及相關卜辭釋讀〉（見本文附錄），原發表於《輔大中研所學刊》第 20 期（2008），修改後作爲本文附錄。

充記錄，特別補記由子親自進獻。〔註81〕此外《花東》34卜問在「庭」或「寢」行禮也讓我們了解再禮可在這兩個場所舉行，「庭」即宮室中有圍牆封閉的露天庭院，「寢」即寢室，亦有用爲安置神主之寢廟。〔註82〕

　　由以上資料可知，花東卜辭中詳細的記載了禮獻的各個環節，包括行禮目的、事前準備、進獻禮器的行爲與內容、行禮地點、行禮後的活動等，對殷禮研究而言，這些記載是非常重要的第一手資料。

　　（3）特殊的狀況

　　另外還有「丁各」之後又卜問「速丁」的特殊的狀況者，與一般「速丁」後「丁各」的狀況相反，如：

　　　　甲子：丁〔各〕，子再☒一

　　　　甲子卜：乙，子攽（肇）丁璧罘琡。　一

　　　　叀（惠）黄璧罘ȣ。　　一

　　　　乙丑卜：子弜奎（速）丁。用。　一二　　《花東》180

這種狀況也出現在以下二版：

　　　　庚卜：丁各，侃。　一

　　　　壬卜：弜巳奎（速）丁。　一

　　　　壬卜：丙（丙）奎（速）丁。　一　　《花東》446

　　　　庚戌卜：丁各。用。夕。　　一

　　　　庚戌卜：丁各。用。夕。　　二三

　　　　辛亥卜：丁曰：余不其生（往）。母（毋）奎（速）。　一

　　　　辛亥卜：子曰：余丙奎（速）。丁令（命）子曰：生（往）罘帚（婦）好
　　　　于受（愛）麥。子奎（速）。　　一

　　　　壬子卜：子弜奎（速），乎（呼）酓（飲）。用。　一　　《花東》475

〔註81〕《甲骨金文中所見「玉」資料的初步研究》，頁106。

〔註82〕宋鎮豪，《夏商社會生活史》（北京：中國社會科學出版社，2005再版）上冊，頁87。此書1994年9月初版，再版中增補了許多新資料，內容也有所修改。魏慈德對花東卜辭中的禮儀與行禮地點有精要的整理，可參，見《殷墟花園莊東地甲骨卜辭研究》，頁110～112。

這兩版都可解釋爲庚日「丁各」之後於辛日、壬日卜問下個丙日「速丁」之事，《花東》180 乙丑日的卜問或許也可視爲對下次「速丁」的卜問。

2. 其他子對丁禮獻相關卜辭的整理

上文提到的都是玉器的禮獻，花東卜辭中還有很多其他的例子，茲不具引，甚至還出現在子的夢中，如《花東》149「子夢〔人〕獻子琡，〔亡〕至艱」。在貢獻給丁的玉器中有一件較爲特別，即「厚（玗）」，辭例如下：

　　己卯：子見（獻）晦呂（以）🔲（圭）眔🔲（厚）璧丁。用。　一二三
　　《花東》490

　　庚子卜：子𪊣，叀（惠）🔲（厚）眔良（琅）攺（肇）。用。　一

　　庚子卜：子𪊣，叀（惠）🔲（厚）眔良（琅）攺（肇）。用。　一

　　庚子卜：子𪊣，叀（惠）🔲（厚）眔良（琅）攺（肇）。用。　二三　《花東》178

蔡師哲茂最早將《花東》490 的🔲字釋爲「厚」，時兵有進一步考釋，認爲「厚」可通「玗」，即後世所謂「岫岩玉」。[註83]

還有一些貢納物品不知爲何物，可能是玉器或其他用品，如「🔲」、「🔲」、「🔲（🔲）」：

　　乙卜：奎（速）丁，呂（以）🔲（琡）。　一

　　🔲（琡）、🔲其入于丁，若。　一　《花東》90

　　庚寅：子入三（四）🔲于丁。才（在）甕。　一　《花東》320

　　丙午卜：才（在）麗：子其乎（呼）多尹入璧，丁侃。　《花東》196

　　戊卜：于己入黃🔲于丁。　一

　　戊卜：子弜入黃🔲。　一

　　戊卜：子其入黃🔲。　二

　　戊卜：子其入黃🔲，丁侃。　三

〔註83〕見〈說殷卜辭中的「圭」字〉，《漢字研究》第 1 輯，頁 310；〈說花東卜辭的「厚」〉，發表於「復旦大學出土文獻與古文字研究中心」網站（http://www.guwenzi.com/Default.asp），2008 年 1 月 15 日。

戊卜：子其入黃□于丁，侃。　　《花東》223

壬卜：子其入□🐚，丁侃。　一　　《花東》229

「🐚」、「🐚」不知爲何物，「🐚（🐚）」字《花東·釋文》中認爲「🐚」似螺、貝類物品，韓江蘇認爲是「玉器」。〔註84〕本文認爲所從之「🐚」形可能跟「冕」有關，甲骨文的「冕」字作🐚，演變爲金文的🐚，「🐚（🐚）」或許就是「冕」的初文，此尚待進一步考證。又有「弓」與「函」：

乙未卜：子其入三弓，若，侃。用。　一　　《花東》288

入自丙（丙）弓。　　《花東》113

戊卜：子入二弓。　一　　《花東》124

壬卜：于日雋🐚牝匕（妣）庚，入又函〔註85〕于丁。用。　一　　《花東》106

子也貢納「祭肉」與「祭牲」給丁，包括「🐚」、「肉」、「牛」、「鹿」、「豕」、「魚」，辭例如下：

甲卜：乎（呼）多臣見（獻）🐚丁。用。　一　　《花東》92

甲卜：乎（呼）多臣見（獻）🐚于丁。用。　二　　《花東》453

弜告丁，肉弜入〔丁〕。用。　一

入肉丁。用。不牽。　一　　《花東》237

戊卜：其宜牛。　二

戊卜：其先🐚歲匕（妣）庚。　一

戊卜：其宜牛。　一

戊卜：其🐚豕，肉入于丁。　一　　《花東》401

乙酉卜：入肉。　二

乙酉卜：入肉。子曰：🐚卜。　二　　《花東》490

〔註84〕《花東·釋文》，頁1648；《殷墟花東H3卜辭主人「子」研究》，頁162。

〔註85〕「函」字作🐚，《花東·釋文》認爲是「函」字異構（頁1602），學者多從之，但字形與甲骨文「函」字一般作🐚，與花東字形稍有不同，因此姚萱於此字存疑，釋文作「函（？）」，見《初步研究》，頁260。

五十牛入于丁。　一

三十牛入。　一

三十豕入。　一

丙入肉。　一

弜入肉。　一　《花東》113

壬卜：子其入麀、牛于丁。　一　《花東》38

□卜：叀（惠）三十牛旼（肇）丁。　二

丙卜：叀（惠）三十牛旼（肇）丁。　三

丙卜：叀（惠）十□。

丙卜：叀（惠）十牛旼（肇）丁。用。　一

丙卜：叀（惠）十牛旼（肇）丁。用。　二

丙卜：叀（惠）子🐾👤（圭）用眔緼再丁。用。　一　《花東》203

己卜：家其又（有）魚，其屰丁，侃。　一

己卜：家其又（有）魚，其屰丁，侃。　二

己卜：家其又（有）魚，其屰丁，侃。　三

己卜：家弜屰丁。　一

弜屰。　（倒刻）　《花東》236

甲申卜：子叀（惠）豕歾〔註86〕眔魚見（獻）丁。用。　　《花東》26

《花東》92「昭」《花東・釋文》中認爲是時間名詞「翌日」，朱歧祥認爲應該是「見丁昭」，〔註87〕姚萱認爲是指「昭祭用過的牲肉一類祭品」，〔註88〕可從。《花東》237 在「入肉」前有「告」的行爲，《花東》220、296 向婦好貢納前也有「告」之事（詳下節）。《花東》236 的「屰」字姚萱認爲與「獻」義近。〔註89〕還有一辭也可能與貢納肉有關，即《花東》26 的「歾」與《花東》

〔註86〕《花東・釋文》認爲此字義爲「死」，「豕歾」指「擊殺而死的豕」（頁 1568）。

〔註87〕《花東・釋文》，頁 1597；《校釋》，頁 976。

〔註88〕《初步研究》，頁 257。

〔註89〕《初步研究》，頁 130。宋鎮豪將此句斷爲「家其有魚，其屰，丁侃」，將「屰」解

446「入🔲丁貞又肉」，但「🔲」字字義不詳，辭義亦不知何解。

另外，祭品「🔲」也是貢納物之一，如：

甲卜，才（在）臺：𣌭（皆）見（獻）🔲于丁。　二　（于字反刻）

甲卜，才（在）臺：🔲見（獻）于丁。　一二　《花東》249

己卯卜：子見（獻）🔲吕（以）🔲（璏）丁。用。

吕（以）一🔲見（獻）丁。用。　一　《花東》37

《花東》37「🔲」與「🔲以璏」對貞，上引《花東》203 也有丙日「牛」與玉器「圭」、「紲」一同貢獻給丁之例。還有一項特殊的貢品，即《花東・釋文》中所指出的「鹵」：﹝註90﹞

庚卜：子其見（獻）丁🔲，吕（以）。用。

庚卜：子其見（獻）丁鹵，吕（以）。　二　《花東》202﹝註91﹞

最後，有幾版殘辭應該也是向丁貢納的卜問，如：

乙卜：子入🔲丁才（在）🔲。　《花東》88

🔲五小宰🔲。　一

🔲攺（肇）丁🔲。　一二　《花東》89

三十🔲。　一

🔲入于丁。　一　《花東》99

〔再〕丁🔲其🔲。　二　《花東》197

〔乙亥〕卜：子其入白🔲于丁。　一　《花東》269

（二）丁對子賞賜的卜問

子對丁的貢納與禮獻之外，花東卜辭中也有丁賞賜子的卜問，如：

辛卜：子其又（有）攺（肇）臣自🔲。　一二

辛卜：隹（唯）疫畀子。　一

釋為「迎娶」（《夏商社會生活史》上冊，頁 247），沒有考慮到同版有「家弜𢆉丁」，「𢆉丁」不可斷開。

﹝註90﹞《花東・釋文》，頁 1639。

﹝註91﹞原釋文於「鹵」前斷句，姚萱指出也可在「鹵」後斷句，見《初步研究》，頁 285。

辛卜：丁曰：其攴（肇）子臣。允。　一

辛卜：子其又（有）攴（肇）臣自〔朴〕寮。　一　　《花東》257

壬卜，才（在）麗：丁畀子圉（圉）臣。　一

壬卜，才（在）麗：丁曰：余其攴（肇）子臣。允。　二　　《花東》410

丁卜：弗其匕（比）何，其戁（艱）。　一

其戁（艱）。　一

其圉（圉）何。　一

何于丁屰。　一

于母帚（婦）。　一　　《花東》320

壬卜：子其屰崙丁。　一

乙卜：其屰昌卪（徙）于帚（婦）好。　一　　《花東》409

　　《花東》257、410 爲丁賜子奴隸的卜問，學界已有共識。《花東》320、409 的「屰」爲「迎逆」之義，本文認爲《花東》320 是向丁或婦好迎逆「何」地之俘虜或奴隸的卜問，《花東》409 是向丁迎逆「崙」（身分不明）的卜問，相關討論分別見本文六章第一節「何」、「疫、臣、圉臣」與第三節「崙」處。

　　也有子用來自丁的賞賜物祭祀的卜問，如：

庚寅：歲匕（妣）庚小宰，登（登）自丁糯（黍）。　一

庚寅：歲匕（妣）庚小宰，登（登）自丁糯（黍）。　二　　《花東》416

〔辛〕〔卜〕：歲且（祖）□羌，登（登）自丁〔糯（黍）〕。才（在）𡊋，且（祖）甲〔延（延）〕。　一　　《花東》363

癸亥：歲子癸羌一，皀（登）自丁糯（黍）。　一二三　　《花東》48

　　《花東》363 原釋文「丁黍」二字爲缺文符號，朱歧祥認爲可參《花東》214「登自西祭」之辭例，該版「登」可能是「皀」字的異體。〔註92〕似認爲《花東》363 應補「西祭」。姚萱指出缺文處字跡從拓片、照片都可辨識，應補「丁黍」，〔註93〕可從。

〔註92〕《校釋》，頁 1027、997。

〔註93〕《初步研究》，頁 338。

前文已提到陳劍舉《花東》416 說明「自丁黍」是來自「丁」的黍，至於《花東》48「皀自丁黍」的「皀」字，《校釋》視爲「名詞」，曰：「此辭祭祀子癸，而祭品（一頭母羊和一皀的黍）來源自丁。」〔註94〕魏慈德視「皀」爲動詞，即「簋祭」。〔註95〕沈培特別注意到花東卜辭中「皀」的字形常見有二到四個小點的皀字，爲一般的皀字之異體，而有些「皀」字在用法上又與「登」相同，認爲花東卜辭中的「皀」字用爲「登」，又歷組卜辭中也見此字，如《屯南》2040、1114、《合》34602、32653，應該也可釋爲「登」。〔註96〕宋鎮豪也比對花東卜辭中「皀自……」、「登自……」、「皀黍」、「皀祭」等辭例，認爲花東卜辭中的「皀」、「登」通用。〔註97〕本文認爲花東卜辭的「皀」釋爲「登」，於形、義皆合理，故從此說。

（三）丁呼、令的卜問

魏慈德所歸納子與丁的關係中，第一項就是「子要接受商王的命令，並爲商王從事力役的工作」，〔註98〕所舉辭例如下：

甲卜：丁令。　二　《花東》1

辛未卜：丁隹（唯）好令比〔白（伯）〕或伐卲。　一　《花東》237

辛未卜：丁〔隹（唯）〕子令比白（伯）或伐卲。　一

辛未卜：丁〔隹（唯）〕多丰臣比白（伯）或伐卲。　一　《花東》275+517【蔣玉斌】

庚戌卜：隹（唯）王令（命）余乎（呼）▲，若。　一　《花東》420

辛亥卜：子曰：余丙遲（速）。丁令（命）子曰：生（往）眔帚（婦）好于叟（憂）麥。子遲（速）。　一　《花東》475

關於《花東》1，花東卜辭也常見「子令」之辭，此「令」未必是命令之義，黃天樹先生曾指出𠂤組小字類貞人「扶」的卜辭中有「余令」，其「令」只能

〔註94〕《校釋》，頁 970。

〔註95〕《殷墟花園莊東地甲骨卜辭研究》，頁 154～155。

〔註96〕〈殷墟花園莊東地甲骨「皀」字爲「登」證說〉，《中國文字學報》第 1 輯。

〔註97〕〈花東甲骨文小識〉，《東方考古》第 4 集，頁 204～207。

〔註98〕《殷墟花園莊東地甲骨卜辭研究》，頁 72。

讀爲命龜之「命」，[註99] 或許「丁令」、「子令」也指丁、子命龜之事。以上丁對子的命令之事包括軍事與農事，《花東》475 丁命子與婦好從事農事的卜問，很可能是卜辭中常見的「王令某比（眔）某 ⛓ 王事」的卜問（相關討論詳見下節）。

魏慈德也提到從子「有事」的角度呼應丁的命令，如：

丙卜：☑史于丁，☑。 一二 《花東》257

己亥卜：母（毋）坒（往）于田，其又（有）史（事）。子 ㄩ（占）曰：其又（有）史（事）。用。又（有）宜。 一 《花東》288

魏先生認爲：

257（3）「史於丁」，「史」即「事」，非王卜辭中常出現「又（有）史（事）」，問「又史」即是問是否有王事，則必須去服王事。因此這裏的「史于丁」即表示替丁去服力役之事。在 288（12）……即子卜問是否要放棄田獵的計畫，因爲擔心將會有力役之事到來。[註100]

不過《花東》257 的「史」也可能是「使」，表示子派人出使，如《花東》290 有「子其使𡊃往西髟子娟」，《花東》5 有「惠子配使于婦好」、「惠配使曰婦☑」、「惠配使☑」。《花東》288 姚萱指出：「驗辭『有宜』係事後追記果然王有舉行『宜』禮之事，子的占斷『其又（有）史（事）』應驗了。」[註101] 可知此例爲子有王事之卜問，王事也可能是祭祀之事。

另外，花東卜辭中也出現了一條「丁」命令「多臣」返回的卜辭，即：

丙卜：丁乎（呼）多臣复（復），囚非心，于不若，隹（唯）吉，乎（呼）行。 一 《花東》401

此「多臣」應爲丁的臣屬。[註102]

[註99] 〈關於非王卜辭的一些問題〉，《黃天樹古文字論集》，頁 59。

[註100] 《殷墟花園莊東地甲骨卜辭研究》，頁 72～73。

[註101] 《初步研究》，頁 73。

[註102] 此辭的斷句與釋讀有多種不同看法，詳見本文第五章第二節「行」處，關於「復」的討論，詳見本文的四章第一節「發（射發）」處。

（四）子向丁告事的卜問

此類卜問在花東卜辭中也非常多，如：

辛巳：子其告行于帚（婦），弜吕（以）。　一

弜告行于丁。　一　《花東》211

己卜：其告季于丁，侃。　一

己卜：其〔告〕季〔于〕丁，侃。　二　《花東》249

癸卜：子其告人亡由于丁，亡吕（以）。　一　《花東》286

戊卜，才（在）龗：其告人亡由于丁，若。　一二

戊卜，才（在）龗：于商告人亡由于丁，若。　一二

己卜，才（在）龗：其告人亡由于丁，若。　三四

己卜，才（在）龗：于商告人亡由于丁，若。　三四　《花東》494

癸卜：子告官于丁，其取田。　一　《花東》80

己巳卜：〔子〕其告〔狀〕既〔圂〕丁，若。

戠（待），弜告。　一　《花東》157

壬子卜：子其告狀既圂丁。子曾告曰：丁族毖（毖）杲宅，子其乍（作）丁ꔷ（營）于狀。　一

壬子卜：子戠（待），弜告狀既圂于〔丁〕，若。　一

壬子卜：子宁（寢）于狀，弜告于丁。　一

壬子卜：子丙其乍（作）丁ꔷ（營）于狀。　一　《花東》294

戊卜：六（今）[註103]其酓（酒）子興七（妣）庚，告于丁。用。

戊卜：戠（待），弜酓（酒）子興七（妣）庚。　一

戊卜：子其告于☒。　一　《花東》28

弜告丁，肉弜入〔丁〕。用。　一

入肉丁。用。不率。　一　《花東》237

〔註103〕沈培指出「六」爲「今」字誤刻，見〈談殷墟甲骨文中「今」字的兩例誤刻〉，《出土文獻語言研究》第1輯，頁48。

甲午卜：子乍 （琡）分卯，其告丁，若。　一

甲午卜：子乍 （琡）分卯，子弜告丁。用。若。　一　《花東》391

甲午卜：子乍 （琡）分卯，〔告〕于丁，亡〔呂（以）〕。用。　《花東》372

丙卜：☒史于丁，☒。　一二

告丁。　二

庚卜：丁入告。　四　《花東》257

報告的內容包括「行」、「季」、「人亡由」、「官」、「狀既圉（圂）」、「酒子興妣庚」、「入肉」、「乍琡分卯」。「行」可能是出行之事，也可能是人名，「季」應為人名，「人亡由」指某人或某些人沒有憂患之事，「官」指「館舍」，花東卜辭中有「丁官」、「剌官」，可能是報告與此相關之事，「狀既圉（圂）」應該是指同版「作丁營」之事，「酒子興妣庚」指為子興向妣庚行酒祭之事，〔註104〕「入肉」即貢納肉之事，「乍琡分卯」即玉器加工之事。〔註105〕《花東》257 拓片模糊不清，原釋文「丁入告」的「入」字置於用〔〕中，兆序為「二」，且缺「告丁。二」一辭。從照片看（右圖），「告丁。二」一辭於下圖左側卜兆上，字跡尚存，而「丁入告」的「入」字清晰，兆序為「四」。「丁入告」應該是指丁日子入告於武丁。

（五）關於丁田獵的卜問（附一版農事的卜問）

花東卜辭中有不少卜問商王武丁田獵的卜辭，辭例如下：

<hr>

〔註104〕「行」參本文第五章第二節「行」處，「季」參第七章第二節「季母（附：季）」處，「人亡由」參第四章第二節「睦（附：舟嚨）」處，「由」字的討論參第七章第二節「𡊒」處，「官」詳下文「丁與子的深層互動」，「狀既圉（圂）」詳第七章第一節「丁族」處。「酒子興妣庚」參第三章第一節「子興、子馘」處。

〔註105〕關於「乍琡分卯」的解釋可參《花東‧釋文》，頁 1713。〈殷墟花園莊東地甲骨卜辭考釋數則〉，《考古學集刊》第 16 集頁 257 與《甲骨金文中所見「玉」資料的初步研究》頁 31 都有相關討論。

戊辰卜：丁坒（往）田。用。　一　　《花東》318

十月丁出獸（狩）。　一　　《花東》337

乙丑卜：〔皂〕☒宗，丁𠦪（及）〔註106〕乙亥不出獸（狩）。　一三

乙丑卜：丁弗𠦪（及）乙亥其出。子𠮚（占）曰：庚、辛出。　一二三
　《花東》366

辛酉卜：丁先獸（狩），酒又伐。　一

辛酉卜：丁其先又伐，酒出獸（狩）。　一　　《花東》154

辛卜：丁不涉。　一

辛卜：丁涉，从東兆獸（狩）。　一　　《花東》28

丁卜，才（在）𡭟：其東獸（狩）。　一

丁卜：其二。　一

不其獸（狩），入商。才（在）𡭟。　一

丁卜：其涉河獸（狩）。　一二

丁卜：不獸（狩）。　一二

其涿河獸（狩），至于糞〔註107〕。　一

不其獸（狩）。　一　　《花東》36

乙亥：歲且（祖）乙牢，祝鬯一，〔隹（唯）〕獸（狩）卻（禦）坒（往）。
一　　《花東》302+344【林宏明綴】

☐卜，才（在）𡭟京：氜（迄）〔註108〕敚大獸（獸）☐☐。〔用〕。

☐〔氜（迄）〕敚大獸（獸）☒。

〔註106〕此字從《初步研究》所釋，見頁115～120。

〔註107〕此字作𡄾，《釋文》隸定爲「𦰩」（頁1573），《初步研究》釋爲「糞」（頁241），《校
　　　釋總集·花東》釋爲「箕」（頁6492）。詹鄞鑫曾指出舊有卜辭中有地名𡄾，即𡄾
　　　之省，象手持箕掃除之形，《說文》「𡔷，掃除形，讀若糞」，《周禮》以糞爲𡔷，𡄾
　　　應即「糞」字。見〈讀《小屯南地甲骨》札記〉，《華夏考——詹鄞鑫文字訓詁論
　　　集》（北京：中華書局，2006），頁211。

〔註108〕從《初步研究》所釋，見頁190～198。

〔辛〕〔卜〕：歲且（祖）□䖵，登（登）自丁〔糇（黍）〕。才（在）斝，
且（祖）甲〔延（延）〕。　一

丁卯卜：子劳（勞）丁，再爾⚎（圭）一、紺九。才（在）𠛱，獸（狩）
□斝。　一

丁卯卜：再于丁，𠬝（卮）才（在）𡩡（庭）酒再，若。用。才（在）𠛱。
一二　《花東》363

丙寅卜：丁卯子劳（勞）丁，再爾⚎（圭）一、紺九。才（在）𠛱。
來獸（狩）自斝。　一二三四五

癸酉卜，才（在）𠛱：丁弗窞（賓）且（祖）乙彡。子𠥼（占）曰：弗
其窞（賓）。用。　一二

癸酉，子灷（金），才（在）𠛱：子乎（呼）大子䣙（禦）丁宜，丁丑
王入。用。來獸（狩）自斝。　一

甲戌卜，才（在）𠛱：子又（有）令〔馭〕丁，告于𠛱。用。子🐚。
一二

甲戌卜：子乎（呼）𠬝妝（勑）帚（婦）好。用。才（在）𠛱。　一

丙子：歲且（祖）甲一牢，歲且（祖）乙一牢，歲匕（妣）庚一牢。才
（在）𠛱。來自斝。　一　《花東》480

《花東》318、337、336、154、28 直接卜問丁田獵之事，《花東》36 陳劍曾指
出「狩」前用否定詞「不」，可知是從「子」的角度占卜「丁」之事。〔註 109〕
《花東》302+344【林宏明綴】「狩」前用「唯」，「惠」和「唯」的差別可用來
區分占卜主體，沈培也舉出不少花東卜辭中的例子，提到武丁時會用「丁唯……」
（《花東》237、275+517【蔣玉斌綴】）、「唯丁……」（《花東》449）、「唯王……」
（《花東》420），〔註 110〕而此版「唯狩」也可能是指「丁」的活動。《花東》363

〔註109〕〈說花園莊東地甲骨卜辭的「丁」──附：釋「速」〉，《甲骨金文考釋論集》，頁83。
黃天樹與沈培二位先生都先後對非王卜辭中用否定詞「不」表示占卜的對象並非
占卜主體的現象有相關討論，見：〈重論關於非王卜辭的一些問題〉，《黃天樹古文
字論集》；〈商代占卜中命辭的表述方式與人我關係的體現〉，《古文字與古代史》
第 2 輯。

〔註110〕〈商代占卜中命辭的表述方式與人我關係的體現〉，《古文字與古代史》第 2 輯，

在□京卜問狩獵之事，與《花東》36 同，可能也是有關「丁」狩獵的卜問，且同版「丁卯」日顯然是《花東》480「丙寅」日後一天，《花東》480 李學勤認為是武丁從□地狩獵歸來，子前往迎接慰勞的記載。

另外，還有兩版可能與田獵有關，即：

癸酉夕卜：乙丁出。子□（占）曰：丙其。　一　《花東》303

庚午：□（酒）革匕（妣）庚二小宰，□□一。才（在）□，來自□（狩）。　一二　《花東》491

從干支與內容看，《花東》303 可能與《花東》480 有關，是卜問武丁出狩。《花東》491「來自狩」應該也是「來狩自某」的意思，可能也指武丁狩獵後至子處。

還有一版可能與田獵或軍事活動有關，即：

癸卜：丁步〔今〕戌。□月，才（在）□。　一

母（毋）其步。　一　《花東》262

姚萱指出：

> 「□月」係月名，與《花東》159.1 的「□月」及舊有子組卜辭數見的「□月」和「□月」相類。「□月，在□」是占卜的時間和子所在的地點，命辭是貞卜「丁」是否在「戌」日「步」，步的出發地當是「丁」即商王一般所在的都城「商」。原斷句標點作「癸卜：丁步，〔今〕戌□月，才（在）□？」不確。〔註 111〕

此說可參。此版在□地卜問，與上引《花東》36 相同。「今戌」是「步」的時間，甲骨文中有「地支記日」的現象，宋鎮豪先生曾舉例證明，其後黃天樹先生、常玉芝先生亦陸續補充數例，包括金文二例，共計三十四例，〔註 112〕其中有一例恰好也是在「步」的卜問中用地支記日，即：「今辛未王夕步」、「今

頁 102～103。

〔註 111〕《初步研究》，頁 307。關於前辭「在某」置於辭末的討論詳見《初步研究》，頁 63～65。

〔註 112〕詳見宋鎮豪，〈試論殷代的記時制度——兼論中國古代分段記時制度〉，《殷都學刊》編輯部，《全國商史學術研討會論文集》（河南：《殷都學刊》編輯部，1985），頁 304～305；黃天樹，〈甲骨文中所見地支記日例〉，《黃天樹古文字論集》；常玉芝，《殷商曆法研究》（吉林：吉林文史出版社，1998），頁 93～95。

未勿夕步」（《合》7772），此例中「未」是辛未之省。〔註113〕關於「月名」，
趙平安也提到：

> 甲骨文中常見數字之外的月名，很可能和東周時期齊、楚等地的特
> 徵記月法應是相類的現象。這樣看來，東周各國特徵記月法可以看
> 作是同一文化基因在不同時期、不同地域的變體。〔註114〕

關於「步」字，學者一般都引《說文》「步，行也」說此字之本義，〔註115〕
最近李宗焜的〈沚戛的軍事活動與敵友關係〉一文也提到：

> 《說文》說：「步，行也。」本是很簡單的訓釋，用以解釋卜辭的
> 「步」亦可通。……我們認為卜辭的步即《尚書·召誥》「王朝步
> 自周，則至于豐」的步。卜辭中許多「王步自 A 于 B」的句式，
> 與《召誥》相同。《偽孔傳》云：「成王朝行從鎬京至於豐」，卜辭
> 也是王自 A 步至 B，說成祭祀顯然不通，沒有從 A 地祭到 B 地這
> 種說法。〔註116〕

陳煒湛曾對「步」字的性質有如下總結：

> 卜辭「步」本指前往某處，或為征伐，或為其它，或商王自步，或
> 命大將重臣前往，途中或遇野獸，則獵取之，故步與田獵有時兼而
> 有之，但本身並非田獵名稱，……。〔註117〕

其中提到某些「卜某日夕步，今某月步，生某月步之例，為真正田獵卜辭所未
見者」，其「步」或指「行軍」或指「外出」，也舉出不少與「征伐」有關的「步」。
《花東》262 也卜問步之時間「今戌」，是否與陳先生指出此類卜辭有關，有待
進一步討論。

最後附帶討論一版「往于黍」的卜問，即：

〔註113〕此類干支字的省略現象李旼姈有詳細的整理與討論，可參《甲骨文例研究》（台北：
台灣古籍出版有限公司，2003），頁 385～391 中。

〔註114〕趙平安，〈唐子仲瀕兒盤匜「咸」字考索〉，《中國歷史文物》2008.2，頁 75。

〔註115〕早期說法可參《詁林》，頁 761～763。

〔註116〕〈沚戛的軍事活動與敵友關係〉，《古文字與古代史》第 2 輯，頁 81。

〔註117〕〈關於甲骨文田獵卜辭的文字考訂與辨析〉，《甲骨文田獵刻辭研究》（南寧：廣西
教育出版社，1995），頁 31。

丙辰卜，子炅（金）：丁生（往）于黍。　一

不其生（往）。　一　《花東》379

原釋文解釋爲子金於丁巳日「往于黍」，姚萱指出從「不其往」的「不」來看，表明往于黍者應該是子不能控制的，當指武丁。而《花東》146「今月丁往𢦔」、「今月丁不往𢦔」也是同類的例子，[註118] 都是從否定詞判別卜問對象爲何。

（六）丁與子的深層互動

除了一般的互動關係之外，花東卜辭中最特別的是有丁與子之間較深層互動的卜問，包括子關心丁的卜問，以及丁對子「虞」與「作」某事的卜問。

1. 子關心丁

子對丁表示關心的卜問如：

乙卜：丁又（有）鬼夢，亡田（憂）。　一

丁又（有）鬼夢，𢏿才（在）田。　一　《花東》113

丁小𩇞（艱）亡☐。　一　《花東》155

☐于☐弜☒于☐，乙☐其丁又（有）疾。　《花東》349

《花東》113 子對丁作了「鬼夢」表示關心，𢏿字或與禳祓儀式有關（詳見本文第三章第一節「子興、子馘」中對𢏿的討論）。《花東》155、349 辭殘，從可見的字來看，可能也是對丁表達關心的卜問。子還爲丁行禦祭，如：

辛丑卜：知（禦）丁于且（祖）庚至☐一，曶羌一人、二牢；至牡一且（祖）辛知（禦）丁，曶羌一人、二牢。　《花東》56 [註119]

此句張玉金指出爲「選擇複句」，曰：

> 這是指分句之間有選擇關係的複句。甲骨文中的選擇複句一般不用關聯詞語。……這個複句（引者按：指《花東》56）的第一層應切在「至牡一」之前，前後應爲選擇關係。若不視爲選擇關係，那就祇能看成並列關係。但若爲並列關係，我們就無法解釋上述貞辭爲

〔註118〕《初步研究》，頁 61～62。

〔註119〕本辭標點從《初步研究》，頁 248。

什麼不簡單地說成「禦丁祖庚暨祖辛、至〔牡〕一、曹羌一人二牢」。

這種複句中提出不止一種看法供選擇。這種句子在甲骨卜辭中十分
罕見。一般是把供選擇的幾種看法分散在幾條貞辭中，形成選擇問，
而把供選擇的己種看法並入一條貞辭之中的，只有下引兩例：……
（引者按：即《花東》56、《美國》USB11）。〔註 120〕

子還有巡視「丁官」、「剌官」的卜問，如：

　　壬卜：子又（有）求，曰：視丁官。　一　《花東》384

　　壬卜：子又（有）求，曰：視剌官。　一　《花東》286

此二辭應該是同一天的卜問，兩版中還有其他「壬卜：子有求，曰：……」的
卜問，可能是準備在些選項中做選擇。「丁官」、「剌官」應為同類。姚萱認為
「官」是宗廟一類的建築，「丁官」似可解釋為為「丁」的宗廟。但從「剌官」
來看，顯然指剌地之「官」，而「丁官」也未必指人物而有其他可能。〔註 121〕
花東卜辭中常見子在各地之「官」活動的卜問，包括「官」（《花東》53）、「狀
官」（《花東》416）、「（狀）東官」（《花東》81、195、248、490）、「舊官」（《花
東》351），分別有「改」、「 」〔註 122〕、「將」、「宜」的祭祀，「官」字舊釋
為「館」即「館舍」，〔註 123〕花東卜辭中出現的這些「官」可能是子領地中的
館舍，其中設有宗廟神主以行祭，也可招待來訪的武丁、婦好。如《花東》195
「辛亥卜：子以婦好入于狀」、「癸丑卜：其將妣庚〔示〕于狀東官」。帶婦好
進入「狀」地後於此地之「官」祭祀妣庚，而前文提到丁往往因田獵或祭祀之
事到子處，而《花東》60 有「丁各，宿」的卜問，顯然武丁到子處後可能會留
宿，《花東》395+548【方稚松綴】有：

　　壬申卜：子其生（往）于田，從昔听。用。　二

　　癸酉卜：子其生（往）于田，從剌。罕（擒）。用。　一　《花東》395+548
　　【方稚松綴】

─────────────────

〔註 120〕張玉金，《甲骨文語法學》（上海：學林出版社，2001），頁 300、327。

〔註 121〕《初步研究》，頁 36。

〔註 122〕字不識，該辭作「延 狀官」，應該是指在，從「延 」看可能是祭祀動詞。

〔註 123〕趙誠先生釋官為館，姚孝遂從之並有補充，詳見《詁林》，頁 3052～3053。

壬申日在昔地田獵，壬申日田獵後可能就到了剺地，當晚可能就在「剺官」落腳休息，隔日的癸酉日再從剺往田。〔註124〕因此本文認爲「丁官」可能是指專屬「丁」之館舍。至於「視」字裘錫圭曾指出有視察敵情的「視」，如「視戎」、「視吾方」之類也有視察己方軍隊者，如「視屮師」，〔註125〕此「視丁官」、「視剺官」可能也是指子「視察」其領地中的「丁」之館舍與剺地之館舍。另外，《花東》113 有「其作官鰻東」，是營建「官」於「鰻東」的卜問，《花東》80 有「子告官于丁」，可能是將與「官」有關的事向丁報告（不一定是「作官鰻東」之事，也可能是其他相關事宜），很容易讓人聯想到《花東》294 的「子其告狀既圈丁」與「子其作丁田（營）于狀」，此問題於本文第七章第一節「丁族」處詳論。

2. 丁關心子

丁關心子之事主要表現在丁對子「樵（虞）」〔註126〕的卜問上，如：

壬卜：子其生（往）田，丁不樵（虞）。　一　《花東》3

己卜：丁𦥑（終）樵（虞）于子疾。　一

己卜：丁𦥑（終）不樵（虞）于子疾。　一　《花東》69

丙卜：丁來視子舞。　一

生（往）于舞，若，丁侃。

壬卜：丁樵（虞）延（延）。　一

壬卜：丁不樵（虞）。　《花東》183

己卜：子其疫〔註127〕，弜生（往）學。　一

己卜：丁各，叀（惠）靳（新）□舞，丁侃。　　一

〔註124〕關於花東卜辭中「從某地往田」的討論詳見本文第四章第二節「　人、𢓊人」處。

〔註125〕〈甲骨文中的見與視〉，《甲骨文發現一百周年學術研討會論文集》，頁3～4。

〔註126〕從《初步研究》，讀爲「憂虞」之「虞」，見頁213～224。

〔註127〕《花東・釋文》認爲此字爲「瘟疫」之「疫」，見頁1631。李宗焜認爲可能指「腹疾」，見〈花東卜辭的病與死〉，「從醫療看中國史」學術研討會論文（南港：中研院史語所，2005 年 12 月 13～15 日），頁 5。宋鎮豪認爲可能是某種流行性疫疾如流感之類，見〈從甲骨文考述商代的學校教育〉，《2004 年安陽殷商文明國際學術研討會論文集》，頁 229。

己卜：叀（惠）三牝于匕（妣）庚。　　一

己卜：丁樊（虞），不歔。　一二

己卜：叀（惠）觳。　一

庚卜：子心疾，亡征（延）。　一

辛卜：子其舞权，丁侃。　一

辛卜：知（禦）子舞权，飲一牛匕（妣）庚，晉宰，又鬯。　一

辛卜：知（禦）子舞权，飲一牛匕（妣）庚，晉宰，又鬯。　二三

壬卜：子舞权，亡言，丁侃。　一

壬卜：子舞权，亡言，丁侃。　一　《花東》181

《花東》3 是對子出外田獵的關心，《花東》69 是對子疾病的關心，《花東》181、183 可能是對同一事的卜問，丁到子處視察子樂舞之事，可能子身染疾病，因此子卜問丁對自己的舞蹈是否「侃」，同時也卜問丁是否對子表示關心。還有一條卜辭顯示丁確實對子的疾病表示關心，即：

辛卜：帚（婦）女（母）曰子：丁曰：子其又（有）疾。允其又（有）。　一二　《花東》331

是丁對子的病情表達關心或有相關卜問，婦好向子轉告，而子對婦好轉告內容作的卜問（此辭的釋讀問題詳見下節末）。

3. 丁對子的負面行為

關於「虞」的卜問中還有一些不能確定為何而卜者，及一些內容較特殊者，如：

丁樊（虞）于子。　《花東》413

丙卜：𡘲又（有）由女，子其告于帚（婦）好，若。　一

〔丙〕卜：丁不征（延）樊（虞）。　一

丁征（延）樊（虞）。　一

丁不征（延）樊（虞）。　一　《花東》3

丙寅夕：宜才（在）新束，牝一。　一二三四

丙寅夕：宜才（在）新束，牝一。　一二三

　　丙寅夕卜：〔由〕，槧（虞）于子。　一

　　丙寅夕卜：侃，不槧（虞）于子。　一　　《花東》9

　　戊寅卜：舟嚨告晌，丁弗槧（虞），侃。　一二　　《花東》255

　　《花東》413 不知因何事而卜，《花東》3、9同日有卜問「🔯有由女，子其告于婦好」、「宜在新束，牝一」，是否卜問丁因此二事而「虞」，不得而知。又姚萱指出，「虞」字也作動詞，如「丁不虞」、「丁延虞」、「丁虞于子」之類，除了解釋爲感到關心的「憂虞」，也可能有解釋爲「不滿」者，如與「侃于子」相對的「虞于子」。〔註128〕《花東》255 是「舟嚨」此人向子報告「晌」送來玉器之事，隔天就要獻給丁，故子卜問消息到了之後武丁是否不憂虞而喜樂。〔註129〕

　　另外，花東卜辭中還有丁對子「作」某事的卜問，可能不是對子關心，而是負面的事，如：

　　壬卜：子其入麂、牛于丁。　一

　　壬卜：丁聞子乎（呼）〔視〕🗡（戎），弗乍（作）槧（虞）。　　《花東》38

　　丙卜：隹（唯）亞奠乍（作）子齒。

　　丙卜：隹（唯）小臣乍（作）子齒。　一

　　丙卜：隹（唯）帚（婦）好乍（作）子齒。　一

　　丙卜：丁槧（虞）于子，隹（唯）亲齒。　一

　　丙卜：丁槧（虞）于子，由从中。　一　　《花東》28

　　戊卜：子其取昊于妠（夙），丁弗乍（作）。　一　　《花東》39

　　《花東》38 的「視」字各家釋爲「見」，本文從姚萱釋爲「視」，原拓片「乎」後一字字跡不清，細審拓片與照片，該字下部確爲直筆，即🗡，依裘錫圭之說應釋爲「視」。關於🗡字，《花東・釋文》中提到：

　　字象一手持盾一手執戈之形。金祥恆釋戜（《續甲骨文編》4卷3頁）。

　　張亞初據整體會意與局部會意字的形體轉化規律，將他推斷爲「戜」

〔註128〕《初步研究》，頁217～222。

〔註129〕相關討論參本文第四章第二節「晌（附：舟嚨）」處。

字。我們以爲，當以張釋爲是（張亞初：《古文字分類考釋論稿》，《古文字研究》第十七輯，1989 年）。此字見於殷代銅器上，如祖丁尊、父己簋上有戎字，作族徽。在本片第 5 辭，作人名或族名。〔註130〕

朱歧祥認爲「見戎」是進獻武器。〔註131〕韓江蘇也釋爲「見戎」，解釋爲「『子』令（某人向丁）進獻『戎』人」，還舉《英藏》690「☐戎（戎），余乎（呼）🔣☐」，認爲🔣即「戎」，爲商王的臣屬者。〔註132〕姚萱從《花東‧釋文》釋🔣爲戎，而將「見」釋爲「視」，解釋爲「視察」，認爲舊有卜辭中「呼視戎（戎）」、「呼某視戎（戎）」習見，花東卜辭的「呼視🔣」也就是舊有卜辭中「呼視戎（戎）」，是「視察戎事」的意思，並認爲舊有卜辭中的🔣從「戈」，🔣從「弓」，非一字。而關於「弗作憂」，姚萱舉出「作憂」、「作害」、「作☐」說明「作憂」也應該是指作「不好的事」〔註133〕本文認爲姚萱之說較合理，不過「戎」也可能是族名，范毓周認爲甲骨文的「戎」字本爲兵戎之事，也有指「戎族」者，〔註134〕商周族氏銘文中也多見作此形的「戎」字，〔註135〕嚴志斌指出：

> 商代戎族銅器銘共 25 件，計鼎 5、簋 1、甗 1、觚 7、爵 5、觶 2、卣 1、尊 1、鑄 1、不知名器 1。時代爲殷墟三、四期。……25 件戎族銅器銘中，出土地點有記錄者 9 件，見於河南安陽殷墟西區者除外，有四件（甗 1、觚 2、爵 1）皆出於山東蒼山縣東高堯村，表明蒼山一帶可能是戎族故地。另有 3 件傳出於河南彰德（1287）、河南洛陽（10510）、河北新樂縣中同村（J262）。雖然不能說明具體所在，但也還能表明似與西方泛稱的戎並無關係。〔註136〕

〔註130〕《花東‧釋文》，頁 1576。

〔註131〕《校釋》，頁 968。

〔註132〕《殷墟花東 H3 卜辭主人「子」研究》，頁 278。

〔註133〕《初步研究》，頁 221～222。

〔註134〕〈甲骨文「戎」字通釋〉，《紀念殷墟甲骨文發現一百周年國際學術研討會論文集》。

〔註135〕此字的器號與出處對照表可參何景成，《商周青銅器族氏銘文研究》（濟南：齊魯書社，2009），頁 386～387、622～623。字形可參容庚著，張振林、馬國權摹補，《金文編》（北京：中華書局，2007），頁 1027。

〔註136〕《商代青銅器銘文研究》，頁 183。

另外，同樣的字形又見於殷墟陶文，作　　　。〔註137〕

「聞」字爲唐蘭所確定，學者多從之，至於字義，于省吾將「有聞」、「有來聞」、「亡聞」與「有艱」、「有來艱」、「亡艱」並論，認爲「聞」應讀爲「閔」，有「憂」義。董作賓先生曰：「聞之義，一爲聞知，一爲達聞。此二義，因待已並用之。……此字最初之意義，當爲奏聞上『達』之聞」。陳煒湛進一步整理相關資料並發揮董說，指出：

> 有聞，是指有報告、消息；有來聞，是指有邊境傳來的消息；舌方亡聞，意即舌方方面沒有什麼消息。……「聞」的範圍確實超過了一般的聽，乃是指有確切內容的消息、報告，就如現今所謂的新聞、要聞。〔註138〕

卜辭「聞」與「告」正好相對，比如「有聞」、「有來聞」、「亡聞」與「（有來艱……）某告曰……」有關，而「有來艱」與「有來聞」都表示「有某種不好的消息傳來」，但「艱」指涉的是「某種不好之事」，「聞」指涉的是「消息」，既非同字，也非同義。

前文提到子對丁、婦好貢納時往往有「告」，而此版同日子有「入麐、牛于丁」一事，可知「子呼視戎」一事可能是子向武丁報告的，故此條卜辭是子卜問：丁聽聞了我報告的「呼視戎」之事後，不會對我「作虞」。

《花東》28 此版解釋學者意見不一，主要原因在於對「齒」字理解有歧異。《花東・釋文》中提到：

> 于省吾謂，在卜辭有數義：1.口齒之齒；2.年齒之齒；3.指差錯或災害言之（《釋林・釋齒》221～223 頁）。第 1、2 種意義，於本片不辭，似用第 3 義。但從 H3 卜辭內容總體觀之，婦好、亞奠、小臣與子的關係較密切，若逕釋爲禍害亦不大妥當，可能是禍害之引伸義，指比禍害較輕的事。即第 1～3 辭，卜問亞奠、小臣還是婦好給子待來麻煩事。〔註139〕

朱歧祥則曰：

〔註137〕焦智勤，〈關於新出殷商陶文四則的通信〉，《甲骨文與殷商史（新一輯）》，頁 333。

〔註138〕所引關於「聞」字的說法，參《詁林》，頁 665～671。

〔註139〕《花東・釋文》，頁 1569～1570。

> 本版由殷重要官員亞奠，小臣和婦好同時卜問「乍子齒」，甚至連殷
> 王武丁亦因憂慮於子而「親齒」（親乍子齒），可見「乍子齒」是一
> 殷王上下對子關切的重要儀式。乍，有興意。齒有齒長、增壽的意
> 思，「乍子齒」即言祈求子的長命。君臣上下的禱告祈願，可見子當
> 時似染有惡疾。〔註140〕

于省吾舉「取牛不齒」，謂其「齒」指「年齒」，韓江蘇作了與《花東・釋文》
不同的選擇，認為《花東》28 的「齒」可能就是此類義意。又引《廣雅・釋詁》：
「齒，年也」認為「齒」引申為齒列、次序、編次諸義，與朱歧祥的思路類似，
認為「作子齒」可能是某種禮儀，進而聯想到文獻中與年齒有關之「冠禮」或
《文王世子》中的「齒于學」，並認為較有可能是「冠禮」，還以此說明子為武
丁親子。〔註141〕

　　然而，「取牛不齒」的「齒」並非「年齒」之義，甲骨文中目前也未見此種
用法的「齒」，「齒」字的解釋仍可商榷。關於甲骨文「齒」字的解釋，先看以
下二版：

> 丁丑卜，宁貞：爾得。王固（占）曰：其得，隹（唯）庚。其隹（唯）
> 丙，其齒。四日庚辰，爾允得。十三月。　《綴集》6（《合》40059+40093）

> 貞：勿乎（呼）取羊。

> 貞：乎（呼）取羊。

> 乎（呼）取羊弗婕（艱）。

> 乎（呼）☑。　《綴續》372 反（《合》8812 反+8813 反）

此二版內容與「得」、「取」某物有關。蔡師哲茂在此二版的考釋中提到「齒」
字：

> 爾得到在庚那天，如果是丙那天就齒（齒疑不善或不順之義，如「取
> 牛不齒」（合8803））。四日後庚辰那天，爾果然得到了。

> 「取羊弗婕」猶「取牛不齒」（合 8803），或「貞：牛取亡☒」（甲
> 釋6），婕、齒指差錯或災害。于省吾《甲骨文字釋林・釋齒》以為

齒有三種意義，其中第三種是指「差錯或災害」。另合 17295 有「貞：
王□聝其隹齒」與「貞：☑比聝□不隹□」對貞，從本片可知王比
沚聝之後卜問隹齒不隹齒，又合 17297「屮降齒」，可見齒的意思誠
如于說。〔註 142〕

「齒」字除了「牙齒」的本義外，即此類與「田」、「婤」等字相近的意義，卜
辭中「田」字有「降田」、「作田」、「作某田」的辭例（參《類纂》頁 827～828），
「齬」字亦然，如：

庚戌卜，貞：帝其降我莫。

不隹（唯）降莫。　　《合》10168

戊申卜，爭貞：帝其降我 $\yen$（齬）〔註 143〕。

貞：帝不降我 $\yen$（齬）。　　《合》10171 正

貞：子 $\yen$ 不乍（作）$\yen$（齬）。　　《合》22067

庚戌卜，貞：彗不乍（作）婤（齬）。　　《合》7188

丙辰〔卜〕，貞：子雔不乍（作）婤（齬），不 $\yen$（殂）。　　《合》3122

而「齒」字也有「降齒」之例，可知花東卜辭「作子齒」應該與「作某田」意
思相近。

　　因此本文認爲《花東·釋文》所言較爲合理，可能本版是子卜問誰會對自
己作出某種負面之事，而前文提到姚萱指出「虞」也可能有不滿的意思，或許
「丁虞于子，唯 $\yen$ 齒」可解釋爲丁對子不滿而對子作某種負面的事，若此假設
成立，則從這些卜問也可看出子特別對武丁有所提防。至於《花東》39「作」
後無字，無從得知卜問丁對子「作」何事。

　　另外，常耀華認爲「子齒」是人名，並認爲《花東》132「齒禦歸」、163
「禦子齒」、395「告子齒疾」的「齒」即「子齒」。〔註 144〕從上引與「作……」、

〔註 142〕《綴集》，頁 353；《綴續》，頁 170～171。

〔註 143〕孫俊指出此 $\yen$ 爲 $\yen$（莫）省去口形的異體字，與「黑」爲同形異字，甲骨文的莫、
　　　　婤、難都可用來表示「齬」，見《殷墟甲骨文賓組卜辭用字情況的初步考察》，頁
　　　　43～51。

〔註 144〕〈讀《殷墟花園莊東地甲骨》〉，《殷墟甲骨非王卜辭研究》，頁 253～254。

「降……」有關的辭例來看，可知「齒」還是解釋爲災咎義的字較合理，而其他三版的「齒」也應解釋爲「齒疾」，相關討論見本文第三章第一節「子尻（尻）」、第七章第二節「歸」處。

4. 丁出現在子的夢中

丁也出現在子的夢中，如：

　　子夢丁，亡田（憂）。　一

　　子又（有）鬼夢，亡田（憂）。　一　《花東》349

　　壬辰卜：𡆥（向）癸巳夢丁裸，子用瓚，亡至艱（艱）。　一《花東》493

《花東》493 的「裸」、「瓚」從方稚松先生所釋，〔註145〕此二版的內容是卜問夢到丁及與丁有關的祭祀活動是否無憂患之事，但能否解釋爲對子而言「丁」是與「鬼」類似的負面意象，恐怕不能如此斷言，這也是卜辭資料本身的局限性。希望未來能發掘到商代的簡帛、書籍資料，才能更深入的理解商代的歷史與文化。

（七）存疑待考的卜辭

前文提到幾版與丁有關的卜辭釋讀有些爭議，問題較大的是《花東》34、420「宜丁牝一，丁各」（同文例亦見於《花東》335），以及《花東》255「弜宜丁」、《花東》480「子呼大子禦丁宜，丁丑王入」。學者也這些辭例說明此「丁」的生死。

認爲「丁」是祭祀對象的學者基本上將「宜」解釋爲「祭名」，如韓江蘇認爲「宜丁牝一」、「宜丁」與「宜妣庚」、「歲妣庚」、「宜上甲」語法相同，可知「宜」字爲祭名，「宜丁」爲「宜于丁」的省略。又認爲「宜丁牝一？丁各……」與「子呼大子御丁？宜？丁丑王入」可對照，前者的「丁」是祭祀對象，後者的「丁」也應該是祭祀對象。又將「知丁」視爲向死去的丁行祭。〔註146〕認爲「丁」是活人的說法有三：（1）朱歧祥釋「宜」爲「俎」，也認爲是祭祀動詞，並認爲《花東》480 該辭可斷爲「子乎大，子知，丁俎」，而其他的「俎丁」可能是「丁俎」之倒，且同版有「丁各」，表示「丁俎」是由丁進行俎祭。〔註147〕

〔註145〕〈釋殷墟花園莊東地甲骨中的瓚、裸及相關諸字〉，《中原文物》2007.1。

〔註146〕《殷墟花東 H3 卜辭主人「子」研究》，頁 122、522～523。

〔註147〕〈由詞語聯繫論花東甲骨中的丁即武丁〉，《殷都學刊》2005.2，頁 9～10。又見《校

（2）姚萱引李學勤之說將「宜」解釋為「肴」，即牲肉，而作為用牲方式則解釋為「以牲為肴」，「宜丁」、「宜丁牝一，丁各」都是指向丁進獻牝牛之肴肉，「宜丁」、「丁各」的「丁」都指武丁。至於對「子呼大子𫝹丁宜」，則是將「𫝹」解釋為「御」，即「進獻」之義，並非「禦祭」之「禦」，「𫝹丁宜」也是向丁進獻肴肉的意思，《花東》290「其𫝹宜戠，乙未戠，𠀠酒大乙」的「𫝹」可能也是同樣的意思。〔註148〕（3）張玉金認為甲骨文有作名詞之「宜」，見於「……于宜」、「尊宜」之類的辭例，動詞「宜」源自名詞「宜」，曰：

> 以上諸例中的「宜」，都用作名詞，指陳牲或陳肉之器，它往往在祭祀中使用，也可以在宴饗中使用。
>
> 動詞用法的「宜」，源自名詞用法的「宜」，是名詞用作動詞。名詞用法的「宜」是指陳肉之器，動詞用法的「宜」則是把……陳于「宜」這種器具上的意思。〔註149〕

故「宜」的對象可為生人與死人，對上舉「弜宜丁」、「宜丁牝一」等辭解釋為把肉類物品放到肉案上給活著的「丁」。〔註150〕

　　「宜」字的考釋至今無定論，上述諸說都各有論據，很難論斷何者為是。筆者對「宜」字並無新的意見，較同意姚萱所採用的觀點，即作為動詞者為「用牲法」，作為名詞為「肴肉」之義。不過姚萱、張玉金之說只能說明「宜」有進獻之義，仍不能排除進獻對象可能是死者，而朱歧祥與姚萱都認為《花東》34「宜丁牝一，丁各」前後二「丁」同指活著的武丁，〔註151〕筆者較同意朱、姚二位的理解。

　　另外，朱歧祥將「宜丁」釋為「丁宜」較可商，「弜宜丁」若改讀為「弜丁宜」並不合理，「弜」後基本上應接動詞，無論「宜」字如何解釋，「弜宜丁」於行款、語法都可說通，沒有理由反而要視為「倒文」才能解釋。而此說是遷就於朱先生將「子呼大子𫝹丁宜」理解為「子乎大，子𫝹，丁俎」，於《花東》

〔註148〕　《初步研究》，頁32～35。

〔註149〕　〈釋甲骨文中的「宜」字〉，《殷都學刊》2008.2，頁10、11。

〔註150〕　〈殷商時代宜祭的研究〉，《殷都學刊》2007.2，頁10。

〔註151〕　《校釋》，頁967；《初步研究》，頁34。

420 的考釋中曰：「宜丁，或即丁宜的倒句。480 版見『丁俎』例」，〔註152〕但此句釋讀仍有很大的解釋空間。如韓江蘇將「卸丁」視爲向死去的丁行祭，或姚萱將「宜」視爲名詞而理解爲「御丁宜」。本文再對「子呼大子禦丁宜」提出三種可能的解釋，也說明此句仍有詮釋空間。其斷句有三種可能：「子呼大子禦丁，宜」、「子呼大子禦，丁宜」、「子呼大子禦丁宜」，「禦」爲禦祭。第一種可解釋爲子命令「大子」爲丁行禦祭，然後行「宜」的儀式；第二種可解釋爲子命令「大子」行禦祭，並由丁行「宜」的儀式；第三種可解釋爲子命令「大子」爲「丁行『宜』的儀式」一事行禦祭。〔註153〕既然「子呼大子卸丁宜」的釋讀有很大的詮釋空間，則不宜以之作爲基準改讀其他卜辭。

第二節　花東卜辭中的婦好

一、花東卜辭中「婦好」的各種稱呼

花東卜辭中的「婦好」又可稱爲「母婦」、「婦母」、「好」、「婦」。稱爲「母婦」、「婦母」的辭例如下：

何于丁屰。　一

于女（母）帚（婦）。　一　《花東》320

辛卯卜，鼎（貞）：帚（婦）女（母）又（有）言（歆），子从壴，不从子臣。　一　《花東》290

辛卜：帚（婦）女（母）曰子：丁曰：子其又（有）疾。允其又（有）。
一二　《花東》331

關於《花東》320 的「女（母）婦」，林澐認爲：「『于女婦』之『女』，因爲花東子卜辭『女』可讀『母』，作『毋』用，可能應讀『母婦』，指『子』之母親婦好。」〔註154〕韓江蘇對此二辭的行款有不同的理解，認爲應該是「婦母于」，「母」作「女」，爲「好」之省，故「婦母」即「婦好」。〔註155〕其對

〔註152〕《校釋》，頁 1035。

〔註153〕關於「大子」的討論可參本文第三章第三節。

〔註154〕〈花東子卜辭所見人物研究〉，《古文字與古代史》第 1 輯，頁 30。

〔註155〕《殷墟花東 H3 卜辭主人「子」研究》，頁 149、151～152。

行款的理解可商，此辭仍應作「于母婦」，〔註156〕不過花東卜辭中武丁與婦好經常在同一事的卜問中對貞或並列，如《花東》26、28，因此將此處與「丁」對貞的「母婦」也理解為婦好應該是合理的。至於「女」是否為「好」之省亦可商。曹定雲曾指出婦好為子方之女，「好」代表其所在母國的國號或封邑之號，〔註157〕本文同意此說，如此則「好」之所以被認定為族氏名，正因所從偏旁「子」，卜辭中「婦某」的「某」字多從女，如「婦姘（井）」、「婦娘（良）」之類，基本上省去「女」常見，但不會省為「婦女」，因此本文認為省略之說可商。

　　關於《花東》290、331 的「婦女（母）」，韓江蘇也認為是「婦好」之省。陳絜則認為「女」為人名，「婦女」與《合》454、19996、21560 的「婦女」同名。〔註158〕從卜辭內容來看，《花東》290 是卜問在「婦母」舉行的祭祀活動中，子要讓「　」還是「子臣」跟從，《花東》331 是針對「婦母轉述丁所說的話的內容」作卜問，〔註159〕可見婦母地位甚高。在花東卜辭中只有婦好有此地位，且婦好在《花東》320 中稱「母婦」，很可能是「婦母」的倒寫。因此本文認為花東卜辭的「婦母」應該就是「婦好」。

　　「婦好」名為「好」，可稱為「母婦」、「婦母」，該如何理解，或有學者認為「婦好」為子的母親，不過卜辭中稱「母」的祭祀對象一般被認為是母輩人物，未必是母親，若子為武丁的子姪輩，婦好自然為子之母輩，應該也可稱婦好為母。而李旼姈曾指出卜辭中有「母妣甲」合文，「母+妣甲」的同位關係結構，「母」為配偶之義，「妣甲」是其所指，〔註160〕「母婦」、「婦母」之「母」或許也是類似的意思，表示武丁的配偶婦好。不過這些說法都只是推測，本文認為討論商代的親屬問題，在目前商代簡冊、書籍資料尚未出土的情況下，僅從卜辭的蛛絲馬跡間接的旁敲側擊，能得到的確證有限。

　　另外，婦好墓所出銅器銘文中有「婦女（母）」、「子婦女（母）」的稱呼，《殷

〔註156〕相關釋讀問題參本文第六章第一節「何」處。

〔註157〕《殷墟婦好墓銘文研究》，頁81～88。

〔註158〕《商周姓氏制度研究》，頁112。

〔註159〕此二條卜辭的釋讀問題分別見本節末與本文第四章第二節「子臣」處。

〔註160〕《甲骨文例研究》，頁443。

墟婦好墓》一書曰：

> 圈足內壁有銘二字，爲「婦女」（圖五二，9），估計第二字是「好」
> 字的缺筆，可能鑄器時疏忽造成；也可能屬另一種銘文。……圈足
> 內壁有銘二字，爲「婦女」（圖五二，10）。
>
> 有兩件四棱觚（IIB 式）寫作「婦女」二字，估計是缺筆。〔註161〕

曹定雲曾指出：

> 在「婦好」銘文中，我們也可看到一種奇怪的現象：「好」字所從之
> 「子」從「好」字中游離出來置于「婦」子之上作「子帛母」（圖一：
> 3）。這種銘文形式不是一例，而是多例，可見不是偶然的筆誤，而
> 是有深刻的內因所決定。這一現象說明了兩個問題：①「子」可以
> 從「好」字中游離出來，並置于銘文頂端，說明「子」確爲國號……。
>
> 〔註162〕

可見在過去的資料中「婦好」亦可稱「子婦女（母）」、「婦女（母）」。由於花東
卜辭中的「婦好」很可能又稱「婦母」，如此則銘文的「婦母」未必爲缺筆，或
許「婦母」是表示「婦好」身分與地位的專稱（如「王后」或「諸婦之長」之
類），「母」可能不只是親屬性的稱謂，而「子婦母」的「子」字則是用以標明
「婦母」之族屬。此僅爲推測之辭，仍有待進一步研究。

「婦好」也可簡稱爲「好」、「婦」，如：

辛未卜：丁隹（唯）好令比〔白（伯）〕或伐卲。　一　《花東》237

乙亥卜：戠（待），于之若。　一二

乙亥卜：叀（惠）子配史（使）于帛（婦）好。　一二

乙亥卜：叀（惠）☒。　一

叀（惠）配史（使）曰帛（婦）☒。

叀（惠）配史（使）☒。　一

乙亥卜：侃。　一

〔註161〕中國社會科學院考古研究所編著，《殷墟婦好墓》（北京：文物出版社，1980），頁
75、95。

〔註162〕《殷墟婦好墓銘文研究》，頁141。

乙亥卜：帚（婦）侃。　　一

乙亥：侃。　　一

乙亥卜：帚（婦）侃。

乙亥卜：叀（惠）☒。　　一二〔註163〕

☒帚（婦）。　　二

☒。　　一〔註164〕

乙亥卜：至旬☒。　　一

乙亥卜：帚（婦）好又（有）史（事），子隹（唯）妖，于丁曰帚（婦）好。　　一二

☒今日曰帚（婦）好。　　一

☒子曰帚（婦）好。

叀（惠）子曰帚（婦）。　　一

叀（惠）子曰帚（婦）。　　一

丙子卜，才（在）𣦸：曰：其奏。　　一

丙子卜：☒不奏。　　一

☒不用。〔註165〕

癸巳卜：子夢彔告，非艱（艱）。　　一　　《花東》5+507【整理小組、常耀華綴】+508（？）+509（？）+510（？）【姚萱指出】

丙辰卜，子炅（金）：其昀（匀）糕（黍）于帚（婦），若，侃。用。　　一

丙辰卜，子炅（金）：叀（惠）今日昀（匀）糕（黍）于帚（婦），若。用。　　一　　《花東》218

〔註163〕此條與上條卜辭爲《花東》507 內容，應該位於上三條相同卜問的相對位置。

〔註164〕此條與上條卜辭爲《花東》509 內容，可能與卜問「婦侃」這幾條卜辭有關，暫將釋文補於此。

〔註165〕此條與上條卜辭爲《花東》510+508，姚萱認爲 510 似可與 508 綴合，推測綴合後的釋文爲「丙子卜：☒不奏」、「☒不用」，應該與「丙子卜：才（在）𣦸：曰：其奏」對貞，故暫將釋文補於此。拓片如：（《花東》510）（《花東》508）。

丙辰卜：子其昀（勾）糅（黍）于帚（婦），叀（惠）配乎（呼）。用。
一

丙辰卜，子㞢（金）：丁坒（往）于黍。 一

不其坒（往）。 一 《花東》379

辛巳：子其告行于帚（婦），弜吕（以）。 一

弜告行于丁。 一 《花東》211

壬寅卜，子㞢（金）：子其屰 于帚（婦），若。用。 一 《花東》492

庚子卜：子告其秉于帚（婦）。 一

子弜告其秉。 《花東》371

婦好確可省稱爲「好」，《殷墟婦好墓》一書中曾指出墓中出土銅器銘文有此現象，可與卜辭印證：

> 銘文多數較清晰，大部分爲「婦好」二字，只七件僅有一個「好」
> 子。一見方罍（866）的蓋銘爲「婦好」，而器底只一「好」字，可
> 見「好」當是「婦好」的省稱。

> 在第一期卜辭中，「婦好」有省稱爲「好」的，如：「辛丑卜，亘，
> 貞王固曰好其㞢子，御」。同版有「辛丑卜，設，貞帚好㞢子，二月」。
> 這次出土的婦好組銅器中，「婦好」也有省稱爲「好」的，可與卜辭
> 相印證；……。〔註166〕

《花東》237 是卜問武丁是否命婦好助伯或伐卲，「好」即「婦好」爲學界共識。另外，花東卜辭的「婦」學者一般認爲即婦好，〔註167〕可從。《花東》5+507【整理小組、常耀華綴】中的「曰婦好」省爲「曰婦」，林澐已指出。又在乙亥日卜問子命子配使於婦好，同時卜問「婦」是否侃，也可知婦好可省爲「婦」。此版

〔註166〕《殷墟婦好墓》，頁95、226。

〔註167〕如陳劍曾認爲《花東》379、211 的「婦」即「婦好」，見〈說花園莊東地甲骨卜辭
的「丁」—附：釋「速」〉，《甲骨金文考釋論集》，頁83～85。林澐也指出《花東》
5 的「婦」即「婦好」。魏慈德、韓江蘇認爲花東卜辭中的「婦」皆爲「婦好」，
見《殷墟花園莊東地甲骨卜辭研究》，頁76～77，及《殷墟花東H3卜辭主人「子」
研究》，頁149～150。

中「子配」是被子派去「婦好」之處的人物，《花東》218、379 應該是對同一事的卜問，「子金」爲貞人，卜問子「勹黍于婦」之事，其中「配」即「子配」，也是子派去向「婦」報告打算「勹黍」或執行「勹黍」此事之人，而「配」還見於《花東》220，是子派去向婦好報告「入百屯」之事者，可見子與婦好間的事往往派「子配（配）」去進行，則此二版的「婦」應該也是婦好。〔註168〕《花東》211 的「婦」與「丁」對貞，花東卜辭中武丁與婦好經常在對同一事的卜問中對貞或並列，如《花東》26、28 及《花東》320，因此此處與「丁」對貞的「婦」也應該理解爲婦好。《花東》492、371 的「婦」是子獻玉器、報告的對象，花東卜辭中常見子向婦好進獻玉器與報告之例（詳下），此「婦」也應該是婦好。〔註169〕

最後還有一版花東卜辭有「婦」字，即：「壬申卜：子其吕（以）羌嗄曹于帚（婦），若，侃。」（《花東》215）若「曹」爲祭祀動詞，則此「婦」爲祭祀對象，由於花東卜辭中婦好確可省爲「婦」，此「婦」很有可能是死去的婦好，如此則花東卜辭中既有活著的婦好，也有死去的婦好。不過甲骨文的「曹」字也可能可以解釋爲「告」，則此婦好爲活人。〔註170〕由於資料不足，《花東》215 的「婦」是否爲祭祀對象，仍不敢論定。

二、花東卜辭所見婦好的活動

（一）花東卜辭中有關婦好的卜問

1. 子對婦好的獻禮、貢納與告事

由於相關卜辭較多，以下先討論一組對婦好獻禮的卜問：

（1）一組子對婦好獻禮的卜問

辛亥卜：子吕（以）帚（婦）好入于狀。用。　一

辛亥卜：子攺（肇）帚（婦）好𢪙（璈），生（往）鑾。才（在）狀。

〔註168〕關於「子刉」、「子配」相關辭例的討論，可參本文第五章第二節「子刉」處及第三章第二節「子配」處。

〔註169〕《花東》218、379、211 的「婦」朱歧祥認爲是祭祀對象（《校釋》，頁997、998），與本文看法不同。

〔註170〕相關討論詳見本文第四章第二節「子臣」處。

一二

辛亥卜：乎（呼）崖面見（獻）于帚（婦）好。才（在）狀。用。　一

辛亥卜：叀（惠）入人。用。　一　《花東》195

辛亥卜：子其呂（以）帚（婦）好入于狀，子乎（呼）多卸（御）正見（獻）于帚（婦）好，攴（肇）紟十，坐（往）鬯。　一

辛亥卜：發攴（肇）帚（婦）好紟三，崖攴（肇）帚（婦）紟二。坐（往）鬯。　一

辛亥卜：叀（惠）發見（獻）于帚（婦）好。不用。　一　《花東》63

壬子卜：子呂（以）帚（婦）好入于狀，攴（肇）𤔲（琡）三，坐（往）鬯。　一二

壬子卜：子呂（以）帚（婦）好入于狀，子乎（呼）多𠙴（賈）見（獻）于帚（婦）好，攴（肇）紟八。　一

壬子卜：子呂（以）帚（婦）好入于狀，子乎（呼）多卸（御）正見（獻）于帚（婦）好，攴（肇）紟十，坐（往）鬯。　一二三四五　《花東》37

《花東》195、63、37 記載了子帶婦好進入狀地，並對婦好進獻物品，提到獻禮的人物有「子」、「崖」、「發」、「多御正」、「多賈」、「入人」，物品有「琡」、「紟」。《花東》195 有「面獻」一詞，「面」字作 𤔲，此字又見於《花東》113「面多尹四十牛妣庚」與《花東》226「面□自來多臣殻」。此字《花東·釋文》中釋為「湇」，認為是人名，[註171] 黃天樹先生指出《花東》195 的 𤔲 字為「面」，引申為「當面」。[註172] 姚萱進一步討論，指出此字從「𦣻」，「丿」是表示顏面所在之指事符號，應釋為「面」字，而《花東》113「面多尹四十牛妣庚」的「面」字，從同版的「曾多尹四十牛妣庚」來看應為一種用牲法。[註173]

〔註171〕《花東·釋文》，頁 1605、1636、1650。曾小鵬、孟琳、韓江蘇從之，見《《殷墟花園莊東地甲骨》詞類研究》，頁 4、44；《《殷墟花園莊東地甲骨》詞滙研究》，頁 6、42；《殷墟花東 H3 卜辭主人「子」研究》，頁 199。

〔註172〕〈花園莊東地甲骨中所見的若干新資料〉，《黃天樹古文字論集》，頁 452～453。

〔註173〕《初步研究》，頁 164。

關於花東卜辭的「紤」字，還見於以下三版：

　　壬卜：子又（有）求，曰：取紤夒（夒）。　一二　《花東》286

　　叀（惠）大紤其乍（作）宗。　二

　　叀（惠）小紤。　二　《花東》292

　　庚申卜：弜取才（在）狀紤，徙（延）咸。　一

　　庚申卜：取才（在）狀紤，弜徙（延）。　一　《花東》437

此字也見於舊有卜辭中，如：

　　乙丑卜，方貞：蠱吕（以）紤。

　　貞：蠱不其吕（以）紤。

　　貞：蠱吕（以）紤。

　　貞：蠱不其吕（以）紤。　《合》9002

　　庚午卜：鱻林（棽）〔註174〕丁至于紤，卣入甫。　《合》30173

　　令告凡紤　屮（賈）。　《合》39786

　　壬寅卜，蟲貞：乎（呼）侯▓紤。十二月。　《合》3357

《合》30173 的「紤」應該是地名。王貴民認為《合》9002 的「紤」可能是絲織品，該辭爲貢納絲織品的記錄，《合》39786「紤賈」的「紤」可能是地名。〔註175〕《花東・釋文》也引王說解釋《花東》37 的獻納物「紤」，〔註176〕本文也同意王說，而《花東》286、292 內容爲取夒地、狀地之「紤」，〔註177〕可能準備作爲貢品。上舉卜辭中，《合》3357、《花東》292、437 這幾版的釋讀可稍

〔註174〕從周忠兵釋，見周忠兵，〈甲骨文中幾個從「丄（牡）」字的考辨〉，《中國文字研究》（南寧：廣西教育出版社，2006）第 7 輯。

〔註175〕王貴民，〈論貢、賦、稅的早期歷程——先秦時期貢、賦、稅源流考〉，《中國經濟史研究》1988.1，頁 15。相關討論又見〈殷墟甲骨文考釋兩則〉，《考古與文物》1989.2，頁89。關於「某賈」的討論可參本文第五章第一節「賈」處。

〔註176〕《花東・釋文》，頁 1575。韓江蘇從之，見〈釋甲骨文中的「紤」字〉，《殷都學刊》2006.2，頁 24，及《殷墟花東H3 卜辭主人「子」研究》，頁 59，二者内容相同，爲避免重複，本文引用韓說以後者爲主。

〔註177〕《初步研究》，頁 316。

作討論。

　　首先，關於《合》3357，韓江蘇認爲該辭的 🔲 字是「致或取」，故將「𥄴」釋爲貢物，〔註178〕不知其對 🔲 字的考釋所據爲何。姚孝遂曾指出 🔲 字在卜辭中爲方國名，〔註179〕則侯 🔲 應爲名 🔲 之侯，此「𥄴」或爲動詞；也可能此辭漏了「取」、「以」之類動詞，則「𥄴」爲某物。

　　其次，關於《花東》292 的「大𥄴」、「小𥄴」，韓江蘇認爲從「大𥄴」、「小𥄴」及《花東》437 的「延」（引申爲延長、延伸）可知「𥄴」有大小之分並且可延展，應該是「斧（鬴、戾）」，認爲《花東》437 是「在『狀』地進行𥄴（斧或鬴）的伸展儀式」。〔註180〕朱歧祥則認爲《花東》292 爲「問興建宗廟，用『大𥄴』抑或『小𥄴』以祭」。〔註181〕朱先生之說較爲合理，本文再提出另一種解釋，《花東》292 的「大𥄴」、「小𥄴」的「𥄴」也可能作爲祭祀動詞，「大」、「小」指儀式規模的大小，如上節所提到《花東》34 的「大禹」、「小禹」與《花東》228 的「大歲」、「小歲」。

　　再者，《花東・釋文》中將《花東》437「弜取在狀𥄴延咸」、「取在狀𥄴弜延」斷爲「弜取在狀，𥄴延咸」、「取在狀，𥄴弜延」，曾小鵬、韓江蘇從之，前者將「咸」釋爲「地名」，〔註182〕後者將「延」解釋爲「延伸」。此斷句與釋讀皆可商。本文認爲姚萱的看法較合理，她指出「𥄴」應上讀爲「取在狀𥄴」，即取「狀」地之「𥄴」，〔註183〕故《花東》437 的「𥄴」、「延」應斷開爲「……𥄴，延咸」、「……𥄴，弜延」，至於「延咸」、「弜延」應如何解釋，可進一步討論。釋「咸」爲地名不知何據，而斷爲「𥄴弜延」最不合理之處在於「弜」字。裘錫圭與張玉金曾指出：

　　　　粗略的説，「不」、「弗」是表示可能性和事實的，「弓」、「弜」是表示意願的。如果用現代的話來翻譯「不……」「弗……」往往可以翻成「不會……」，「弓……」、「弜……」則跟「勿……」一樣，往往

〔註178〕《殷墟花東H3卜辭主人「子」研究》，頁59。

〔註179〕《詁林》，頁1458。

〔註180〕《殷墟花東H3卜辭主人「子」研究》，頁58～62、412。

〔註181〕《校釋》，頁1018。

〔註182〕《《殷墟花園莊東地甲骨》詞類研究》，頁4、53。

〔註183〕《初步研究》，頁316、357。

可以翻成「不要……」。〔註184〕

　　一般用在謂語動詞是表示占卜主體能控制的動作行為的否定句裏，

　　表示對必要的否定，可譯為「不宜」、「不應該」。〔註185〕

若斷為「紳弜延」，則絲織品「紳」如何能自己決定不要延展？因此本文同意「延咸」、「弜延」應該與「在犾紳」斷開。《花東》437 是對「不要取犾地的紳然後『延咸』」，與「取犾地的紳然後不要『延咸』」兩種狀況作選擇的卜問。「咸」字可能作動詞。花東卜辭中「咸」字見於以下四版，上文提到的《花東》437 其「咸」字作 ▨。《花東》346 有「三咸」、「四咸」，分別作 ▨、▨，從 ▢ 從 ⬤ 同，《花東》437 的「咸」與《花東》346「四咸」的「咸」寫法相同。卜辭「咸」字有從 ▨ 從 ▢ 二形，舊釋「▨」為「咸」、「▨」為「成」，其實二形皆為「咸」字，卜辭「成」字應為「▨」，此形是西周金文、戰國金文、《說文》小篆「成」字的源頭。〔註186〕因此《花東》437、346 的 ▨、▨、▨ 應該都可釋為「咸」。花東卜辭中有也從「▨」的「咸」，如《花東》403 的「庚咸卬」，及《花東》318：

　　甲子卜：二▨祼且（祖）甲，〔于〕歲▨三。　　　一一

　　甲子〔卜〕：二▨祼且（祖）甲。用。　　　一

　　甲子卜：祼咸▨且（祖）甲。用。　　　一

　　甲子卜：二▨祼且（祖）甲。用。　　　《花東》318

「庚咸卬」的「咸」可能是動詞，有「殺」、「滅」之義，〔註187〕《花東》318 的「咸」字應為副詞，〔註188〕過去曾有不少學者對甲骨文作為副詞的「咸」字

〔註184〕裘錫圭，〈說「弜」〉，《古文字論集》，頁 117。

〔註185〕張玉金，《甲骨文語法學》，頁 40。又見《甲骨文虛詞詞典》（北京：中華書局，1994），頁 35。《甲骨文語法學》一書將《甲骨文虛詞詞典》內容系統化，並增補新資料，如否定副詞部分，除原有「勿」、「弜」、「不」、「弗」、「毋」、「非」外，還增加了「妹（蔑）」字。

〔註186〕詳見蔡哲茂，〈論殷卜辭中的「▨」字為成湯之「成」──兼論「▨」「▨」為咸字說〉，《中央研究院歷史語言研究所集刊》77.1（2006）。

〔註187〕相關討論見本文第四章第一節「庚」處。

〔註188〕〈論殷卜辭中的「▨」字為成湯之「成」──兼論「▨」「▨」為咸字說〉，《中央

提出看法，武振玉有詳細的整理，基本上分為三類，即「動詞副詞兼類辭」、「時間副詞」、「範圍副詞」，並認為「時間副詞」之說最可信。〔註189〕但《花東》318 的「咸」與數量「二」相提並論，表示對祖甲行祼祭所需鬯酒的數量，顯然為「全部」的意思，而非「時間副詞」。至於《花東》437「延咸」、《花東》346「三咸」、「四咸」的「咸」字應非副詞，邱艷將此二版的「咸」釋為「成」，有如下看法：

> 「征」在此處應為祭祀動詞，其後常接祭牲。這條卜辭大意為「不在狀地『取斻』，而是用『成』進行征祭。」「斻」是一種絲織品，與祭祀有關，作為與其相對的「成」在此處也可釋為一種祭品。「成」從戊從丁，戊象斧鉞之形，為古兵器，「成」有可能是一種與兵器有關之物，用於祭祀等。這樣一來，「三成」「四成」也很好解釋，與「三牛」「四牛」類似，為祭品或貢品。〔註190〕

即認為二版的「咸」是祭品。本文有不同的看法。《花東》346 卜辭簡略，很難肯定「三咸」、「四咸」之義，可不論。〔註191〕而卜辭中「延」多為「延後」、「延續」之義，又「延＋祭祀動詞」或「延＋普通動詞」之例甚多（參《類纂》852～860），《花東》437「延咸」的「咸」的也可能為動詞，但確切涵義不明，也許是某種用牲法。「延咸」、「弜延」相對，「延咸」指延後（或延續）「咸」此一動作或活動，「弜延」為「弜延咸」之省。

（2）其他對婦好的獻禮、貢納與告事的卜問

對婦好的獻禮與貢納的卜辭還有以下幾版：

壬寅卜，子炅（金）：子其屰 🦴 于帚（婦），若。用。　一　　《花東》492

戊寅卜：自 🌿（🐟）帶其見（獻）于帚（婦）好。用。　二　　《花東》451

甲申卜：子其見（獻）帚（婦）好☒。　一

甲申卜：子叀（惠）豕殴罘魚見（獻）丁。用。　　《花東》26

研究院歷史語言研究所集刊》77.1，頁 13。

〔註189〕武振玉，〈試論金文中「咸」的特殊用法〉，《古漢語研究》2008.1，頁 32。

〔註190〕《殷墟花園莊東地甲骨新見文字現象研究》，頁 56。

〔註191〕該版相關內容的討論詳見本文第六章第三節「叡」處。

戊辰卜：子其吕（以）殸（磬）妾于帚（婦）好，若。　一二三四五

戠（待）。用。　一二三三四五

庚午卜：子其吕（以）殸（磬）妾于帚（婦）好，若。　一二三

戠（待）。用。　一二三三　　《花東》265

甲申卜：　叀（惠）配乎（呼）曰帚（婦）好告白（百）屯。用。　一

□□卜：子其入白（百）屯，若。　　一　　《花東》220

癸卯卜：其入𤲃（璅），侃。用。　二

癸卯卜：子弜告帚（婦）好，若。用。　一

癸卯卜：弜告帚（婦）好，若。用。　一　　《花東》296

本文的對這些卜辭的討論散見各章節，《花東》492 見第七章第二節「𤲃」處，《花東》26 見第二章第一節，《花東》451 見第五章第一節，「夨」處，《花東》265 見第六章第一節「磬妾」處，《花東》220 見第六章第二節「屯」處，此不贅述。而《花東》220、296 顯示子向婦好貢納時還常伴隨著「告」，即向婦好報告，與上節提到《花東》237 向丁貢納「肉」前也會先「告」一樣。花東卜辭中子向婦好告事的卜問還見於以下幾版：

丙卜：𤲃又（有）由女，子其告于帚（婦）好，若。　一　　《花東》3

辛巳：子其告行于帚（婦），弜吕（以）。　一

弜告行于丁。　一　　《花東》211

壬卜：卜宜不吉，子弗糸（遭）又（有）艱（艱）。　一

壬卜：帚（婦）好告子于丁，弗□。　一

癸卜：子其告人亡由于丁，亡吕（以）。　一　　《花東》286

己亥卜：甲其奰（速）丁，坣（往）。　一

己亥卜：丁不其𡧛（各）。　一

庚子卜：子告其秉于帚（婦）。　一

子弜告其秉。　　《花東》371

由於這些告事的卜問內容涉及子、丁與婦好，因此可推測三人之間的互動與從屬關係，此一問題於本節第三部分中進一步討論。

2. 婦好佐助王事之的卜問

非王卜辭常見「又（有）史（事）」、「㞢（有）史（事）」的卜問，學者發現與王卜辭中常見的「㞢王史（事）」、「㞢朕史（事）」形成一組意義上相對的詞彙。彭裕商最早指出此一關係，魏慈德也有進一步論證。〔註192〕蔣玉斌歸納彭、魏之說，將此組呼應關係作為確立卜辭屬性之重要標準，指出：

> 卜人從王的角度貞問臣屬能否「㞢王史」，這種卜辭顯然是屬於王卜辭；而從家族或從「子」的角度貞問，則要問是否「又史」或「㞢史」，這種卜辭顯然是屬於「子」的卜辭。〔註193〕

也就是說卜問「有事」的一類卜辭應該就是非王卜辭。蔣先生對子卜辭作了全面而精細的研究，證明各類非王卜辭中確實常見「有事」的卜問：

> 除了丙種子卜辭外，在其它類形的子卜辭中也常見「又史」或「㞢史」之語，如乙種（作「㞢」史，合 22069）、「刀卜辭」（全類主要卜「又史」，看第五章）、貞字作三足形的卜辭（作「又史」，看第八章）等等。〔註194〕

「㞢」字又作「㞢」，蔡師哲茂曾有專文討論，指出此字象竹器「贊」之形，「㞢王事」、「㞢朕事」的「㞢」很可能讀為「贊」，與「佐」、「襄」字義相當。卜辭中「㞢王事」的內容包括了防禦舌方、壅田、勞役、工事、田獵、征伐等事項，也指出《花東》288 中也有子「有事」的內容（此版相關討論詳下節）。〔註195〕而花東卜辭中更特別的是有一條婦好「有事」的卜辭，前文已引，此擇要節引如下：

> 乙亥卜：叀（惠）子配史（使）于帚（婦）好。　　一二
>
> 叀（惠）配史（使）曰帚（婦）☐。
>
> 乙亥卜：侃。　　一

〔註192〕詳見彭裕商，〈非王卜辭研究〉，《古文字研究》第 13 輯，頁 75～76。及魏慈德，《殷墟 YH127 坑甲骨卜辭研究》（台北：政治大學博士論文，蔡哲茂先生指導，2001），頁 102～103。

〔註193〕《殷墟子卜辭的整理與研究》，頁 16。

〔註194〕《殷墟子卜辭的整理與研究》，頁 16。

〔註195〕詳見〈釋殷卜辭的㞢（贊）字〉，《東華人文學報》第 10 期。

乙亥卜：帚（婦）侃。　　一

乙亥卜：帚（婦）好又（有）史（事），子隹（唯）妖，于丁曰帚（婦）好。　　一二

☑今日曰帚（婦）好。　　一

叀（惠）子曰帚（婦）。　　一　　《花東》5+507【整理小組、常耀華綴】

「婦好有事」該條卜辭學者有不同的解釋，關於「妖」字，《花東·釋文》中認爲「疑爲休字之異構」，[註196] 朱歧祥曰：

> 妖，疑即休字異體。休，美也；譽之以美。接著是言在丁日子發佈：
> 婦好。因此，本辭的標點是：「乙亥卜：婦好又史，子隹妖，于丁曰：
> 婦好？　　一二」[註197]

韓江蘇則認爲「子隹妖」是「子隹妖令」的省略，「妖」是人名，即賓組卜辭中的「婦妖」，認爲本辭：

> 辭義爲婦好舉行祭祀，「子」命令妖向（活著的）丁（武丁）報告（婦
> 好祭祀的有關事宜，是今日報告？還是「子」親自向武丁報告？）
>
> [註198]

對以上諸說，本文有以下三點不同的看法。

第一，關於「婦好有事」。本文認爲「有事」應該與非王卜辭中的「有事」一樣，指有「王事」。在王卜辭中婦好經常爲商王辦事，雖然目前所見卜辭的占卜主體只有商王與多子族族長，並無王室貴婦作爲占卜主體的卜辭，因此沒有出現以他們的口氣卜問「有事」的例子，但在花東卜辭中卻有從子的口氣卜問「婦好有事」的卜辭存在，而《合》2772有「婦井〔字〕☑」，若從婦井的立場來看，即「婦井有事」。至於婦好有什麼樣的王事，無法從此版內容得知，如前所述，卜辭中「〔字〕王事」的內容多爲勞役之事，此處婦好有事可能也是此類事務。

第二，「子隹妖」是否爲「子隹妖令」的省略。本文也持保留態度。一般肯定句中的「使令式兼語」都是用「惠」修飾，根據張玉金的研究，「前置的

[註196]　《花東·釋文》，頁1559。

[註197]　《校釋》，頁960。

[註198]　《殷墟花東H3卜辭主人「子」研究》，頁178～179。

兼語之前，在肯定句中用『惠』，在否定句中用『勿唯』」，如《合》6459「王惠婦好令征夷」、《合》6053「惠吳令途子畫」、《合》7593 的「勿唯師般呼伐」等，〔註199〕同版中就有「惠子配（配）使……」正符合一般的語法規律，可見「子隹妖令」語法可能有誤。至於「妖」是否「休」之異體，無從證明，故本文對「子隹妖」的解釋只能暫時存疑待考。

第三，于丁曰婦好的解釋。一般是將「于丁曰婦好」與「子隹妖」斷開，韓江蘇將「丁」解釋爲武丁，由同版有「今日曰婦好」來看，「丁」也可能是「丁日」。至於朱歧祥將「曰」解釋爲「發佈」也可商。林澐曰：

> 該組對貞卜辭是問由「子」親自向婦好講某事，還是派子配去講某事，這個子配可以代替「子」向婦好稟告事情，應該也是「子」很信的過的人物。〔註200〕

花東卜辭中的「曰」有不少與「告」義近者，中性的意義是「通知」、「告知」之類，若是下對上可解釋爲「稟報」、「報告」。如《花東》331 有「婦母曰子：丁曰：子……」是「婦好告知子丁說了什麼話」。《花東》220 子貢納百屯前也先命「配」去「曰婦好告百屯」，是「曰……告……」，此「曰」是稟報之義，用白話來說就是「派子配去稟報婦好向婦好報告將貢納百屯」，而《花東》294 有「子曾告曰……」，「告曰」連用，也是稟告的義思，「告曰」應該是二字義近的「並列式複合詞」。〔註201〕因此本文認爲本辭的卜問是由於「婦好有事」，子打算親自去或命令子配「曰」（稟報）婦好，並考慮今日（乙亥）或丁日「曰」婦好，應該是子準備去幫忙婦好前要事先去稟報的卜問。《花東》218 卜問「惠今日匄黍于婦」與《花東》379「子其匄黍于婦，惠配呼」應該也是子準備向婦好「匄黍」前先派子配報告打算「匄黍」或執行「匄黍」之事。

綜上所述，本文認爲此版內容應該是婦好有王事時子準備前往幫忙前向

〔註199〕詳見《甲骨文語法學》，頁 230、238～242、248～249、293。

〔註200〕〈花東子卜辭所見人物研究〉，《古文字與古代史》第 1 輯，頁 18。

〔註201〕伍宗文指出：「並列式複合詞是漢語詞匯史上最早出現的複詞類型之一，在先秦漢語複合詞中也是公認數量最多的類型之一。就並列成分的意義關係而言，A、B 可能相同或相近、相反或相類。先秦漢語的並列式複詞中，A、B 意義相同相近的是多數……。」見伍宗文，《先秦漢語複音詞研究》（成都：巴蜀書社，2001），頁 222～228。

婦好通報的卜問，以下試對此種情形作進一步詮釋。「婦好有事」就王卜辭的
立場而言即「婦好贊王事」，故此版很可能就是「子比婦好贊王事」或「子眔
婦好贊王事」的狀況。卜辭中常見「（王令）某比某贊王事」之類的卜問，如：

己酉卜，爭貞：収眾人乎（呼）比愛屮（贊）王事，五月。

甲子卜，𑀃貞：〔令〕愛雝田于☒。　　《合》22

丁巳卜，㕚貞：令王族比卣𑀈 屮（贊）王事。　二

貞：叀多子族令比卣𑀈 屮（贊）王事。　二

貞：叀□尹令比卣𑀈 屮（贊）王事。　二　《綴集》219（《合》5450+5453）

乙丑卜，㕚貞：令彗眔鳳吕（以）束尹比卣𑀈 屮（贊）事，七月。　《合》
5452

「比」字的解釋目前未有定論，一般認為有輔助、協同之類的義思，本文第一
章第二節「界定甲骨文所見人物臣屬關係的主要方法」中有相關討論。《合》22
是命某人徵集「眾人」協助「愛」贊王之農事，《綴集》219 中有命「多子族」
協助贊王事的內容，《合》5452 李宗焜指出其人物關係複雜，曰：

「眔」、「以」、「比」同見於一辭，它的意思應該是「𣫞（聯合）鳳」，
「以（率領）束聿」，「比（輔助）卣茍」。〔註202〕

可見「贊王事」也可能有多人參與，被命令「比某」者可與其他人物一同前往。
而「比」與「眔」二字有關，如下三條卜辭：

(1) 己卯卜，㕚貞：令多子族比犬侯璞（撲）周。屮（贊）王事。五
　　月。　《合》6812 正

(2) 貞：令多子族眔犬侯璞（撲）周，屮（贊）王事。

(3) 貞：令多子族比丂（兀）眔卣𑀈，屮（贊）王〔事〕。　《合》
　　6813　（《洹寶》101+《合》5451+6820 正+17466【蔡哲茂、黃天
　　樹綴】〔註203〕同文）

〔註202〕〈卜辭中的「望乘」——兼釋「比」的辭意〉，《古文字與古代史》第 1 輯，頁 133。
〔註203〕蔡哲茂，〈甲骨研究二題〉，《中國文字研究》（鄭州：大象出版社，2008）總第 10
　　　　輯，頁 40。本組綴合原題為《洹寶齋所藏甲骨》新綴一則補綴〉，發表於「先秦
　　　　史研究室」網站（http://www.xianqin.org/xr_html/articles/jgzhh/536.html），2007 年

劉源舉（1）、（2），認爲「比」與「眔」意思相近，[註204] 而李宗焜則舉（3）中「比」與「眔」同見一辭，認爲兩字意思應有別。[註205] 二說都有合理性，或許「眔」與「比」是程度上的差別，「眔」是表示「聯合」的中性字眼，「比」則是帶有「輔助」意味的「聯合」，因此在人物關係單純的狀況下，不用特別去區分，在人物關係複雜的狀況下，則從用字上區別人物的角色。

花東卜辭中還有一事更符合「（王令）子比（或眔）婦好贊王事」的狀況，即：

　　　辛亥卜：子曰：余不其生（往）。母（毋）𡧛（速）。　一

　　　辛亥卜：子曰：余丙𡧛（速）。丁令（命）子曰：生（往）眔帚（婦）

　　好于叓（𩏑）麥。子𡧛（速）。　一　《花東》475

宋鎮豪對丁命子曰一句的解釋爲「命令子前往陪同婦好視察田麥子長勢」，[註206] 卜辭中「贊王事」的卜問也常見農事的內容，本文認爲此辭是對「武丁命令子與婦好前往叓地贊王農事」的談話內容所作的卜問。由此辭又可聯想到以下此版：

　　　己亥卜：甲其𡧛（速）丁，生（往）。　一

　　　己亥卜：丁不其足（各）。　一

　　　庚子卜：子告其𥝢（犁）于帚（婦）。　一

　　　子弜告其𥝢（犁）。　《花東》371

此版內容爲子向婦好報告「犁」的情況，而「犁」也是一種農事，如：

　　　翌日庚，其𥝢（犁），乃雹，邲至來庚亡大雨。

　　　翌日庚，其𥝢（犁），乃雹，邲至來庚又大雨。

　　　來庚，劦𥝢（犁），雹亡大雨。　《合》31199

　　　乙未卜：今日其屯用林于濕（隰）田，有〔正〕。

7 月 24 日。黃天樹先生有相同的綴合，見〈甲骨綴合四例及其考釋〉，《中國文字學會第四屆學術年會論文集》，頁 219～220。此文增加二例後以〈甲骨綴合六例及其考釋〉刊於宋鎮豪主編，《甲骨文與殷商史（新一輯）》（北京：線裝書局，2008）。

〔註204〕〈殷墟「比某」卜辭卜說〉，《古文字研究》第 27 輯，頁 111～112。

〔註205〕〈卜辭中的「望乘」——兼釋「比」的辭意〉，《古文字與古代史》第 1 輯，頁 130。

〔註206〕〈花東甲骨文小識〉，《東方考古》第 4 集，頁 202。

弜屯，其闔新秉（犁），有正。

　　叀（惠）新秉（犁）屯用上田，有正。　　《屯南》3004

裘錫圭認爲「犁」應該是一種芟除禾桿的工作，同時剩下的禾桿將留在原地等待大雨後成爲肥料，以上二版可能就是此類卜問。〔註207〕「子告其犁」就是子向婦好報告進行「犁」之事，故此一行爲不是子爲婦好服農事勞役，就是子「比（或眔）」婦好爲商王服農事勞役，其中婦好與子的主從關係可見。

　　在農事之外，婦好也是商王欲命以征伐「卲」的人選之一，如：

　　　　辛未卜：丁隹（唯）好令比〔白（伯）〕或伐卲。　一　　《花東》237

　　　　辛未卜：丁〔隹（唯）〕子令比白（伯）或伐卲。　一

　　　　辛未卜：丁〔隹（唯）〕多丰臣比白（伯）或伐卲。　一　　《花東》275+517

　　【蔣玉斌綴】

《花東》237應該可以視爲婦好佐助商王征伐之事的卜問。

　　3. 子參與婦好的祭祀活動

　　上文提到韓江蘇說「婦好有事」一辭是指子參與婦好的祭祀之事，本文認爲「有事」應該是有「王事」，「王事」的內容可能是農事之類的勞役之事，應該不是婦好本身有祭祀之事。不過由此辭也聯想到以下這條卜辭：

　　　　辛卯卜，鼎（貞）：帚（婦）女（母）又（有）言（歆），子从圭，不从
　　　　子臣。　一　　《花東》290

韓江蘇認爲此爲子參與婦好祭祀之事的卜問，可從。本辭是卜問在婦好舉行的祭祀活動中，子要讓「圭」還是「子臣」跟從，「从」字可能是「跟從」之義，在這裏作「使動用法」，相關討論詳見本文第四章第二節「子臣」處。

　　4. 子接受婦好賞賜及向婦好求取物品

　　以下三版是子受婦好賞賜的卜問：

　　　　何于丁屰。　一

〔註207〕詳見〈甲骨文中所見的商代農業〉，《古文字論集》，頁176～177。魏慈德已引裘說討論此辭，見《殷墟花園莊東地甲骨卜辭研究》，頁76。而韓江蘇認爲「秉」字「像把『禾』細在一起之形，爲動詞，具體所指，含義不明，辭義爲『子』將從事與秉有關的活動」，見《殷墟花東H3卜辭主人「子」研究》，頁149～150。

于母帚（婦）。　一　《花東》320

甲寅卜：子屰卜母孟于帚（婦）好，若。　一二三　《花東》294

乙卜：其屰吕孖（多子）于帚（婦）好。　一　《花東》409

此三版的「屰」字本文皆釋爲「迎逆」，相關討論散見各章節，《花東》320 見第六章第一節「何」處，《花東》294 見第七章第二節「卜母孟」處，《花東》409 見第三章第三節「吕孖」處，此不贅述。而子向婦好求取物品的卜問即上文已引《花東》218、379 的「匄黍於婦」，即向婦好求取農作物「黍」。

5. 婦好作子齒

丙卜：隹（唯）帚（婦）好乍（作）子齒。　一　《花東》28

此版內容學者有不同的解釋，目前無定論，本文認爲此辭可能是卜問婦好的某種行爲對子造成某種負面的結果「齒」。相關討論詳見上節。此版與婦好相提並論的還有「丁」、「亞奠」、「小臣」，與「子」、「丁」關係一樣，婦好與子的關係雖密切，但仍可能存在某種矛盾。

（二）兩版特殊的婦好卜辭

最後還有二版與婦好有關的卜辭內容特殊，即《花東》480、288 中的「妿婦好」。「妿」可能是動詞，「婦好」是「妿」的賓語。「妿」字舊有卜辭多見，其解釋至今無定論，並且過去的辭例中似未出現作及物動詞的「妿」字。以下對相關問題作初步的討論。

1. 兩版「妿婦好」卜辭的釋讀問題

花東卜辭中「妿婦好」的辭例如下：

丙寅卜：丁卯子🔲（勞）丁，再曲 🔲（圭）一、絅九。才（在）🔲。來戰（狩）自毕。　一二三四五

癸酉卜，才（在）🔲：丁弗窜（賓）且（祖）乙彡。子🔲（占）曰：弗其窜（賓）。用。　一二

癸酉，子宂（金），才（在）🔲：子乎（呼）大子卸（御）丁宜，丁丑王入。用。來戰（狩）自毕。　一

甲戌卜，才（在）🔲：子又（有）令〔馭〕丁，告于🔲。用。子🔲。　一二

甲戌卜：子乎（呼）剢妿帚（婦）好。用。才（在）[字]。　　一

丙子：歲且（祖）甲一牢，歲且（祖）乙一牢，歲匕（妣）庚一牢。才
　　　（在）剢，來自罤。　一　《花東》480

乙酉卜：妿帚（婦）好六[字]，若，侃。用。　　一

乙酉卜：☑〔妿〕帚（婦）好☑。　《花東》288

《花東》480 各家斷句與釋讀有所不同，主要的看法如下：

《花東・釋文》，頁 1744	甲戌卜：子乎剢，妿婦好？用。在[字]。一
《校釋》，頁 898	甲戌卜：子乎剢，婦好妿？用。在[字]。一
《初步研究》，頁 369	甲戌卜：子乎（呼）剢妿帚（婦）好。用。才（在）[字]。一
《殷墟花東 H3 卜辭主人「子」研究》，頁 512	甲戌卜，子呼剢嘉婦好？用。在斷。一

朱歧祥原認爲「妿婦好」是「婦好妿」的倒文，後來修改前說，認爲「妿，讀如嘉，美也，有稱美、稱譽、推崇的意思。480 版言子透過剢歌頌婦好的美好」。〔註 208〕曹定雲認爲「妿婦好」是卜婦好生子之事，此祭祀活動與婦好生子有關。〔註 209〕姚萱認爲「子呼剢妿婦好」與《花東》288 的「妿婦好六人」的「妿」都是動詞。〔註 210〕韓江蘇將「妿」讀爲「嘉」，認爲「從生男好而生女不好之義看，嘉可引申出順、善、吉之義，《花東》480（5）辭辭義爲子命令剢爲婦好在斷地舉行祭祀（作準備順利、完美）？」〔註 211〕最近張世超也提出一說，認爲《花東》87「子益妿」的「妿」「可能是指一種祈求生男的舞儀」，而解釋此辭爲「『子』命剢爲婦好舉行求生男之舞」。〔註 212〕本文認爲姚萱之說較合理。又由於「子呼剢妿婦好」其句型與《花東》34「子呼多臣[字]獻丁」相

〔註 208〕《校釋》，頁 1042；《殷墟花園莊東地甲骨論叢》，頁 118。

〔註 209〕〈殷墟花東 H3 卜辭中的「王」是小乙——從卜辭中的人名「丁」談起〉，《殷都學刊》2007.1，頁 22。又見《古文字研究》第 26 輯，頁 14。

〔註 210〕《初步研究》，頁 318。

〔註 211〕〈對《花東》480 卜辭的釋讀〉，《殷都學刊》2008.3，頁 30。說又見《殷墟花東 H3 卜辭主人「子」研究》，頁 530。文中未對「妿婦好」如何能解釋爲「爲婦好在斷地舉行祭祀（作準備順利、完美）」作進一步討論。

〔註 212〕〈釋「妿」〉，《古文字研究》第 27 輯，頁 101。

同，也可知「妿」應爲動詞。至於「妿婦好」是否與生育之事有關，關鍵在「妿」的字義，下文將進一步討論。

《花東》288 各家斷句與釋讀有所不同，主要的看法如下：

《花東·釋文》，頁 1679	乙酉卜：妿，婦好六人若永？用。一
《校釋》，頁 1015	乙酉卜：妿婦好：六𢽉，若永？用。一
《初步研究》，頁 318	乙酉卜：妿帚（婦）好六人，若，侃。用。一
《殷墟花東 H3 卜辭主人「子」研究》，頁 179	乙酉卜，妿，婦好，六育若？用。一

《花東·釋文》中認爲「妿」讀爲「嘉」，朱歧祥也讀「妿」爲「嘉」，認爲有嘉許之意，並指出「人」字應爲「𢽉」，可能是子獻給婦好的貢品。姚萱指出據「子呼糰妿婦好」可知「妿」是動詞，「婦好六人」爲雙賓語。而韓江蘇的看法與各家說法差異較大，茲引述其說如下：

> （婦）六是 H3 卜辭中的又一位貴婦，卜辭如：
>
> （6）戊卜：六其酚，子興妣庚，告于丁？
>
> （7）戊卜：戠弜酚，子興妣庚？一　《花東》28
>
> （2）乙酉卜，妿，婦好，六育若？用。一　《花東》288
>
> 六應指人名，……「六其酚……戠弜酚」爲正反對文，……說明了六在此爲人名而不是指數字爲「六」的占卜。六爲商王朝武丁時期的一個封國，「六國」與商王室有婚姻關係，如骨臼刻辭中有「婦六」（北京大學藏骨），因商王室之婦有祭祀商先祖的權利（如婦好），由此認爲 H3 卜辭之本辭出現的「六」當爲王室中的「婦六」。《花東》288 中的「六」後之字，編者認爲是「六人」，從圖版上看，爲「𢽉」形，應釋爲六毓，《花東》288 辭義爲善對婦好，（婦）六生育是否順利？這是「子」對兩件事在一辭中的不同貞問。〔註213〕

原釋文認爲《花東》28 的「六」是人名，〔註214〕韓江蘇進一步認爲《花東》288 的「六」也是人名，可商。首先，沈培指出《花東》28 的「六」是「今」字的

〔註213〕《殷墟花東 H3 卜辭主人「子」研究》，頁 179～180。

〔註214〕《花東·釋文》，頁 1570。

誤刻，與《合》9185 之誤刻如出一轍，且《花東》286 有：

癸卜：甲其尞十羊匕（妣）庚。　一二

癸卜：戠（待），弜尞于匕（妣）庚。　一二　《花東》286

「甲」日與「待」相對，顯然《花東》28 與「待」相對的也應該是「今」。〔註 215〕可知《花東》28 應無「六」此人。至於《花東》288 的「六」也非人名。所謂「育」字拓片作，《花東・釋文》、《初步研究》二書皆隸定爲「人」字，朱歧祥提到他的學生陳珮君指出此字應作「」，並認爲可能是貢品。細審照片（右圖），「人」字下三點確實清晰可見，趙偉在《校勘》一書中已從朱說。〔註 216〕在無法看到原骨的情況下，本文暫以照片爲依據，則「」字可隸定爲「⿸厂少」，「六⿸厂少」可能指六個「⿸厂少」。再者，韓江蘇所引釋文的「若？用」應爲「若」、「侃」、「用」三字，拓片清楚可見，可能爲筆誤，「若，侃」應與「妿婦好六⿸厂少」斷開，即卜問「妿婦好六⿸厂少」一事是否「若，侃」。本文仍同意姚萱之說，從語法結構看「妿」比較可能是動詞，至於是否讀爲「嘉」下文將進一步討論。綜上所述，本文認爲此辭的釋文應該是：

乙酉卜：妿帚（婦）好六⿸厂少，若，侃。用。　一

2.「妿」字的考釋

上文提到有學者認爲《花東》480 的「妿婦好」與生育有關，《花東》288 的「妿婦好」可能有嘉許之意，本文同意《花東》480、288 的「妿」字應該是動詞，至於此二「妿」字的字義爲何，先從舊有卜辭的「妿」字談起。

（1）再論卜辭中的「妿」

「妿」字從「女」從「力」，早期學者曾誤爲「奴」字，葉玉森、吳其昌都指出該字從「力」，而郭沫若對此字提出具體的解釋，曰：「妿乃㚔省，讀爲嘉。此言帚好有孕，將分娩，卜其吉凶也。」學者多從之。李孝定進一步發揮，認爲「妿」應爲「㚔」之古文，非「㚔省」，曰：

〔註 215〕〈談殷墟甲骨文中「今」字的兩例誤刻〉，《出土文獻語言研究》第 1 輯，頁 48。

〔註 216〕《校勘》，頁 49。《校釋總集・花東》則仍釋爲「人」，見頁 6542。

生子言嘉，除普通問吉凶外尚有一特殊意義，《乙》七七三一云「甲申☑好挽嘉王固曰『其隹丁挽嘉其隹庚挽弘吉』　甲申卜㱿貞帚好挽不其嘉三旬又一日甲寅挽□（此字漫漶似爲『允』字）不嘉　三旬又一日甲寅挽不嘉隹女」前段預卜產期及嘉否，從嘉與吉並用可知嘉有吉意。……第三段爲事後追記之辭，距甲申三旬又一日，甲寅產一女，遂曰「不嘉」，據此以推它辭之言嘉不嘉者蓋亦與嬰兒之性別有關，重男輕女之觀念概自殷已然矣。

此「生男爲㚢」之說，也廣爲學者接受。〔註217〕然而，「㚢」釋爲「㜅」省形，讀爲「嘉」的說法並未成爲定論，早期丁山便曾認爲此字本從「女」從「力」，釋爲「飾」、「飭」，其字義之說解固不可信，但對字形的看法卻導出另一條思路。詹鄞鑫從「力」字出發探討「㚢」字，認爲未必讀爲「嘉」，指出：

㚢，讀音同「理」，表示分娩順利。……「㚢」字卜辭中有時也寫作「㚪」或「力」（如《乙》1424、《甲》211、《人》3166 等），證明這個字從女（或子）力聲，不可能讀爲「嘉」。從用例看，這個字除個別地方作人名用以外，都專用於婦女生育的卜辭，並且字形從女或從子，與「娩」字也有從女與從子兩種寫法一樣，一定是本義與生育有關的專字，而不可能是假借字，所以也不可能是「㜅」而假借爲「嘉」。從讀音上看，㚢或㚪都從力得聲。<u>因聲而求義，與「力」的古音相近的字，多有理、順之義</u>。如：理，……朸，……防，……泐，……勑，……勒，……蔾，……釐，……以上各字古音都屬之部來紐，與「力」相同，意義都有順其天然的含義。顯然，「㚢」的本義表示生子如瓜熟蒂落而毫不困難。〔註218〕

劉海琴對此說有進一步闡釋。〔註219〕也有學者認爲「㚢」、「㚪」、「力」爲「男」的本字，如陳漢平曰：

卜辭有 🝡 字係卜問婦女分娩事，據卜辭「不㚢，隹女」，㚢與女對

〔註217〕以上李說及各家關於「㚢」字之舊說，詳見《詁林》，頁472～475。

〔註218〕詹鄞鑫，〈卜辭殷代醫藥衛生考（節本）〉，《華夏考——詹鄞鑫文字訓詁論集》，頁238～239。

〔註219〕劉海琴，〈甲骨文的「㚢」字及其相關文題〉，《中國文字學報》創刊號（2003）。

言，知 𢍉 字與女字爲反義詞，字在卜辭義爲生育獲男嬰。對此字之
考釋試作下列三種推測：1.爲男女之男本字…… 2.爲男嬰之專用
字…… 3.爲 𡘋 之本字……。

按 𡘋、𦥑 字爲人類性別男女之男本字。〔註220〕

夏渌曰：「從女代表母親，從力，代表生育『掌犁的小子』，是性別『男』本字，
以後田功的『男』兼併了性別的『𡘋』。」〔註221〕李學勤也認爲「𡘋」應讀爲
男。〔註222〕從相關辭例來看，釋「𡘋」爲「男」能通讀卜辭，不過甲骨文中本
有「男」字，「𡘋」要解釋爲「男」就字形、字音來看都需要進一步的證據。
另外，張世超也同意丁山的字形分析，指出：

> 古音「力」屬來母，職部；「嘉」屬見母，歌部，聲韵俱遠隔，將「**𡘋**」
> 讀爲「嘉」缺乏音理上的證據。將「**𡘋**」視爲「𡘋」的省文與戰國
> 時期某些文字現象相合，商代文字中卻極少這樣的省文構字。那麼，
> 「**𡘋**」字應該讀爲後代的什麼字呢？從「**𡘋、𤽐、力**」三字所反映
> 的語言信息看，「力」當爲此詞之語源。〔註223〕

強調「𡘋」釋爲「嘉」聲音上的證據薄弱，並從「力」字出發探討「𡘋」的字
義。本文認爲此一思路值得參考。而張先生進一步說明「力」本象「耒」之形，
「耒」作爲男性象徵故「力」有「男」義，「力量」之義是由此引申。又「力」、
「勛」可通，「克」訓「任」，「任」、「男」古同源，故認爲「𡘋」可讀爲「勛」。
若筆者理解無誤，此說應該是將「𡘋」解釋爲「克生男」這樣的意思，亦有其
合理性。

　　關於「力」字的本義，徐中舒指出甲骨文的「力」即象「耒」形，而裘錫
圭從農具形制的演變與「力」、「耜」的語音關係來看，認爲「力」應該是與「耜」、

〔註220〕陳漢平，《屠龍絕緒》（哈爾濱：黑龍江教育出版社，1989），頁 77～78、63。

〔註221〕夏渌，〈甲骨語言與甲骨文考釋〉，胡厚宣、黃建中主編，《甲骨語言研討會論文集》
　　　　（武昌：華中師範大學，1993），頁 28。

〔註222〕趙平安，〈從楚簡「娩」的釋讀談到甲骨文的「娩𡘋」〉，李學勤、謝桂華主編，《簡
　　　　帛研究二○○一》（桂林：廣西師範大學出版社，2001），頁 56～57。李學勤，〈《殷
　　　　墟甲骨輯佚》序〉，《殷墟甲骨輯佚》，頁 2。又收於《文物中的古文明》（北京：
　　　　商務印書館，2008）。

〔註223〕〈釋「𡘋」〉，《古文字研究》第 27 輯，頁 101～102。

「耒」一系的農具，此說應該較爲合理。〔註224〕「力」字是否以器物作爲性別的象徵，而有「男性」之本義，本文不作如此推論，本文據前引詹鄞鑫之說，即「妳」字從「力」聲的角度，提出另一種詮釋。「力」字本象「耡」、「耒」一系的農具之形，即「力」之本義，作爲偏旁時仍爲「農具」之本義，如：男、耆之類，而「妳」、「孖」的異體「力」並非用「力」字本義，如詹先生所論，「力」字在聲音上與有「理順」義諸字有關，「妳」從「力」得聲，則有記錄「理順」之義的條件。可以推測由於音同或音近的關係，借用了本義爲農具的「力」字寄託「理順」之義，而「妳」、「孖」可能是附加了表意偏旁「女」、「子」的異體。若「妳」、「孖」、「力」等字常與生育卜辭有關，或許在該卜辭中就是表示順產（或順利產下男嬰）之類的意思。至於甲骨文中是否有作爲「理順」之義的「力」字，花東卜辭中可能就有一例，即：

戊申卜：日用馬，于之力。　一一

戊申卜：弜日用馬，于之力。　一一　《花東》196

「日用馬」的「日」應爲時稱，「日」有時指「全天」，有時指「白天」，與「夕」指「夜晚」相對，〔註225〕此處應指「白天」，即卜問是否於白天用馬（以祭）。花東卜辭中「夕+祭祀動詞」的例子較多，茲舉三例如下：

夕用五羊，辛酒用五豕。　一　《花東》113

丙卜：夕又伐匕（妣）庚。　《花東》446

甲子卜：夕歲且（祖）乙，裸告匕（妣）庚。用。　二　《花東》474

而「日+祭祀動詞」的例子較少，不過有一例與此例類似，即：

戊卜：其日用驨，不坙〔註226〕。　一

弜日用，不坙。　一

驨其坙。　一

驨不坙。　二

〔註224〕徐中舒，〈耒耜考〉，《徐中舒論先秦史》（上海：上海科學技術文獻出版社，2008），頁14。

〔註225〕可參李宗焜，〈卜辭所見一日內時稱考〉，《中國文字》新18期（1994），頁174～176。

〔註226〕「坙」字作􀀀，字義不明。

　　其**⿱壴**。　一

　　不**⿱壴**。　一　　《花東》191

關於「于之力」，朱歧祥認爲「于之力，即言『于此⿱壴』。指某特定日用馬祭祀，於此地進行⿱壴祭宜否。……力，爲召、⿱壴字省」，並認爲「于之力」與「**⿱壴**」有關，「**⿱壴**」可能是「又止卜」（祐此卜）合文。〔註227〕韓江蘇則曰「力在此的含義推測，應爲用馬之力」。〔註228〕而馮洪飛、邱艷有不同的看法，認爲「于之力」與卜辭中常見的「于之若」意思相近，〔註229〕本文認爲此說較合理，「于之力」可與「于之若」參照，則「力」與「若」皆有「順」義。花東卜辭中也有「于不若」的卜問，如：

　　丙卜：丁乎（呼）多臣复（復），囟非心，于不若，隹（唯）吉，乎（呼）
　　行。　一　　《花東》401〔註230〕

「于不若」的意思可能與「于之若」相對。「于之若」於舊有卜辭與花東卜辭中都常見，不過學者的斷句各有不同，也有斷爲「于之，若」者，如陳昭容認爲：

　　「于之」跟在祭祀動詞後，一般都是指祭祀行爲所在的處所，「之」
　　是指示代辭，由介詞「于」引介，如：《合集》27083「三⿰⿱𠂤口卯，
　　王祭于之，若，有正？」「于之」若跟在行爲動詞之後，一般都是指
　　行爲所發生的處所，如《合集》27769「其莫入于之，若，亥不雨？」
　　〔註231〕

《花東・釋文》也如此斷句。不過劉風華指出，在無名組卜辭中「于之若」爲固定的占卜用語，是一種用於辭末的吉祥語，與「王受又」（《屯南》210、《合》

〔註227〕《校釋》，頁994、993。

〔註228〕《殷墟花東H3卜辭主人「子」研究》，頁402。

〔註229〕《殷墟花園莊東地甲骨虛詞初步研究》，頁14；《殷墟花園莊東地甲骨新見文字現
　　　　象研究》，頁58、81。

〔註230〕此辭《花東・釋文》斷爲「丁乎多臣復西，非辛于不若」（頁1716），《初步研究》
　　　　指出「西」應爲虛詞「囟」，此「囟非心」與《花東》409的「囟心」相對（頁347、
　　　　349、351）。

〔註231〕陳昭容，〈關於「甲骨文被動式」研究的檢討〉，《甲骨文發現一百周年學術研討會
　　　　論文集》，頁78。

27370)、「王弗悔」（《合》27972、27987）、「又正」（《合》27553）語法位置相當，又可和「有正」連用（《合》27083），〔註232〕本文同意劉風華的看法。

（2）論「妍婦好」的「妍」

如前所述，本文認爲「妍」字從「力」，應該帶有「理順」之義，而《花東》480、288「妍」字作爲動詞，且對象是婦好，應非該字本義。從其聲符「力」考慮，則「妍」可能是與「力」字相通的「勑」。

「力」字上古音爲來母職部、「勑」字上古音爲來母之部，幾乎同音。「勑」字本有「理順」之義，《廣雅・釋詁》「勑，順也」王念孫曰：「敕，理也，理義順也，敕與勑通。」。〔註233〕而先秦文獻中「力」、「勑」二字亦可通，如《尚書・康誥》「惟民其勑懋和」，宋本《荀子・富國》「勑」作「力」。〔註234〕楊筠如曰：「勑，與『敕』同，字一作『　』。《釋詁》：『　，勞也』。《荀子》作『力』，義較長。」〔註235〕《詩經・小雅・正月》「執我仇仇，亦不我力」，馬瑞辰曰「力又與勑同義」。〔註236〕皆是其證。

《說文・力部》：「勑，勞也。」段玉裁曰：

> 此當云勞勑也，淺人刪一字耳，此勞依今法當讀去聲。《孟子》：「放勳曰：勞之來之。」《詩序》曰：「萬民離散，不安其居，宣王能勞來還定，安集之。」來皆勑之省，俗作徠。〔註237〕

王念孫曰：

> 《說文》：「勑，勞勑也。」《爾雅》：「勞、來，勤也。」《大雅・下武篇》：「昭茲來許。」鄭箋：「來，勤也。」《史記・周紀》：「日夜勞來，定我西土。」《墨子・尚賢篇》云：「垂其股肱之力，而不相勞來。」皆爲勤也。〔註238〕

〔註232〕劉風華，《殷墟村南系列甲骨卜辭的整理與研究》（鄭州：鄭州大學博士論文，王蘊智先生指導 2007），頁 283。

〔註233〕王念孫，《廣雅疏證》（北京：中華書局，2004），頁 10。

〔註234〕高亨纂著，《古字通假會典》（山東：齊魯書社，1997），頁 402。

〔註235〕楊筠如，《尚書覈詁》（西安：陝西人民出版社，2005），頁 264。

〔註236〕馬瑞辰，《毛詩傳箋通釋》（北京：中華書局，2005），頁 607。

〔註237〕段玉裁，《說文解字注》（台北：洪業文化，1999），頁 705～706。

〔註238〕《廣雅疏證》，頁 121。

「勅」又作「來」，訓爲「勤」，與「勞」字義近，而文獻中「勅（來）」有作「慰勞」之義者，與「勞」同，如《詩經・小雅・大東》有「東人之子，職勞不來；西人之子，粲粲衣服」。馬瑞辰曰：

> 《傳》：「來，勤也。」《箋》：「職，主也。東人勞苦而不見謂勤。」瑞辰按：勞來之來本作勅。《爾雅》：「勞、來，勤也。」《釋文》：「來，本又作勅。」《說文》：「勅，勞勅也。」《廣雅》：「勅，勤也。」今經典通借作來。古以勤勞爲勤，慰其勤勞亦爲勤，而《箋》以不來爲「不見謂勤」也。〔註239〕

　　綜上所述，本文認爲《花東》480「妼婦好」的「妼」讀爲「力」，可通「勅」，爲「慰勞」之義。從卜辭內容來看，該版主要是武丁田獵後的卜問，丙寅日在𠦪地有「勞丁」之事，即子對丁迎接慰勞（李學勤之說，相關討論詳見上節）。而癸酉日王田獵後又入𠦪地，隔天甲戌日子有「𩲃丁」與「妼婦好」的活動，很可能也是慰勞之事，則「妼」或可釋爲「勅」，與「勞丁」的「勞」意思差不多。關於「𩲃」字，異體作「𪚥」，一般解釋爲祭祀動詞，或與田獵有關，有進獻所獲獵物于先祖的意思。〔註240〕陳劍也指出「𪚥」的此種意義，曰：

> 「𪚥」字雖尚不能確釋，但其當爲以田獵所得、戰爭所俘獲的禽獸向祖先獻祭，這一點是可以肯定的。「劓某某𪚥」的祭祀，可能也跟將所獻祭的犧牲加以分解有關。卜辭有「生𪚥」之貞……，如「生𪚥自唐」（《合集》1332）、「生𪚥于唐」（《合集》1977）、「祖以其生𪚥」（《合集》32545）等，應即將田獵所得、戰爭所俘獲的禽獸活著獻祭之意，已可與相印證。〔註241〕

「𩲃」字有「獻」義也見於《合》5648「𩲃貝于婦」，《花東》480的「𩲃丁」可能也跟獻田獵所獲有關，「𩲃」字可用於生人，正如「冓」字。至於《花東》288的「妼婦好六屰」，其「妼」也能釋爲「勅」，即慰勞婦好並獻上六個「屰」，與《花東》480「勞丁，再䒤圭一、紬九」意思相同，只是字句較簡省而已。

〔註239〕《毛詩傳箋通釋》，頁 676。

〔註240〕《詁林》，頁 1718～1721。

〔註241〕〈甲骨金文舊釋「𪚥」之字及相關諸字新釋〉，《出土文獻與古文字研究》第 2 輯，頁 43。

〔註242〕

　　附帶一提，前文提到張世超認爲《花東》87「子益妢」的「妢」「可能是指一種祈求生男的舞儀」，並解釋此辭爲「『子』命剢爲婦好舉行求生男之舞」。卜辭中作樂舞的「妢」字還見於《合》30032「惠妢奏，有大雨。吉」，《花東》87 該版也有關於雨的卜問，從「妢」可能有「理順」之義與讀爲「勑」的用法來看，或許此「妢」可能是祈求風調雨順或祈雨之類的祭祀樂舞，至於應讀爲何字，仍有待考證。〔註243〕

　　3. 關於「屁」字的推測

　　這裏還要談一下「屁」字，如朱歧祥所言，「屁」應爲某種禮獻之物品，「六屁」應該是六件物品，但究竟爲何物，頗令人費解，只能略作推測。

　　「屁」字於舊有卜辭中多見於「屁田」之卜問，作動詞。歷來討論過「屁」字的學者很多，〔註244〕較有影響力的兩種意見是釋爲「屎」以及讀爲「沙」釋爲「徙」或「選」，目前尚無定論。此爭議在早期的觀點中便已種下，唐蘭曰：「屎即屁字，古文少象沙形，而屁則象人大便之形，屁屎聲近，古相轉。」〔註245〕又曰：「╬少字，本象沙形。」〔註246〕其後有胡厚宣視「屁」爲象形字，及張政烺視「屁」爲形聲字，從「小」或「少」聲，〔註247〕還有直接將「屁」讀爲「沙」者（少爲沙省聲），如李家浩。〔註248〕本文較同意讀爲「沙」釋爲「徙」之說。此說爲李家浩提出，茲簡述其說如下：

〔註242〕文音也注意到陳佩君的發現，並將「妢婦好六屁」解釋爲「獻給婦好六束彤沙」，與本文思路相同，詳見〈學契箚記四則〉，發表於「復旦大學出土文獻與古文字研究中心」網站（http://www.guwenzi.com/srcshow.asp?src_id=914），2009 年 9 月 20 日。

〔註243〕關於「益」字的相關討論詳見下節。

〔註244〕相關說法詳見《詁林》，頁 21～30。

〔註245〕唐蘭，《名始‧人部》（1933），頁 16。轉引自胡厚宣，〈再論殷代農作施肥問題〉，《社會科學戰線》，1981.1，頁 102。胡氏於〈殷代農作施肥說〉，《歷史研究》1955.1，頁 101 已引唐說。

〔註246〕唐蘭，《古文字學導論》（山東：齊魯書社，1981），頁 99

〔註247〕〈甲骨文「肖」與「肖田」〉，《張政烺文史論集》。

〔註248〕李說見於俞偉超，《中國古代公社組織的考察——論先秦兩漢的「單－僤－彈」》（北京：文物出版社，1988），頁 11～15。

（1）甲骨文「屄」、「屎」同字。

（2）金文「彤沙」的「沙」又作「屄」。

（3）在古文字中偏旁「尸」、「尾」可以通用，「屄」、「屎（屎）」當是一
　　　字。

（4）「屄」從「沙」省聲，「屎（屎）」亦為從「沙」省聲。

（5）「沙」、「徙」古音相近，而「徙」字在秦漢隸書中仍從「辵」從「小」。
　　　故甲骨文「屎（屎）」可釋為「徙」。

（6）「徙田」類似於文獻中的「爰田」、「轅田」、「趄田」。

同意李說者也存在些微的歧見，就聲音而言，裘錫圭較為謹慎，只說「『屄』
的古音當與『沙』相近」，並釋之為「選」，﹝註249﹞而單曉偉則認為「『屄』下
面所從的『𝑖𝑖』、『𝑖𝑖』乃沙之本字，或言為『沙』之省形」。﹝註250﹞究竟是
「從沙省聲」還是「從沙聲」，尚可討論。至於「徙田」此一活動，俞偉超、
單曉偉都有進一步的詮釋。﹝註251﹞曾憲通則從聲音的角度說明「沙」、「爰」
的關係，曰：

> 根據齊人將陽聲韵讀為陰聲的習慣，在齊地讀為沙聲的陰聲字，其
> 原本當是一個與「沙」音相對應的陽聲字。依聲類求之，應是「爰」
> 字。沙與爰歌元對轉，與上舉《三禮》鄭注所注沙獻對轉十分相
> 似。……與李家浩先生所認為卜辭裏的「屎田」應讀為「徙田」，可
> 能跟古書所說的「爰田」意近的說法可互相印證。﹝註252﹞

當然，人下之小點究竟是象「沙」之形還是象「糞」之形，不是今人可以
論斷的，今人所能探究的，是以古今字形的演變為線索，判斷可能的音、義關
係，再放到當時的用例中考察是否合理。在商代古文字資料與文獻資料仍不完
備的情況下，本文並非認定甲骨文的「屎」釋為「徙」，只是從諸說中擇取筆
者較能認同者。本文認為，若「屎」讀為「沙」，則有以下三種可能。

﹝註249﹞《詁林》，頁 28。

﹝註250﹞單曉偉，〈甲骨文中「徙」字及徙田問題研究〉，《中國歷史文物》2007.1，頁 57。

﹝註251﹞《中國古代公社組織的考察——論先秦兩漢的「單—僤—彈」》，頁 15～20；〈甲
　　　　骨文中「徙」字及徙田問題研究〉，《中國歷史文物》2007.1，頁 58～60。

﹝註252﹞曾憲通，〈古文字資料的釋讀與訓詁問題〉，《古文字與出土文獻叢考》（廣州：中
　　　　山大學出版社，2005），頁 120。

第一，即金文中常見的賞賜物「彤沙」，根據郭沫若的研究，「彤沙」的「沙」與文獻中常見的「綏」、「緌」爲同音字，即「戈緌」，金文「戈」字有作懸垂戈緌之形，如：〔戈形字〕、〔戈形字〕、〔戈形字〕、〔戈形字〕、〔戈形字〕、〔戈形字〕、〔戈形字〕、〔戈形字〕、〔戈形字〕、〔戈形字〕、〔戈形字〕、〔戈形字〕、〔戈形字〕，〔註253〕「彤沙」是西周金文中常見的賞賜物，往往與「戈」、「柲」成組。〔註254〕最近井中偉有〈夏商周時期戈戟之柲研究〉一文，也對「彤沙」有詳細的討論，茲引述其說：

> 所謂「彤沙」，郭沫若先生解釋爲「戈
> 內之末端繫以紅緌」。有些甲骨文和
> 金文「戈」字內的「內」端對其有形
> 象描繪（圖七，1~3）。日本學者林巳
> 奈夫則具體指出「彤沙」即成束的染
> 以紅色的鳥羽。目前來看，西周考古
> 還未發現這種羽飾，但在商代考古中
> 此物確有發現。如安陽殷墟武官大墓
> W8 出土 1 件直內無胡銅戈，戈內部
> 就殘存一長段鳥羽。由於「彤沙」多

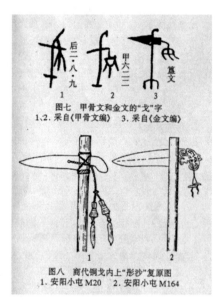

图七　甲骨文和金文的"戈"字
1、2.采自《甲骨文编》 3.采自《金文编》

图八　商代铜戈内上"彤沙"复原图
1.安阳小屯 M20 2.安阳小屯 M164

> 爲有機質，易於腐朽，因此上述發現實屬難得。石璋如先生曾根據
> 小屯 M20 和 M164 所出兩對短玉管和骨泡與銅戈的相對位置關係，
> 認爲它們是銅戈上的裝飾物，並繪製出復原圖（圖八，1、2），它們
> 無疑也是商代戈上的「彤沙」。〔註255〕（引者按：本文轉引井中偉
> 所引圖七、圖八，見右圖）

第二，文獻中的「沙」或指絲織品「紗」。《周禮·天官·內司服》：「內司服長王后之六服，褘衣，揄狄，闕狄，鞠衣，展衣，緣衣，素沙。」注曰：「素沙者，今之白縛也。六服皆袍制，以白縛爲裏，使之張顯，今世有沙縠者，名

〔註253〕郭沫若，〈戈琱㼸㓞必彤沙說〉，《殷周青銅器銘文研究》（北京：科學出版社，1961）。字形引自《金文編》，頁 820～821。

〔註254〕何樹環曾有詳細的整理，見《西周賜命銘文新研》（台北：文津出版社，2007），頁 172～174。

〔註255〕井中偉，〈夏商周時期戈戟之柲研究〉，《考古與文物》2009.2，頁 60～61。

出於此」，〔註256〕孫詒讓曰：

> 云「今世有沙縠者，名出於此」者，……鄭《雜記》注亦云「素沙
> 若今紗縠之帛也」。沙紗古今字。《大戴禮記・曾子制言篇》云：「白
> 沙在泥，與之俱黑。」《論衡・率性篇》云：「白紗入緇，不練自黑。」
> 白沙即此素沙也。……任大椿云：「江充傳注曰『縐者曰縠』，釋名
> 所云如沙如粟，皆縐之狀，蓋縠即今之縐紗也」。案：任說是也。依
> 鄭義，六服皆以繒爲之，而別以沙縠爲裏。〔註257〕

周鳳五先生提醒筆者，《上博四・昭王與龏之脽》一篇有 ，即「縠衣」。

陳斯鵬指出此字：

> 爲從衣、〔虍/角〕聲，字以「角」爲基本聲符。古「角」聲字與「穀」
> 聲字通（參看高亨等《古字通假會典》342 頁），故疑此字爲「縠」
> 異構，連合文符號讀爲「縠衣」。《後漢書・安帝紀》「至有走卒奴婢
> 被縠綺」，李賢注：「紗也。」〔註258〕

周先生也提到「縠衣」是一種輕薄有縐紋的紗，爲貴重的絲織品，先秦文獻中
多有記載，此種衣料可襌衣內穿，也可被服在外，出土實物見馬山一號楚墓「素
紗錦衣」。〔註259〕關於此類絲織品的研究，彭浩曾將出土實物與文獻對照，並
考察各種絲織品的組成方式，對「絹」、「紗」、「縠」有如下討論：

> 絹是一種平紋織物。在古籍中把綃、紗、縠等織物都歸入絹類。從
> 現代織物組織學的觀點來看，它們都是平紋織物，但是在織造時往
> 往因不同的工藝，而形成各自相異的外觀效果和服用性能，不能把
> 它們籠統的混爲一談。絹一般較爲輕薄，表面平整，經緯線交織較

〔註256〕《周禮正義》，頁 577。

〔註257〕《周禮正義》，頁 590。

〔註258〕陳斯鵬，〈初讀上博竹書（四）文字小記〉，發表於「簡帛研究」網站（http://www.
jianbo.org/admin3/2005/fanchangxi004.htm），2005 年 3 月 6 日。

〔註259〕相關討論詳見周鳳五，〈上博四〈昭王與龏之脽〉新探〉，發表於「2008 年國際簡
帛論壇」（芝加哥：芝加哥大學國際學社，2008 年 10 月 30～11 月 2 日），修改後
以〈上博四〈昭王與龏之脽〉重探〉刊於《台大中文學報》第 29 期（2008）。

緊密，經緯線的組織是一上一下，兩根經線和兩根緯線交織成一個
完全組織。在一般情況下，所用經線的密度要大於緯線。……紗，
亦作𦀐，是一種表面呈方孔（肉眼可見）的平紋織物。經緯線非常
稀疏，紗的出現年代較早，在殷墟婦好墓中發現的織物殘片中，紗
的經緯密度是 20×18 根／每平方釐米。……在有的古籍中，縠被歸
入絹類。……這種說法顯然是把兩者相混了。……縠是方孔狀起縐
的平紋織物，它與紗的區別就在於起縐。……縠在織造前的準備比
一班的絹和紗要多一道加捻工序，並且巧妙地把經緯線的內部應力
與外部的捻力相結合，產生了與它們不同的外觀效果。〔註260〕

傳世與出土先秦文獻中的「沙（紗）」、「縠」指的是一種貴重的絲織品，婦好墓
中也曾出現商代的「紗」，因此花東卜辭中的「沙」很可能指此類貴重的絲織品。

第三，「沙」與「躧」通，王輝在《古文字通假字典》中指出：

沙（歌山 sha）讀爲躧（歌山 xi），雙聲疊韻　馬王推帛書《戰國縱
橫家書・謂燕王章》：「夫實得所利，尊得所願，燕、趙之棄齊，說
（脫）沙也。」《戰國策・燕策一》作：「則燕、趙之棄齊也，猶釋
弊躧。」《史記・蘇秦列傳》作「如脫躧矣。」《說文》：「躧，舞履
也。」〔註261〕

《廣雅・釋器》「……屣、薄平、鞮，履也」，王念孫疏證曰：「《呂氏春秋・長
見篇》視釋天下若釋躧，〈觀表篇〉作舍屣。竝字異而義同。」〔註262〕「躧」
爲履類無疑。宋鎮豪指出商代墓葬出土的常見穿有履的人像雕刻，並從考古資
料歸納商代的履制分爲四層，第一層是高及貴族與武士著「皮革制高幫平底翹
尖鞮」，或「長筒平底翹頭鞮」，第二層是貴族成員與貴婦，著「高幫平底絲履」。
〔註263〕若「沙」即「履」之類，則爲貢品者應爲此二類。

筆者原認爲「妙婦好六屍」的「屍」可能爲戈纓之「沙」，或許在商代此
物已作爲賞賜物或貢品，子以「沙」贈與連年征戰的婦好，也非常合適。但

〔註260〕彭浩，《楚人的紡織與服飾》（武漢：湖北教育出版社，1995），頁 42～44。

〔註261〕王輝，《古文字通假字典》（北京：中華書局，2008），頁 562。

〔註262〕《廣雅疏證》，頁 236。

〔註263〕參《夏商社會生活史》下冊，頁 595～599。

蔡師哲茂提醒筆者，作爲飾品「彤沙」在賞賜品中往往是兵器的附屬品，兵器的意義大於飾品，單送飾品並不合理。而「屍」也可能指貴重的絲織品「沙（紗）」，此類物品似乎更適合贈予婦好。不過甲骨文中用作「物品」的「屍」字目前也只見於此版，爲孤例，甲骨文中的其它「屍」字目前未見戈纓、布帛衣服或履之類的意思，因此本文只能作初步的推測，待更多相關資料出現，或能作進一步討論。

三、子與婦好之間的互動關係

（一）婦好的地位高於子

　　基本上從子對婦好的獻禮與貢納，以及婦好對子的賞賜來看，可以很明確的看出婦好的地位高於子，學者都已有相關討論，不需在此贅述，其中還有一點小爭議，即對《花東》195、63、37「子以婦好入于狀」的「以」字有不同的理解。朱鳳瀚曾認爲：

> 殷墟卜辭中「某以某人」從事何事，前一「某」地位通常要高於後
> 一「某」。本條卜辭是卜子是否要「以」即帶領婦好進入狀地，婦
> 好作爲武丁配偶，一般的商人貴族似沒有這種地位。〔註264〕

花東卜辭中還有另一類似的例子，即《花東》108 的「子其以〔中〕〔註265〕周于狀」。韓江蘇將這些「以」字都解釋爲「致送」。〔註266〕不過由於婦好是王后，學者一般仍認爲子的地位不高於婦好，並且兩版卜辭都有子親自或命人向婦好獻禮的卜問，若婦好地位低於子，子又何需勞師動眾的向她獻禮。學界也提出了各種解釋，如姚萱認爲：

> 「狀」地很可能就是「子」的領邑或封邑，至少是其領地或封邑中
> 較爲重要的一處。「以」可以解釋爲「帶領」，子帶領婦好進入自己

〔註264〕〈讀安陽殷墟花園莊東地出土的非王卜辭〉，《商周家族形態研究（增訂本）》，頁602。

〔註265〕此字原爲缺文，林澐認爲「所見周字之前，中字的四飄帶清晰可識，也是中周之名」故補「中」字，見〈花東子卜辭所見人物研究〉，《古文字與古代史》第1輯，頁29。

〔註266〕《殷墟花東H3卜辭主人「子」研究》，頁268、333。

的領地或封邑，用「以」字是完全說得通。〔註267〕

沈培則認爲：

> 這個問題還可以從占卜主體的不同來加以解釋。因爲這裏的辭主是
> 「子」，命辭的口氣是站在「子」的立場而說的，「婦好」對於「子」
> 來說屬於另一占卜主體的人，實際形同「外人」。大概因爲占卜也是
> 「各爲其主」，因此，這種說法對於子卜辭來說是正常的。〔註268〕

還有直接從「以」字的解釋入手，如陳絜就認爲先秦文獻「以」字可作「與」，
考慮同版還有對婦好進貢的內容，子不會高於婦好，認爲《花東》63、37 的
「以」也可理解爲「與」。〔註269〕本文第一章第二節曾經提到楊升南在討論
「呼」、「令」、「取」等字時指出「語言本身是沒有階級性的」，〔註270〕事實上
「以」字在甲骨文中雖多見於上對下的帶領或下對上的致送，但仍有較爲中
性的用法，如《合》21777「辛巳雨以雹」。此「以」字陳年福解釋爲「連詞」，
相當於「而」，〔註271〕黃天樹先生解釋爲「加」。〔註272〕當然「雨以雹」也可
能是表達「雨」夾帶「雹」的狀況。無論此辭的「以」如何解釋，都很難有
「雨」帶領「雹」的意思產生，除非商人在卜辭中就已運用了「擬人」的手
法來表達，這種可能性當然是極低的。顯然甲骨文的「以」字即便有「帶著」
的意思，也未必都有上對下的涵義，應該要從卜辭的內容判斷人物之間的關
係。因此不論是「婦好」還是「中周」，本文認爲都不必因爲用了「以」字而
認爲他們地位低於子。

又從「告婦好」的卜辭中也可看出子的地位低於婦好。如前文提到《花東》
220、296 中顯示子「入百屯」及「入琡」時伴隨著「告」婦好之事，也提到《花
東》371「子告其秉」就是子向婦好報告「秉」之事。而在《花東》3、211 中

〔註267〕《初步研究》，頁 54。

〔註268〕〈商代占卜中命辭的表述方式與人我關係的體現〉，《古文字與古代史》第 2 輯，
頁 103。

〔註269〕《商周姓氏制度研究》，頁 61～62。

〔註270〕〈卜辭中所見的諸侯對商王室的臣屬關係〉，《甲骨文商史叢考》，頁 26。

〔註271〕陳年福，〈釋「以」——兼說「似」字〉，收於《甲骨文動詞詞滙研究·附錄三》
（成都：巴蜀書社，2001），頁 221。

〔註272〕黃天樹，〈殷墟甲骨文驗辭中的氣象紀錄〉，《古文字與古代史》第 1 輯，頁 68。

還有「茻有由女，子其告于婦好」及「告行于婦」的內容。

　　另外，上節提到花東卜辭中多見卜問「丁侃」的內容，而花東卜子與婦好的卜辭中，最特別的是有卜問「婦侃」的內容，見於上文已引的《花東》5+507【整理小組、常耀華綴】、218、228、296。魏慈德指出：

> 花東卜辭中子所關心的除了商王侃不侃外，還見問婦好侃者，……
> 惟在其它類的非王卜辭中未見，此除了可能因各組非王卜辭主人與
> 婦好關係親疏不同外，更可能是各組非王卜辭存在的時間有先後早
> 晚的差別。〔註273〕

當然除了親疏關係之外，也可能因為婦好地位高於子，且對子有較大的影響力，子才會時時占卜丁或婦好對自己的態度。

　　綜上所述，婦好的地位高於子應該是可以確認的，而進一步檢視花東婦好卜辭的內容，還可以發現子、丁、婦好之間微妙的互動關係。

（二）從不同的角度看婦好的地位

　　首先從丁的角度看，前文提到《花東》5+507【整理小組、常耀華綴】「婦好有事」時子派子配到婦好處，以及《花東》475「丁命子曰：往罗婦好于麥」，顯示子經常與婦好一同「贊王事」，而《花東》371中又見「子告其乘于婦」，從子向婦好報告「乘」的狀況推測，子在農事活動上可能是輔助性地位。再從子的角度看，上文提到花東卜辭中有許多婦好與武丁對貞或並列的卜問，如《花東》26、28、211、320，可以看出對子而言，在很多方面婦好的地位是跟武丁一樣的。

　　地位介於丁與子之間的婦好，從三人間的互動關係中還可以發現一種特殊的狀況，即婦好是丁與子之間的溝通橋樑。在「告婦好」的卜辭中有：

> 壬卜：卜宜不吉，子弗龱（遭）又（有）艱（艱）。　一
>
> 壬卜：帚（婦）好告子于丁，弗□。　一
>
> 癸卜：子其告人亡由于丁，亡㠯（以）。　一　《花東》286

《花東·釋文》中曰：「『帚好告子于丁』極為重要。它將帚好、子、丁這三個

〔註273〕〈殷非王卜辭中所見商王記載〉，《第十七屆中國文字學全國學術研討會論文集》，
　　　　　頁60～61。

殷代早期重要人物聯繫在一起了。」〔註274〕陳劍指出可能是子要向丁報告人亡由之事，婦好代子轉告。〔註275〕從同日的卜問來看，也可能是將子「卜宜不吉」之事轉告於丁。〔註276〕陳煒湛認為此辭是婦好向丁密告或告發子，子擔心對己不利而卜。〔註277〕從同版內容來看，比較有可能是婦好轉告子的狀況給丁知道。而《花東》331內容剛好與婦好將子之事轉告給丁的狀況相反，即：

　　　辛卜：帚（婦）女（母）曰子：丁曰：子其又（有）疾。允其又（有）。
　　　一二　　《花東》331

不過學者對該辭的理解差異很大，《花東·釋文》中認為《花東》331有「子丁」此人，茲將主要的五種釋文羅列如下：

《花東·釋文》	辛卜：帚母曰、子丁曰：子其又疾？允其又。一二（頁1694）
《校釋》	辛卜：帚母曰：子、丁曰：子其又疾？允其又。一二（頁1024）
陳劍引述沈培之說〔註278〕	辛卜：婦母曰子：「丁曰：『子其又（有）疾。』」允其又（有）。一二
韓江蘇〔註279〕	辛卜，婦女曰子？（，）丁曰子？其又疾？允其又？一二
陳煒湛〔註280〕	辛卜，婦曰子，丁曰子，其又疾，允其又？

《花東·釋文》中曰：「本版第1辭的占卜過程中，至少有三人參與，即卜者（未署名）和占者帚母和子丁。」朱歧祥已指出其誤，曰：

　　〔原釋文〕以「子丁」為句，認為是參與占卜的人，非。花東無「子
　　丁」之例，曰字前一般都作「子占曰」「子曰」，佔花東甲骨95%以

〔註274〕《花東·釋文》，頁1679。

〔註275〕〈說花園莊東地甲骨卜辭的「丁」—附：釋「速」〉，《甲骨金文考釋論集》，頁85。關於「人亡由」參本文第四章第二節「啚（附：舟嚨）」處，「由」字的討論參第七章第二節「𩰫」處，。

〔註276〕《殷墟花東H3卜辭主人「子」研究》，頁338。

〔註277〕〈讀花東卜辭小記〉，《紀念徐中舒先生誕辰110周年國際學術研討會論文集》，頁30。

〔註278〕〈說花園莊東地甲骨卜辭的「丁」—附：釋「速」〉，《甲骨金文考釋論集》，頁89。

〔註279〕《殷墟花東H3卜辭主人「子」研究》，頁148標問號，頁338標逗號。

〔註280〕〈讀花東卜辭小記〉，《紀念徐中舒先生誕辰110周年國際學術研討會論文集》，頁30。

上。個別的例外只有「子曾告曰」（294）、「先言曰」（351）、「丁曰」
（410）、「丁令子曰」（475）、「于丁曰：婦好」（5）、「丁曰」（275）。

由以上例外句組，多見用「丁曰」，可推知本辭亦是「丁曰」成辭，
應讀作：「辛卜：帚母曰：子、丁曰：子其又（有）疾？」。

但從其標點來看，應該是認爲命辭有「婦母曰：子」與「丁曰：子其有疾」兩
句話。陳劍則曰：「全辭大意謂：婦母告訴子說，丁說『子大概有疾病』，眞的
有嗎？」。韓江蘇認爲此辭是婦好與丁一起爲子貞問，都說子有疾病。韓江蘇的
思路與朱歧祥類似，只是將「其有疾」從「丁」說的話中拿出來，陳煒湛也認
爲是婦好與丁分別說子有疾病，並將「婦母」視爲一字「婦」，認爲是婦好之省。
本文認爲諸說以陳劍所引述沈培之說最爲通順合理，「婦母曰子」應該與「婦母
告子」表達一樣的意思，全辭就等於「婦母告丁于子」，正與《花東》286「婦
好告子于丁」意思相對，差別只是《花東》331 在命辭中將「丁」說話的內容
寫出，因爲命辭是要進一步對「婦好告子于丁」的內容「子其有疾」作占卜，
才會有「允其有」一句。

綜上所述，《花東》226 是子對「婦好向丁轉告子的『卜宜不吉』或『人亡
由』之事」作的卜問，《花東》331 是子對「婦好向子轉告丁所說的話『子其有
疾』」作的卜問。如此看來，婦好是同時與子、丁有密切接觸的人物，有中間人
的性質，此種特殊的角色也是舊有卜辭所未見的。

第三節　花東卜辭中的子

一、子的身分問題

子的身分是花東卜辭中最具爭議性的問題，說法很多，未有定論。至目前
爲止學者對子的身分有以下諸說，茲簡述如下：

（一）武丁同輩或長輩

劉一曼、曹定雲從花東卜辭的祭祀系統切入，認爲花東卜辭的「祖乙」是
「中丁」之子，「祖甲」是「祖乙」之子「羌甲（沃甲）」，「祖庚」是「羌甲」
子「南庚」，「祖丁」是「小乙」之父，「妣庚」有「祖甲」之配，也有「祖乙」
之配。因此子可能是「羌甲」之後，由於稱「南庚」爲「祖庚」，子應與武丁同

輩，爲武丁的遠房堂兄弟。〔註281〕趙誠同意此說，並由此認爲「沃甲（羌甲）的後裔實力相當雄厚，羌甲被確認是大示應與此有關，很可能也就是在這一段時期。所以武丁和祖庚、祖甲時有卜辭記羌甲爲大示」。〔註282〕成家徹郎也同意此說。〔註283〕

劉源不同意劉、曹之說，指出花東卜辭祖甲早於祖乙受到祭祀，不合於祖乙輩分高於羌甲的常規，並認爲「H3 卜辭中上甲、大乙、大甲等先王以外的諸祖、妣不屬於王室祭祀系統」。〔註284〕又從子家族的祭祀規格來看，曰：「『子』很可能是王室分衍出來的重要一族。」〔註285〕朱鳳瀚引述劉源的看法，認爲子未必是羌甲之後，又認爲子能「以」婦好，「在行輩上似不會低於時王武丁，是武丁的較遠親從父或從兄弟輩，且均應爲再從或再從以上」。〔註286〕劉源也同意朱說從此說，並進一步論證子也不是武丁之子，他認爲：（1）花東卜辭的祖甲與祖乙在祭祀規格與順序上都與王卜辭的陽甲與小乙不同，王卜辭中小乙比陽甲受重視，而周祭中陽甲與小乙間往往有盤庚、小辛，（2）《花東》56「禦丁于祖庚、祖辛」，武丁應該自己行祭，子不會有祭祀權，祖庚、祖辛可視爲子家族的先人，而非先王，（3）朱鳳瀚說子能「以」婦好，及其家族政、經勢力之大，可見應非剛立族的時王之子。〔註287〕

（二）武丁之子（或子侄輩）

楊升南也反對劉、曹對花東子家族世系的看法，認爲「祖甲」是「陽甲」，

〔註281〕詳見〈殷墟花園莊東地甲骨卜辭選釋與初步研究〉，《考古學報》1999.3；《花東‧前言》；〈論殷墟花園莊東地甲骨卜辭的「子」〉，《紀念殷墟甲骨文發現一百周年國際學術研討會論文集》；〈再論殷墟花東 H3 卜辭中占卜主體「子」〉，《考古學研究（六）》；曹定雲，〈三論殷墟花東 H3 占卜主體「子」〉，《殷都學刊》2009.1（略作修改後刊於《先秦、秦漢史》2009.5）。

〔註282〕〈羌甲探索〉，《揖芬集——張政烺先生九十華誕紀念文集》，頁 171。

〔註283〕〈新出土殷墟花園莊東地甲骨的沖擊（上）——以往分類法暴露出來的局限和缺點〉，《紀念徐中舒先生誕辰 110 周年國際學術研討會論文集》。

〔註284〕《商周祭祖禮研究》，頁 135～136。

〔註285〕〈花園莊卜辭中有關祭祀的兩個問題〉，《揖芬集》，頁 179。

〔註286〕〈讀安陽殷墟花園莊東地出土的非王卜辭〉，《商周家族形態研究（增訂本）》，頁 602。

〔註287〕〈殷墟花園莊東地甲骨文所見禳祓之祭考〉，《花園莊東地甲骨論叢》，頁 168。

「祖乙」是「小乙」，「妣庚」是武丁生母「妣庚」。並從子不祭父輩的現象來看，子可能是武丁子輩，應該就是太子「孝己」。〔註288〕朱歧祥基本上也同意楊升南對世系的看法，並認為從子的政經地位及他與丁的關係來看，子為丁子侄輩的可能性高，但是否為孝己則需進一步論證。〔註289〕其後又根據楊說推測花東甲骨中卜辭大量被削刮的狀況，可能是因為孝己死後其族勢衰，族人恐遭其他上位者猜忌招禍而為。〔註290〕乃俊廷也從楊說，並對花東卜辭中的祭祀對象有詳細的統計，同意子為武丁子侄輩，未討論子可能為何人。〔註291〕徐義華、韓江蘇皆從楊說，〔註292〕而韓江蘇進一步認為子是尚未立族的武丁之子，原因如下：（1）子可祭祀武丁父母，（2）花東卜辭有祭祀死去的丁，與王卜辭對丁的祭祀一致，（3）子侍奉在武丁、婦好身邊，協助祭祀，（4）子沒有獨立祭祀場所，子活動地點都是商王直接管轄區。〔註293〕陳光宇認為單稱之「子」是商王室或其他家族與祭譜有關的世系宗子，從而論證花東卜辭的子是武丁太子孝己。〔註294〕

　　姚萱同意楊說，認為「祖丁」是「小乙」之父，「祖甲」是「祖丁」之子「陽甲」，「祖庚」是「盤庚」，「祖乙」是「小乙」，「妣庚」是小乙之配「母庚」。而子應為武丁親子，與卜辭中「子㢟」的資料比對後認為子可能是子㢟。〔註295〕

（三）其　他

　　第一，饒宗頤認為子為「氏」，花東卜辭為「子方」之卜辭。〔註296〕第二，

〔註288〕〈殷墟花東 H3 卜辭「子」的主人是武丁太子孝己〉，《甲骨文商史叢考》。

〔註289〕〈由詞語聯繫論花東甲骨中的丁即武丁〉，《殷都學刊》2005.2，頁 6。

〔註290〕〈殷墟花東甲骨文刮削考〉，《花園莊東地甲骨論叢》。

〔註291〕〈論殷墟花園莊東地甲骨卜辭與非王卜辭的親屬稱謂關係〉，《花園莊東地甲骨論叢》。

〔註292〕〈試論花園莊東地甲骨的子〉，《北京平谷與華夏文明國際學術研討會論文集》；《殷墟花東 H3 卜辭主人「子」研究》，頁 488～492，〈殷墟 H3 卜辭主人「子」為太子再論證〉，《古代文明》2.1（2008）。

〔註293〕《殷墟花東 H3 卜辭主人「子」研究》，頁 85。

〔註294〕〈兒氏家譜刻辭之「子」與花東卜辭之「子」〉，王宇信、宋鎮豪、徐義華主編，《紀念王懿榮發現甲骨文 110 周年國際學術研討會論文集》。

〔註295〕《初步研究》，頁 40～55。

〔註296〕〈殷代歷史地理三題〉，《九州》（北京：商務印書館，2003）第 3 輯，頁 68。

李學勤認為子可能是朝中大臣，〔註297〕如「望乘」或「卓」。〔註298〕第三，常耀華認為子一定與商王室有血緣關係，家族譜系至少可以上溯到小甲，且花東卜辭有「大示」〔註299〕、「小示」，子家族祭祀系統未必不屬於商王室。並認為各家說法都或多或少帶有玄想的成分，子未必是羌甲之後，又可以肯定不是武丁之後，目前無法知道子的確切身分。〔註300〕第四，魏慈德認為子的身分目前還無法確知，在研究方法上應將花東子家族的世系與商王室世系分開來看。〔註301〕對於世系問題還提到一個特別的觀點：

> 雖然在祭祀卜辭中也出現了殷人遠祖「上甲」、「大乙」、「大甲」、「小甲」，但由於這些先祖與子所處的武丁在位時期，年代相隔太遠，故無法以之作為子與商王武丁屬同一宗族的證明，花東祭祀卜辭中出現此四先祖的現象，有可能是用來記日，也有可能是因為當時的殷商王朝不管同姓或異姓諸侯貴族都必須祭此四祖的緣故。〔註302〕

劉源對此說進一步論證，認為子並不祭祀「上甲」、「大乙」、「大甲」、「小甲」，此四者在花東卜辭中都是「以事記時」，並重申花東卜辭的先人很可能不與商王室的先王、先妣對應。〔註303〕第五，沈建華認為子可能是「王室大宗分立下的一個宗主，並在王朝中擔負馬政職務的大臣，分管向王室提供交通工具，負責馬的納貢選善和馴養管理」。〔註304〕第六，蔡師哲茂認為子可能是陽甲之

〔註297〕〈花園莊東地卜辭的「子」〉，《河南博物院落成暨河南博物館建館 70 周年紀念論文集》。

〔註298〕李銳引述，見〈清華大學簡帛講讀班第三十四次研討會綜述〉，「Confucius 2000」網站（http://www.confucius2000.com/qhjb/qhjbjdb34cythzs.htm），2004 年 8 月 22 日。

〔註299〕所舉為《花東》184「大示五」，此應為記事刻辭，指大「示」五龜版，非祭祀對象「大示」。

〔註300〕〈花東 H3 卜辭中的「子」——花園莊東地卜辭人物通考之一〉，《殷墟非王卜辭研究》。

〔註301〕可參《殷墟花園莊東地甲骨卜辭研究》第二章與〈關於花東卜辭主人世系及身份的幾點推測〉，《華學》第 8 輯。

〔註302〕《殷墟花園莊東地甲骨卜辭研究》，頁 63。

〔註303〕〈讀殷墟花園東地甲骨卜辭札記二則〉，《東方考古》第 4 集，頁 209～211。

〔註304〕〈從花園莊東地卜辭看「子」的身份〉，《初學集》，頁 177。

孫，〔註305〕又從花東卜辭中祭祀「霅」（南庚之後）而不稱「父」、「兄」的現象來看，認爲子應非羌甲、南庚一系。〔註306〕

總結上述諸說，可以發現關於子的身分問題有兩大重點，第一是「從祭祀系統探討子的輩分」，第二是「從卜辭內容探討子的身分與地位」。本文基本上同意子爲「武丁子輩」的看法，就目前的資料來看，了解子「相對性」的身分不成問題，可透過子與武丁、婦好以及其他人物互動的卜辭判斷，學者也都已作出正確的解釋。但子「絕對性」的身分，如子就是卜辭中的某人，或擔任何種職務，實難論斷，只能說是對卜辭內容的「詮釋」。而各家都找到許多的論據支持自己的「詮釋」，也因此產生如此多元的結論。當然，「絕對性」的關係最好能在卜辭中找到直接的「鐵證」支持，否則只是一種「假說」，顯然目前對子身分的討論仍在「假說」階段。而受限於資料的缺乏，至今無商代簡帛、書籍資料出土，對商代史的討論只能透過詮釋卜辭而建構出一套套的假說，也是無可奈何之事。

基於此，筆者暫不討論子的「絕對性」身分問題。本文著重在卜辭的釋讀與卜辭間的聯繫疏通等基礎研究，希望呈現人物間互動的圖像，並從中討論子的「相對性」身分與地位問題。前兩節已對子與丁、婦好互動的內容作了初步討論，本文第三、四、五章提到的人物也都跟子有所互動，可以了解子與這些人物之間的關係，因此本節僅介紹子的生活概況，並討論較爲特殊的「樂舞」卜辭。

二、子的生活概況與樂舞活動

「子」是花東卜辭研究中最受重視的課題，因此關於子生活內容的研究也非常多，有綜合性的研究，也有專題式的研究。韓江蘇的《殷墟花東 H3 卜辭主人「子」研究》對子生活的各層面大多有所討論，朱歧祥的《殷墟花園莊東地甲骨論稿》收集了作者多篇有關子的文章，也屬綜合性研究。各類專題研究可參本文第一章第一節「花東卜辭研究相關論文分類」第九類「歷史文化」。花

〔註305〕〈花東卜辭「白屯」釋義〉，《第十八屆中國文字學國際學術研討會論文集》，頁162。

〔註306〕〈武丁王位繼承之謎──從殷卜辭的特殊現象來做探討〉，「中央研究院歷史語言研究所講論會」演講稿，2008 年 9 月 15 日。

東卜辭所見子的生活所涉及的內容既深且廣，是舊有非王卜辭所未見的，包括：占卜、祭祀、禮儀、學習、樂舞、田獵、馬政、戰爭、貢納（包括記事刻辭）等，還有關於疾病、夢、氣象之類的占卜內容。而黃天樹先生提到《花東》314有「賈金」一詞，可能是交換青銅原料的內容，〔註307〕爲商業活動，又有「乍瑹分卯」的卜問，可能是玉器加工之事，〔註308〕爲手工業方面活動。由於學者對這些內容及相關卜辭都已有詳細的整理與討論，不需本文再加贅述。此外，本章第一節也提到花東卜辭的「作館」（《花東》113）、「作營」（《花東》294）之類卜問，可能是營建活動，以及第一節提到子「有事」（《花東》288）、第二節提到子與婦好一同到𢼊地進行農業之事（《花東》475），可能都是子「贊王事」的活動，可參前文，本節也不再贅述。在子的各項活動中，有關子學習、進行「樂舞」活動的卜辭特別值得注意。相關問題宋鎮豪、韓江蘇也已有全面的研究，本節以二位學者的研究爲基礎，〔註309〕對相關卜辭釋讀的異同與詮釋作一點整理與補充。

花東卜辭有記載子前往某處學習之事，即「子學」、「子入學」、「往學」等辭例，如：

　　乙丑卜：子學。　一　《花東》474

　　丁卯卜：子其入學，若，侃。用。　一二三

　　丁卯卜：子其入學，若，侃。用。　四五六　《花東》450

　　己卜：子其疫（？），弜𡥈（往）學。　一

　　己卜：丁各，叀（惠）靳（新）□舞，丁侃。　一　《花東》181

〔註307〕〈花園莊東地甲骨中所見的若干新資料〉，《黃天樹古文字論集》，頁 452。

〔註308〕《花東·釋文》，頁 1713。〈殷墟花園莊東地甲骨卜辭考釋數則〉，《考古學集刊》第 16 集，頁 257 與《甲骨金文中所見「玉」資料的初步研究》，頁 31 都有相關討論。

〔註309〕可參宋鎮豪，《夏商社會生活史》第八章第二節，〈從甲骨文考述商代的學校教育〉，《2004 年安陽殷商文明國際學術研討會論文集》，二者內容相同，爲避免重複，本文僅引用後者；〈殷墟甲骨文中的樂器與音樂歌舞〉，《古文字與古代史》第 2 輯。韓江蘇，〈從殷墟花東 H3 卜辭排譜看商代樂舞〉，《中國史研究》2008.1，此文改寫自《殷墟花東 H3 卜辭主人「子」研究》第六章第三節「『子』學商、舞」，爲避免重複，本文引用韓說以後者爲主。

花東卜辭中常見子進行樂舞活動之卜問，而丁也會來子處視察，如《花東》183
有「丁來視子舞」。子學習的內容即包括各種樂舞，以下先從「異族樂舞」談起。

（一）羌、孃（茯）、叙、新、

子曾學習「羌」、「孃（茯）」之舞，如：

甲申：子其學羌，若，侃。用。　一　　《花東》473

丁亥：子其學孃茯。用。　一　　《花東》280

《花東》473 是指子學羌族之樂舞，賓組卜辭有：

貞：多子其征（延）學疫。不菁（遘）大雨。　一二　　《合》3250

「疫」是卜辭中常見的異族，[註310]「學疫」可能指學習該地之樂舞。此辭
也是關於「多子」前往學習異族舞蹈之事，卜問內容是將「學疫」之事延後，
是否不會遇到大雨。而王卜辭與非王卜辭都有針對身分為「子」的人物學舞的
卜問，學習樂舞可能是商王室貴族子弟重要的功課之一。關於《花東》280 的
「孃」、「茯」，宋鎮豪認為「孃」指「女巫兼教官」，「茯」為「舞名，字象雙
人款擺而舞」。[註311]「茯」字原釋文釋為「拉」，[註312] 此字目前只能知道
與樂舞有關，形義為何暫存疑待考。與「孃」、「茯」有關的卜辭還有：

叀（惠）〔孃〕[註313] 舞。　二

〔註310〕「疫」字早期曾釋為「版」，金祖同認為此辭是卜祭之辭，「學版」可能是人名或
　　　　地名，陳邦懷認為「多子其學」，「版不遘大雨」應分開，「延學」即「往學」，「版」
　　　　假借為「反」，就是卜問多子往學、歸返時不會遇到大雨，見陳邦懷，《殷代社會
　　　　史料徵存》（天津：天津人民出版社，1959），頁 9 下～10 上。宋鎮豪也將「疫」
　　　　釋為「版」，曰「『學版』指學籍記錄冊，……『延學版』，可能謂延長學籍」，見
　　　　〈從甲骨文考述商代的學校教育〉，《2004 年安陽殷商文明國際學術研討會論文
　　　　集》，頁 230。韓江蘇將此辭之「學」與「疫」斷開為「多子其延學，疫？不菁大
　　　　雨？」，對「疫」字未有解釋，見《殷墟花東 H3 卜辭主人「子」研究》，頁 446。
　　　　本文認為此字應解釋為「族名」。關於「疫」族的相關討論，詳見第六章第一節「疫、
　　　　臣、𥃩臣」處。

〔註311〕〈從甲骨文考述商代的學校教育〉，《2004 年安陽殷商文明國際學術研討會論文
　　　　集》，頁 224。《初步研究》同意宋說，見 184。

〔註312〕《花東·釋文》，頁 1675。

〔註313〕《初步研究》，頁 322。

庚午卜：叀（惠）权先舞。用。　一

辛未卜：子其告舞。用。　一

辛未卜：子弜告奏。不用。　一　《花東》293

辛未卜：☑孃。　一　《花東》253

庚戌卜：子于辛亥𤕣。子𠙵（占）曰：舭卜。子尻。用。　一二三　《花東》380

宋鎮豪認爲《花東》293 的「孃」、「权」都指人物，「孃」是女巫，「权」是权人，而魏慈德認爲「孃」可能是女性奴隸，「权」可能是舞人，〔註314〕但姚萱指出《花東》181 有「惠新□舞」，曰：

「惠新□舞」即「舞新□」或「舞新□舞」，「新□」當是舞名。181
同版 23 辭「辛卜：子其舞权，丁侃」，第 26 和 27 兩辭「壬卜：子舞权，亡言，丁侃」，293 號第 1、2 辭「叀（惠）〔孃〕舞」、「庚午卜：叀（惠）权先舞。用」，「孃」和「权」也都應該是某種「舞」的名稱。「孃」和「权」都是族名或地名，「新□」當然也可能是族名或地名。〔註315〕

而韓江蘇認爲《花東》293 的「孃」、「权」指舞名，將《花東》280 的「孃𤕣」視爲一詞，曰：

《花東》293 之辭，「孃（娑）舞」與「权先舞」對貞，辭義有兩種解釋：一，以「孃」地之舞還是以「权」地之舞先舞？二，讓孃這一人物或族還是以权這一人物或族先進行舞？⋯⋯從 H3 卜辭中权之辭義看，权爲地名，也爲舞名，當指來自於「权」地之舞，⋯⋯。

根據「學羌」之占，权、孃（娑）理解爲地域性舞蹈更合適。

𤕣作「𣎴」形，像人手拉手之形，應爲「像人手拉手翩翩起舞之形，應當是一種集體舞蹈」。孃有可能指地名或人、族名。孃𤕣在此應

〔註314〕〈殷墟甲骨文中的樂器與音樂歌舞〉，《古文字與古代史》第 2 輯，頁 61～62；《殷墟花園莊東地甲骨卜辭研究》，頁 103～104。

〔註315〕《初步研究》，頁 159。

　　當連讀，有可能是孅地的舞蹈。〔註316〕

關於《花東》293 的「孅」、「权」，本文認爲姚萱與韓說較爲合理，「叀孅舞」、「叀权先舞」可解釋爲「舞孅」、「先舞权」的賓語前置句型，若視爲人名或人物，則「叀孅舞」、「叀权先舞」也可視爲省略「令」或「呼」，如：

　　　　叀（惠）剌人乎（呼）先奏，入人迺生（往）。用。　一

　　　　叀（惠）剌人乎（呼）先奏，入人迺生（往）。用。　一二

　　　　叀（惠）入人乎（呼）。用。　　一　　《花東》252

考量其他花東卜辭中進行「舞」的主體都是「子」，也多見子舞「权」的內容，本文暫將《花東》293 的「孅」、「权」視爲子準備進行的樂舞。至於《花東》280 的「孅犾」，從韓說視爲子學習的舞蹈，與「學羌」同。

　　　「权」地之舞還見於以下二版：

　　　　己卜：子其疫（？），弜生（往）學。　一

　　　　己卜：丁各，叀（惠）靳（新）□舞，丁侃。　一

　　　　己卜：丁椺（虞），不囧。　一二

　　　　庚卜：子心疾，亡征（延）。　一

　　　　辛卜：子其舞权，丁侃。　一

　　　　辛卜：钔（禦）子舞权，攺一牛匕（妣）庚，晋宰，又毘。　一

　　　　辛卜：钔（禦）子舞权，攺一牛匕（妣）庚，晋宰，又毘。　二三

　　　　壬卜：子舞权，亡言，丁侃。　一

　　　　壬卜：子舞权，亡言，丁侃。　一　　《花東》181

　　　　辛未：歲且（祖）乙羴，子舞权。　一　　《花東》474

關於「禦子舞权」與「子舞权，亡言」，朱歧祥、韓江蘇都將「禦」與「子舞权」斷開，〔註317〕朱先生還認爲「子舞权」是子舞祭於权地，並釋「言」爲「音」，

〔註316〕《殷墟花東 H3 卜辭主人「子」研究》，頁 274、429、430。李凱也將《花東》293 的「孅」、「权」解釋爲舞名，見〈花園莊東地甲骨所見的商代教育〉，《考古與文物·古文字（三）》2005 年增刊，頁 43。

〔註317〕《校釋》，頁 991；《殷墟花東 H3 卜辭主人「子」研究》，頁 441。

讀作「唁」，爲「以祭文弔唁祖妣」。〔註318〕本文有不同的看法，「禦子舞权」
也可不斷開，解釋爲「爲子舞权行禦祭」，類似的例子如：

丁丑卜：其钔（禦）子生（往）田于小示。用。　一　《花東》21

戊寅卜：子祼小示，曾犾，钔（禦）生（往）田。　一　《花東》459

是爲「子往田」向「小示」行禦祭的例子。而從《花東》181 來看，「己日」卜
問子「疫」及丁是否會爲此而「憂虞」，「庚日」卜問子「心疾」，韓江蘇指出《花
東》53、181、183、416 四版可繫聯，〔註319〕其中也有相關的卜問：

壬辰卜：子心不吉，侃。　一　《花東》416

壬卜：丁橪（虞）征（延）。　一

壬卜：丁不橪（虞）。　《花東》183

可知「辛日」、「壬日」子也應該是在身染疾病的狀況下舞，因此爲「子舞权」
之事行禦祭，替子禳除不祥，希望子能順利「舞权」沒有任何災咎，才能讓丁
「侃」，應該也是合理的。卜辭中有很多「亡作口」、「亡口」的卜問，「口」是
與災咎有關的意思，〔註320〕「亡言」可能與「亡口」的意思差不多，「子舞权，
亡言」應該是對「子舞权」是否沒有災咎的卜問。

《花東》181 同版還有「新□舞」，前文提到姚萱認爲可能是新地之舞，
而《初步研究》又認爲也可能與卜辭中「新庸」、「舊庸」、「新豐」、「舊豐」
有關，「新」指新舊之「新」。韓江蘇則認爲考量花東卜辭有人、地、族名之
「新」，此新可能是地名，並認爲同日卜問「往學」與「新舞」，說明學的內
容爲舞。〔註321〕本文亦同意韓說。另外，花東卜辭中還有「𡊨舞」，見於：

戊卜：子其汭（益）𡊨〔舞〕，曾☒。　一

戊卜：子其汭（益）𡊨〔舞〕，曾二牛匕（妣）庚。　一　《花東》53

原釋文「舞」字作「□」，姚萱指出「舞」字拓片尚可辨識，〔註322〕「𡊨」字

〔註318〕《校釋》，頁 991。

〔註319〕《殷墟花東 H3 卜辭主人「子」研究》，頁 421～422。

〔註320〕參本文第五章第一節「直（貫直）」處。

〔註321〕《殷墟花東 H3 卜辭主人「子」研究》，頁 439、420。

〔註322〕《初步研究》，頁 185。

《花東·釋文》中曰：

> 此字在賓組卜辭中常見於骨臼刻辭，如《粹》1480「戊戌：帛𦥑示
> 一屯，岳」，《粹》1481「𦥑示二屯，吉」，作婦名、人名或族名。
>
> 此片 6、7 辭爲人名。〔註323〕

韓江蘇從之，以𦥑爲「婦名」，認爲此辭是「『子』將進行『汌』祭，婦𦥑以舞助祭⋯⋯」。〔註324〕而姚萱將「汌」釋爲「益」之異體，此字與「奏」字有關，其後常接樂舞名（關於益字的討論下文還會提到）。〔註325〕「益𦥑舞」的「𦥑舞」應該可以解釋爲某族之舞。

（二）商、妼、舞戉

子學習的內容還包括「商」，如：

甲寅卜：乙卯子其學商，丁侃。用。子尻。　一

甲寅卜：丁侃于子學商。用。　一　《花東》150

甲寅卜：乙卯子其學商，丁侃。子𠙶（占）曰：其又（有）𡉈艱（艱）。
用。子尻。　一二三四五　《花東》336

甲寅卜：乙卯子其學商，丁侃。用。　　一

甲寅卜：乙卯子其學商，丁侃。子𠙶（占）曰：又（有）求（咎）。用。
子尻。　二三　《花東》487

還有「奏商」、「舞商」、「益商」、「益妼」的卜問：

丙辰卜：延（延）奏商，若。用。　一二三四五　《花東》86

丙辰卜：延（延）奏商。用。　一　《花東》150

丙辰卜：延（延）奏商，若。用。　一二三四　《花東》382

己卯卜：子用我𥝩，若，叀屯（純）敊用，侃。舞商。　一

屯（純）敊𥝩。不用。　一　《花東》130

丁巳卜：子益妼，若，侃。用。　一

〔註323〕《花東·釋文》，頁 1582。

〔註324〕《殷墟花東 H3 卜辭主人「子」研究》，頁 180。

〔註325〕《初步研究》，頁 176～185。

庚申卜：子益商，日不雨。卬（孚）。　一

其雨。不卬（孚）。　一

庚申卜：叀（惠）今庚益商，若，侃。用。　一二　《花東》87

庚申卜：子益商，侃。　一　《花東》247

《花東・釋文》中認爲「學商」、「奏商」的「學」、「奏」都是祭名，「商」是祭祀對象，「舞商」的「商」解釋爲樂歌可備一說。〔註 326〕根據宋鎮豪先生的研究，商代已有學校教育，反映於甲骨文中有「大學」、「右學」……等學習地點，也有「乍學」，即興建學校的卜問，花東卜辭也見「入學」，即就學之卜問。〔註 327〕李凱也對金文中有關學校教育的內容有精簡的介紹，如「大盂鼎」、「靜簋」、「令鼎」、「師釐簋」、「榮仲方鼎」等都有相關內容。〔註 328〕本文傾向將「學」解釋爲學習之「學」。「商」亦從宋鎮豪釋爲祭歌名。

關於「子益妫」、「子益商」，學者或以「益」爲「皿」字。《花東》87「益」字作「」，原釋文認爲是「皿」之異體，〔註 329〕朱歧祥則認爲「子皿」是人名，曰：

> 本辭卜問今天庚日子皿在商生育，順利否？對比同版（1）辭的「丁巳卜：子皿妫，若永？用。」，子皿妫（嘉），指子皿生子。子皿用爲女名。對比（1）（2）詞性，商字亦應視作動詞，但花東甲骨的商字都不用作動詞。殷金文有將商字讀如賞賜的賞，但亦罕見於甲文。因此，（2）辭的「子皿商」疑爲「子皿妫于商」之省文。（3）辭的「皿商」亦即「子皿妫于商」之省。〔註 330〕

上章第二節曾提到本文同意詹鄞鑫以「妫」從「力」聲，有「理順」之義的看

〔註 326〕《花東・釋文》，頁 1594～1619；〈花園莊東地 H3 祭祀卜辭研究〉，《三代考古（二）》，頁 432。

〔註 327〕〈從甲骨文考述商代的學校教育〉，《2004 年安陽殷商文明國際學術研討會論文集》，頁 220～223。

〔註 328〕〈花園莊東地甲骨所見的商代教育〉，《考古與文物・古文字（三）》2005 年增刊，頁 42。

〔註 329〕《花東・釋文》，頁 1594。

〔註 330〕《校釋》，頁 975。

法，則「妼」字未必爲生子之專用字。而認爲「子皿商」義爲「子皿」在「商」地生育，是「子皿妼于商」之省，從「人名+動詞+介詞+地名」省爲「人名+地名」也頗牽強。姚萱指出此字應釋爲「益」，特別指出其字形「皿」上有「八」形，正如金文「益」字，而從辭例看，舊有卜辭中「奏」、「益」二字後常接同樣的字，如「奏祁」、「益祁」、「鴦益祁」與「奏𦥯（韶）」、「益𦥯（韶）」、「鴦益𦥯（韶）」，《合》30032有「叀妼奏」、「叀商奏」，與《花東》87「益商」、「益妼」同見一樣。〔註331〕本文認爲姚萱之說較合理，「益」可能是與樂舞活動有關的字，字義仍待研究，則花東卜辭中應無「子皿」此人。劉桓曾對「鴦益𦥯」一詞有進一步的討論，認爲此「益」可讀爲「溢」，通「佾」，即「隊列」的意思，〔註332〕可參。

《花東》87「益妼」、「益商」對貞，與「雨」有關，姚萱舉出舊有卜辭有：

叀（惠）妼奏，又（有）大雨。吉。

叀（惠）商奏，又（有）正，又（有）大雨。　《合》30032

可見「妼」應該是與「雨」有關祭祀樂舞。上節提到本文認爲「妼」從「力」聲，或有「理順」之義，也可讀爲「勑」，此處的「妼」也可能是祈求風調雨順或祈雨之類的祭祀樂舞，至於應讀爲何字，仍有待考證。

另外，宋鎮豪指出花東卜辭中還有「武舞」，即：

丁丑卜，才（在）𣏾（京）：子其𤱶〔註333〕舞戉，若。不用。

子弜𤱶舞戉，于之若。用。多万又（有）巛（災），引𣓀（棘）〔註334〕。

《花東》206

〔註331〕《初步研究》，頁176～185、73～74。

〔註332〕〈釋「鴦益𦥯」〉，《甲骨集史》。

〔註333〕關於𤱶字，一般以爲此字是「叀」之異構，《初步研究》對此字存疑。舊有卜辭有此字，楊逢彬曾舉合5532正認爲「𤱶意義不詳，似爲『會同』、『協同』」，見《殷虛甲骨刻辭辭類研究》，頁92。

〔註334〕《初步研究》暫從張亞初先生釋爲「祁」，見頁180。劉釗釋爲「棘」，見〈釋甲骨文中的「秉棘」——殷代巫術考索之一〉，發表於「復旦大學出土文獻與古文字研究中心」網站（http://www.guwenzi.com/SrcShow.asp?Src_ID=782），2009年5月6日。（此文原發表於《故宮博物院院刊》2009.2，網路文章中增加對《花東》206「𣓀」字的討論）本文從劉說。

「舞戉」即「舞鉞」，與「舞戚」一樣都是執具有象徵意義的青銅兵器之樂舞禮儀。〔註335〕對於《花東》206 這兩條卜辭的辭意學者有不同的解釋，宋鎮豪認為「子習舞戉，又『引🎋』奏唱，是知武舞也有歌樂」。〔註 336〕魏慈德認為🎋是可持之物，「『引🎋』在此與消災有關」，〔註337〕韓江蘇認為🎋是「祈福消災的樂歌」，又釋「引」為「弘」，認為「子在之（指果京）地舉行『舞戉』活動，多万有灾禍？要大大演奏🎋祭歌」。〔註 338〕姚萱對卜辭結構的看法與此二說不同，認為「多万又（有）巛（災），引🎋」在「用辭」之後，應為「驗辭」，即對「🎋舞戉」之卜問實際應驗狀況的記錄，〔註 339〕可從。從命辭與驗辭的關係可以推測反面卜問的「弜🎋舞戉」被採用，子決定不要舞戉，實際的狀況就是「多万」有災禍並「引🎋」。可知舞戉的活動很可能不能缺少「多万」，故驗辭記下當天多万有災禍而無法舞戉，以說明之前採用「弜🎋舞戉」此卜是正確的。至於「舞戉」與田獵方面的祭祀有關，於本文第四章第二節「多万」處討論。

　　這裏再稍為討論一下🎋字。宋鎮豪、魏慈德都引用了這版卜辭：

　　　　叀（惠）美奏。

　　　　叀（惠）🎋奏。

　　　　叀（惠）商奏。　　《合》33128

認為🎋即🎋，🎋與樂歌名「商」、「美」並列為例，說明此字與樂歌有關。〔註 340〕宋先生還指出「疑🎋與『王秉🎋在中宗』（《合集》17454）之🎋為同字異構，可能是以某種搖樂器為主要伴奏樂器或以某種舞具作舞時的祭歌」。

〔註335〕參〈從甲骨文考述商代的學校教育〉，《2004 年安陽殷商文明國際學術研討會論文集》，頁 225；《初步研究》，頁 183～184；《殷墟花東 H3 卜辭主人「子」研究》，頁 450～452。

〔註336〕〈從甲骨文考述商代的學校教育〉，《2004 年安陽殷商文明國際學術研討會論文集》，頁 225。

〔註337〕〈殷墟花園莊東地甲骨卜辭的地名及詞語研究〉，《中國歷史文物》2005.6，頁 8。

〔註338〕《殷墟花東 H3 卜辭主人「子」研究》，頁 248。

〔註339〕《初步研究》，頁 73～74。

〔註340〕〈從甲骨文考述商代的學校教育〉，《2004 年安陽殷商文明國際學術研討會論文集》，頁 225；《殷墟花園莊東地甲骨卜辭研究》，頁 104。

〔註341〕姚萱也認爲⚹可能與樂舞有關，並進一步指出「引⚹」的⚹很可能就是卜辭中「奏祁」、「益祁」、「魚益祁」的祁。〔註342〕最近劉釗對⚹字有新的看法，認爲從字形上看，此字應從王襄釋爲「棗樹」之「棗」，且此字與戰國文字之「棗（棗）」一脈相承。中國「棗樹」有兩類，一爲「北方大棗」，一爲「北方小棗」，後者即「酸棗樹」也稱「棘」。「棗」、「棘」意義有關，早期很可能是用同一形體，而甲骨文的⚹字釋爲「棘」較佳，「秉棘」指執「棘」驅鬼。又提到花東卜辭的⚹字一般釋爲「祁」，「祁」字字形如下：

但⚹與⚹字形更近，也應爲「棘」字，而非「祁」。「引棘」可解釋爲「延急」，「就是『達到危急』、『發展到很急迫的程度』的意思。」〔註343〕其對字形的解釋較爲合理，而張惟捷對「延急」之說提出疑問，他發現《合》19875（《乙》25+33）有「乙巳卜：䫆祖戊。引⚹。十月」一辭，「⚹」字應即「棘」字之異體，而認爲「引棘」或可讀爲「引吉」。〔註344〕蔡師哲茂則認爲「引棘」應該與「秉棘」同義，是一種消災的儀式。關於「棘」是否能通「吉」，王暉在討論花東卜辭的⚹字時提到：

> 《說文》戈部：「戛，戟也。從戈從百，讀若棘。」……「吉」上古音是見母質部字，「戛」，也是見母質部字，古音相同。同時，古書上「戛」字與以「吉」爲聲符的字常通用。例如《尚書・禹貢》有「三百里納秸服」，《漢書・地理志上》引，《禹貢》作「三百里納戛服」；《尚書・皋陶謨》有「戛擊鳴球」，而《文選》卷九揚雄《長楊賦》引作「拮隔鳴球」；宋鮑彪注《戰國策・秦策三》云「拮，戛同」；劉邦封兄子爲「羹頡侯」，就是因爲其嫂曾做戛羹之聲而爲其子封侯

〔註341〕〈殷墟甲骨文中的樂器與音樂歌舞〉，《古文字與古代史》第 2 輯，頁 53。

〔註342〕《初步研究》，頁 73～74、183。

〔註343〕詳見〈釋甲骨文中的「秉棘」——殷代巫術考索之一〉發表於「復旦大學出土文獻與古文字研究中心」網站。

〔註344〕詳見〈甲骨文「引棘」獻疑〉，發表於「復旦大學出土文獻與古文字研究中心」網站。

時取的號，《漢書‧楚元王傳》顏師古注云：「頡音戛。言其母戛羹釜也」，可見從「吉」得聲的「頡」與「戛」通用；等等。〔註345〕

然而先秦文獻與古文字資料中似無直接通假的例子，甲骨文的「棘」是否可通「吉」，仍待進一步資料證明。而花東的「引棘」跟「多万有災」有關，僅此一見，其內容仍有難解之處，「引棘」一詞究竟應如何解釋，本文暫存疑待考。

（三）㯥

花東卜辭還有「㯥」字，如：

己卯卜：子用我㯥，若，弜屯（純）𢼄用，侃。舞商。 一

屯（純）𢼄㯥。不用。 一 《花東》130 丙戌卜：子叀（惠）辛㯥。用。子𡆥。 二二

丙戌卜：子☑㯥。用。 一二二 《花東》372

此字學者或釋為「族名」（《花東‧釋文》），或釋為「樂舞」（姚萱），或釋為樂器「瑟」（徐寶貴），而《花東》130 的「㯥」也可能可以解釋為該族族人。〔註346〕《花東》372 的「子惠辛㯥」徐寶貴認為「其大意是問子可以在辛日用瑟嗎。右側的『用，子𡆥』在另一條卜兆上，可能是另一條卜辭」。〔註347〕韓江蘇則認為此辭是「『子』將于辛（卯）日舞『㯥』祭祀或以『㯥』為舞具而舞」。〔註348〕關於「子𡆥」的問題，留到下章第一節「子尻（附：子𡆥、子𣪠）」處再討論。此辭又可與《花東》380 對照：

庚戌卜：子于辛亥㽅。子曰（占）曰：舟卜。子尻。用。 一二三 《花東》380

「子惠辛㯥」或與「子于辛亥㽅」是同樣的意思，都是關於子在辛日從事樂舞活動的卜問。可見此字與樂舞有關應無可疑，至於此字應釋為何字，本文仍存疑待考。若「㯥」字為族名，則可視為異族舞蹈。

〔註345〕〈花園卜辭合字音義與古代戈頭名稱考〉，《紀念王懿榮發現甲骨文 110 周年國際學術研討會論文集》，頁 150〜151。

〔註346〕相關討論參本文第六章第三節「㯥」處。

〔註347〕〈殷商文字研究兩篇〉，《出土文獻與古文字研究》第 1 輯，頁 166。

〔註348〕《殷墟花東 H3 卜辭主人「子」研究》，頁 438。

另外，還有一些沒有說明是何種「舞」的辭例，如：

甲子卜：子其舞，侃。不用。　　一二

甲子卜：子戠（待），弜舞。用。　一二　《花東》305

丁丑卜：叀（惠）子舞。不用。　二三

弜子舞。用。　二三　《花東》391

庚寅卜：子生（往）于舞，侃，若。用。　一二

庚寅：歲匕（妣）庚小宰，登（登）自丁糈（黍）。　一

庚寅：歲匕（妣）庚小宰，登（登）自丁糈（黍）。　二

庚寅卜：子弜〔生（往）〕裸，叀（惠）子娈。用。　　《花東》416

〔生（往）〕于舞，若，丁侃。　《花東》183

前文提到韓江蘇將《花東》53、181、183、416 繫聯，則此二版所指的舞可能是異族舞蹈，而「往于舞」可能指子要到某處進行樂舞活動，或許就是去學宮之類的地方。《花東》183 該辭原釋文為「☒于舞……」，姚萱認為照片可見「往」字而在「于」前補「往」，韓江蘇認為「于」前可能是「庚寅卜：子往」，[註349]

從照片看（下圖）似有如往字下半部的「∆」形，且右邊無法辨識是否有字，《花東》416 有「往于舞」，依辭例判斷，此暫從姚萱所補。

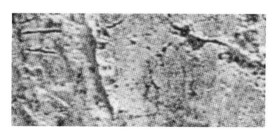

〔註349〕《初步研究》，頁 280；《殷墟花東 H3 卜辭主人「子」研究》，頁 422。

第三章　花東卜辭所見諸子考

第一節　受到子關心的「子某」

關於花東卜辭中的「子某」，魏慈德、林澐、韓江蘇都先後有詳細的討論，各家說法也是本文主要的參考對象。以下整理各家重要的論點，並對相關卜辭的釋讀與詮釋作一些補充。

一、子興、子馘 [註1]

（一）花東卜辭是否有死去的「子興」

戊卜：六（今）其酓（酒）子興七（妣）庚，告于丁。用。

戊卜：馘（待），弜酓（酒）子興七（妣）庚。　一　《花東》28

己卜：其酓（酒）子興七（妣）庚。　一　《花東》39

己卜：其酓（酒）卲（禦）七（妣）庚。

己卜：叀（惠）丁〔乍（作）〕子興，尋丁。　一

己卜：叀（惠）子興生（往）七（妣）庚。　一　《花東》53

〔註 1〕學者或釋爲「而」，本文從林澐釋爲「馘」，相關說法見《初步研究》，頁230與《殷墟花東H3卜辭主人「子」研究》，頁206。

丙（丙）舌子興。　　《花東》183

《花東》28、39 中的子興，原釋文斷爲「酒子興、妣庚」，[註2] 魏慈德也認爲《花東》28、39 的「子興」與《花東》183「丙舌子興」的「子興」是祭祀對象，[註3] 關於「子興」，學者多已指出「子興」是「酒」祭的原因，[註4] 而非祭祀對象。有一條卜辭與此例非常類似，即：

乙丑卜，穀貞：先酌（酒）子凡父乙三牢。　　《合》3216 正

喻遂生將此辭視爲「爲動用法」，即爲某人行酒祭之意，[註5] 劉源則曰：

酌成爲很特別的詞，不但代表著祭祀儀式中的一項活動，而且反映了爲子凡禳祓的目地，也就是説，在這裏，「酌」似乎把「禦」併吞了。[註6]

劉說應該可以解釋「酒子興」的「子興」非祭祀對象，而《花東》53 的「酒禦妣庚」，很可能也是爲子興行祭，與「酒子興」同事。至於《花東》183「丙舌子興」的「舌」，姚萱認爲拓片有殘泐，很可能是「言」字，[註7] 韓江蘇則斷爲「丙舌，子興」，[註8] 由於字跡不清，辭例簡省，本文對此辭只能存疑待考。

（二）「子興」、「子馘」在花東卜辭中的差異

此二人都因疾病而受到子的關心，如：

庚卜：子興又（有）疾。子▨[註9]。　　《花東》113

庚卜：五日子馘𤕫（瘥）。　一

庚卜：弜知（禦）子馘，𤕫（瘥）。　一　　《花東》3

〔註 2〕《花東‧釋文》，頁 1569、1577。

〔註 3〕〈論同見於花東卜辭與王卜辭中的人物〉，《故宮博物院院刊》，2005.6，頁 38。

〔註 4〕《校釋》，頁 966、969；齊航福，〈花東卜辭的賓語前置句試析〉，《河北師範大學學報（哲學社會科學版）31.5（2008），頁 100。

〔註 5〕〈甲骨文動詞和介詞的爲動用法〉，《甲金語言文字研究論集》，頁 90。

〔註 6〕《商周祭祖禮研究》，頁 113。

〔註 7〕《初步研究》，頁 171、280。

〔註 8〕《殷墟花東 H3 卜辭主人「子」研究》，頁 203。

〔註 9〕原釋文「子」後有「惠自丙」，此從《初步研究》將該辭分出另爲一辭，見頁 170～171。

《花東》113 卜問「子興有疾」，《花東》3 的「𤕫」字從姚萱釋爲「瘥」，即「痊癒」之義，[註10] 爲二人身染疾病之證。而「子馘」、「子興」同見於《花東》181、409 中，《花東》409 同日卜問爲「子馘」、「子興」行祭之事，「丙日」有：

　　丙卜：其钔（禦）子馘〔于〕匕（妣）庚。　一

　　丙卜：其钔（禦）子馘于子癸。　一

　　丙卜：叀（惠）羊又鬯钔（禦）子馘于子癸。　一

　　丙卜：叀（惠）牛又鬯钔（禦）子馘于子癸。　一

　　丙卜：其钔（禦）子馘于匕（妣）丁牛。　一二

　　丙卜：其钔（禦）子馘于匕（妣）丁牛。　三

　　丙卜：弜钔（禦）子馘。　一

　　丙卜：叀（惠）小宰又及妾钔（禦）子馘于匕（妣）丁。　一

　　丙卜：叀（惠）五羊又鬯钔（禦）子馘于子癸。　二四

　　丙卜：叀（惠）子興生（往）于匕（妣）丁。　二

　　丙卜：叀（惠）子興生（往）于匕（妣）丁。　一

「己日」有：

　　己卜：至钔（禦）子馘妣匕（妣）庚。　一

　　己卜：叀（惠）三牛钔（禦）子馘匕（妣）庚。　一

　　己卜：又鬯又五帚（置）钔（禦）子馘匕（妣）庚。　一

　　己卜：叀（惠）及臣又妾钔（禦）子馘匕（妣）庚。　一

　　己卜：叀（惠）〔丁〕乍（作）子興，尋丁。　一

　　己卜：叀（惠）子興生（往）匕（妣）庚。　二

《花東》181 先後卜問「子馘」、「子興」祭祀之事，分別於「辛日」、「壬日」：

　　辛卜：其钔（禦）子馘于匕（妣）庚。　一

　　叀（惠）及钔（禦）子馘匕（妣）庚。　一

[註10] 從《初步研究》所釋，見頁 211。何景成釋爲「索」，解釋爲「索求（福宜）」，見〈釋《花東》卜辭中的「索」〉，《中國歷史文物》2008.1，頁 77～78。

　　　辛卜：其钔（禦）子馘于匕（妣）己眔匕（妣）丁。　一

　　　壬卜：叀（惠）子興生（往）于子癸。　一二

經過比較可以發現，祭祀的對象都是「妣庚」、「妣丁」、「子癸」，但爲「子馘」
準備的祭牲都比「子興」豐富，即便將《花東》409、181 的以下幾辭也看作是
爲「子興」禦祭，結論仍然相同：

　　　丙卜：吉，改于匕（妣）丁。　一

　　　丙卜：叀（惠）羊于匕（妣）丁。　一

　　　歲匕（妣）丁豕。　一　　《花東》409

　　　歲子癸小宰。　一

　　　歲子癸小宰。　二

　　　叀（惠）豕于子癸。　二　　《花東》181

值得注意的是對「子馘」都是「禦」，對「子興」都是「往」，《花東》181 還有
「己卜：惠多臣禦往于妣庚」，此「多臣」很可能就是指「子興」、「子馘」二人。
〔註11〕而此二人都見於舊有卜辭中，他們可能與子的關係較爲密切。

（三）關於「子興」、「子馘」辭例中「往」與「𡊄」的解釋

1. 往

有關「子興」的祭祀內容較爲複雜，除上舉《花東》181、409 之外，還有：

　　　丁未卜：其钔（禦）自且（祖）甲、且（祖）乙至匕（妣）庚，曹二牢，
　　　麥（來）自皮鼎酓（酒）興。用。　一二三　　《花東》149

　　　戊卜：六（今）其酓（酒）子興匕（妣）庚，告于丁。用。

　　　戊卜：散（待），弜酓（酒）子興匕（妣）庚。　一　　《花東》28

　　　己卜：其酓（酒）子興匕（妣）庚。　一　　《花東》39

　　　己卜：其酓（酒）钔（禦）匕（妣）庚。

　　　己卜：叀（惠）丁〔乍（作）〕子興，尋丁。　一

　　　己卜：叀（惠）子興生（往）匕（妣）庚。　一

〔註11〕關於花東卜辭的「多臣」，可參本文第四章第一節「多臣」處。

己卜：于官攺。 一

己卜：叀（惠）多臣刔（禦）生（往）匕（妣）庚。 《花東》53

韓江蘇認為《花東》149 的「興」是祭名，又認為在這些卜辭中（包括前舉《花東》181、409），「子興」參與子主持的祭祀，[註12] 魏慈德也認為「子興往某祖妣」是指「助祭」，[註13] 關於「酒子興」的討論已見前述，比照其他版「酒興」之例，本文仍視之為生人名。關於「往」，林澐認為「惠子興往」是「往子興」的賓語提前形式，「子興」是被禳者，[註14] 本文同意此說，認為「往」可能是祭祀動詞，也可能是「禦往」之省。然而，學者對花東卜辭中「往」字之解釋有不同的理解，茲進一步討論。

花東卜辭中有「往禦……」、「往……禦」的辭例，也有「……禦往」的辭例，魏慈德對此曾有相關討論，認為《花東》中有一類「往禦」卜辭，即《花東》247 之類有地名者，有時「禦往」的對象是人名，為省略地名的狀況。[註15] 比對花東卜辭中與祭祀有關的「禦」、「往」同見一辭之例，會發現「往」字確如魏先生所言有解釋為「前往」之義者，相關辭例主語都是「子」，如：

己丑：歲匕（妣）庚一牝，子生（往）㵼刔（禦）〔興〕。一二三《花東》255

☐生（往）㵼刔（禦）。 一

己丑：歲匕（妣）庚牝一，子生（往）㵼刔（禦）。 四 《花東》55

己丑：歲匕（妣）庚牝一，子生（往）于㵼刔（禦）。 一 《花東》352

己丑：歲匕（妣）庚牝一，子生（往）㵼刔（禦）。 《花東》247

己卜：戠（待），弜生（往）刔（禦）匕（妣）庚。 一

己卜：其生（往）刔（禦）匕（妣）庚。 二 《花東》236

至於「禦往」的辭例，朱歧祥有較詳細的討論，如《花東》209：「庚申卜：歲

〔註12〕 《殷墟花東 H3 卜辭主人「子」研究》，頁 202。

〔註13〕 《殷墟花園莊東地甲骨卜辭研究》，頁 80。

〔註14〕 〈花東子卜辭所見人物研究〉，《古文字與古代史》第 1 輯，頁 17。

〔註15〕 〈殷墟花園莊東地甲骨卜辭的地名及詞語研究〉，《中國歷史文物》2005.6，頁 12。

匕（妣）庚牝一，子尻钔（禦）坐（往）。」朱歧祥在此辭的考釋中曰：

> 钔即禦，禦字後一般接祭祀的祖妣名，亦有接求降福的人名，偶有
> 接求佑的事物或祭牲。總括而言，禦字後都是承接名詞。钔字在複
> 合動詞中只見於後動詞，如：祀钔（集 30759）、酚钔（集 32330）、
> 用钔（集 22515）、鬯钔（屯 250）而往字在複合動詞中卻都位於前
> 動詞的位置，如：往逐、往狩、往觀、往伐、往陷、往追、往來、
> 往田、往出、往省等大量文例，均無例外。因此，本辭把「钔往」
> 理解爲連用的複合動詞抑或是兩名詞平衡的用法，都是絕無僅有
> 的。是以本辭後句的讀法可理解爲「子尻钔，往？」「子尻钔」即
> 「钔子尻」的移位，言禦祭求佑去除花東子的臀疾。「往」獨立爲
> 一分句，乃全辭貞問的所在，卜問子能出行與否。〔註16〕

即將「禦往」之「往」解釋爲「前往」。然而，花東卜辭關於「往」的辭例中卻
有這樣的例子：

> 丑卜：才（在）丝（茲）坐（往）崖钔（禦）癸子，弜于狀。用。 ─
> 《花東》427

此辭主語應該是子，而「在……于」的對舉，黃天樹先生曾指出：

> 介詞「在」和「于」對舉，表示地點遠近關係，在卜辭中，如果對
> 貞的兩條卜辭所用「介詞」不同的話，一般是所卜地點較近的名詞
> 前面加「在」，較遠的名詞前面加「于」。〔註17〕

舉《花東》195「在狀葬韋」，「于襄葬韋」對貞，以及《花東》267 己亥「于狀」
與庚子「在狀」的前後卜問爲例說明。馮洪飛又指出《花東》427「在茲」與
「弜于狀」也是此種遠近的對比。〔註18〕此辭若是「從茲往崖」或「自茲往崖」，
則「往」可解釋爲「前往」，「崖」爲地名，但此辭爲「在茲往崖」，可知「崖」

〔註16〕 《校釋》，頁 996。關於「禦往」、「往禦」的相關辭例與「往」的字義，羅慧君有
　　　　進一步申論，見〈甲骨文「往」字構形及其句例探論〉，《東海中文學報》第 21 期
　　　　（2009）。

〔註17〕 《《殷墟花園莊東地甲骨》中所見虛詞的搭配和對舉〉，《黃天樹古文字論集》，頁
　　　　406～407。

〔註18〕 《殷墟花園莊東地甲骨虛詞初步研究》，頁 44。

並非地名，而是人名，子爲他向子癸行祭，因此本文認爲此辭也可解釋爲卜問在此地爲某行往祭並爲他向子癸行禦祭，不要去（較遠的）狀地（作此事）。若此辭之「往」爲祭祀動詞，則比對《花東》214：

　　癸酉：歲癸子扎，某目卲（禦）。　一

　　其某卲（禦）生（往）。　一　《花東》214

很可能《花東》427 的「往某禦」與《花東》214「某禦往」的意思相同，「往某禦」也可以「某禦往」表達，「往」、「禦」是兩個相關而不同的祭祀動詞。如此再看其他「禦往」的辭例，有「某人＋禦往」或「某人之疾患部位＋禦往」，甚至是「狩（田獵之事）＋禦往」，如：[註19]

　　己卜：叀（惠）多臣卲（禦）生（往）七（妣）庚。　《花東》53

　　己卜：叀（惠）多臣卲（禦）生（往）于七（妣）庚。　一《花東》181

　　戊卜：叀（惠）奠卲（禦）生（往）七（妣）己。　一

　　〔戊〕卜：叀（惠）奠卲（禦）生（往）七（妣）己。　二《花東》162

　　乙亥夕：酌（酒）伐一〔于〕且（祖）乙，卯五牜，五牜，叔一鬯，子口（肩）卲（禦）生（往）。　一二三四〔五〕六　《花東》243

　　乙亥：歲且（祖）乙牢，叔鬯一，〔隹（唯）〕獸（狩）卲（禦）生（往）。　一　《花東》302+344【林宏明綴】

這些「禦」、「往」或許也可解釋爲兩個祭祀動詞。因此本文認爲「惠子興往」的「往」可視爲祭祀動詞，也可以視爲「惠子興禦往」之省。

　　本文關於「禦往」的討論主要基於《花東》427 該辭的詮釋，主張「往」爲「前往」之義者也可於「在茲」後斷句，將此辭解釋爲「在此處前往祭祀子癸之場所爲某向子癸行禦祭，不要在狀地前往祭祀子癸之場所爲某向子癸行禦祭」。可見切入角度不同，對卜辭的詮釋也有所不同，本文僅在此提供另一思考方向。

　　2. 羣

　　子對「子羣」所行之祭皆爲禦祭，除前舉《花東》3、181、409 之外還有：

〔註19〕本文認爲「子尻」爲人名，「子肩」非人名（相關討論見下文）。

于母🔣〔註20〕🔣子䴇🔣。　　一二

子䴇🔣，其🔣七（妣）己眾七（妣）丁。

其🔣（禦）子䴇七（妣）己眾七（妣）丁。　　《花東》273

「🔣」字不識，朱歧祥認爲是「墜日」二字，〔註21〕從同版爲子䴇行禦祭來看，此字應與疾病有關。此版有一新見字「🔣」，亦見於《花東》39 有「庚卜：弜🔣，子耳鳴，亡小艱」。《花東・釋文》中曰：

> 🔣，本作🔣，新見字。從🔣，從方向相反的二止。著錄中有🔣（叟），如《屯南》2161「己巳卜：叟雨？」叟作祭名。疑🔣爲叟之繁體。🔣字又見於本書 273（H3：801），第 2 辭，「子而□其🔣七（妣）己眾七（妣）丁」從該辭及本片 21 辭看，用爲祭名。〔註22〕

姚萱則認爲「『🔣』是一個動詞，意義與『禦』」，〔註23〕最近劉桓將此字解釋爲「從🔣而讀與韋同，正爲持火把而圍之意」，〔註24〕對照兩版內容，本文認爲姚說較合理，以下試對此字釋讀作初步的推測。

甲骨文的🔣字學者或釋爲「叟」，用爲人、地名，一般將之視爲後代「搜」的本字，又假借爲老叟之「叟」。而所從🔣（暫隸爲「叟」）字用爲祭祀動詞。〔註25〕早期王獻唐曾對諸從「叟」字有詳細的研究，認爲「叟」即「燭」，古「叟」與「蜀」通，並指出甲骨文🔣又作🔣，🔣、🔣皆「燭」，即小篆之「🔣」，又從聲音關係疏通諸從「叟」字。〔註26〕「叟」字象手執火炬形，陳劍指甲骨文出該字的異體還有以下寫法，如：🔣、🔣、🔣、🔣等，「史牆盤」有「🔣」字，附加聲符「召」，所從🔣可能與「召」、「昭」、「照」讀音相近，還有人名「🔣」也像是在「娵」字加聲符「召」，也提到王獻唐將🔣、🔣右半釋爲小篆之「🔣」，

〔註20〕此字《花東・釋文》中認爲此字爲「由」字異構（頁 1672），朱歧祥認爲是「昌」，「女（母）昌」爲人名（《校釋》，頁 1010），姚萱存疑（《初步研究》，頁 312）。

〔註21〕《校釋》，頁 1011。

〔註22〕《釋文》，頁 1577。

〔註23〕《初步研究》，頁 244。

〔註24〕劉桓，〈卜辭所見商王田獵的過程、禮俗及方法〉，《考古學報》2009.3，頁 343。

〔註25〕詳見《詁林》，頁 3365～3366、3363。

〔註26〕《古文字中所見之火燭》（山東：齊魯書社，1979），頁 13～17、19～22。

認為「叟」與「召」、「昭」、「照」古音正好相近。〔註27〕若甲骨文中的「夋」為「搜」之本字，〔註28〕則「夋」字的上古音為「幽」部，與「召（定宵）」、「昭（章宵）」、「照（章宵）」較近，與「燭（章屋）」字較遠，「叟」字的聲音似以陳說較為合理。

關於「夋」字，詹鄞鑫也認為是「搜」字，並舉《周禮・夏官・方相氏》中的「執戈揚盾」、「以索室毆疫」說明「搜」字在上古有「舉兵器搜索看不見的鬼魅」的意義，〔註29〕《周禮・夏官・方相氏》該段文字為：「方相氏掌蒙熊皮，黃金四目，玄衣朱裳，執戈揚盾，帥百隸而時難，以索室毆疫。」注曰：「索，廋也。」孫詒讓曰：

> 云「索，廋也」者，《說文・宀部》云：「索，入家搜也。」此索即索之叚字。《方言》郭注云：「廋，索也。」案：廋即搜字。《漢書・趙廣漢傳》「廋索私屠酤」，顏注云：「廋讀與搜同，謂入室求之也。」
> 〔註30〕

「索室毆疫」即「搜室毆疫」，當是攘除疫癘之鬼的儀式。詹先生將 🔲 與 🔲、🔲 視為同字一併討論，唐蘭已將三字視為一字，姚孝遂則不視 🔲、🔲 同字。〔註31〕從相關的辭例來看，🔲、🔲 應為與「羌」地位類似的國族名（詳本文第六章第三節「🔲」處），而 🔲 與 🔲、🔲 的辭例內容無關，應非同字，且目前所見甲骨文的「夋」字並無「搜」義，詹說很難成立。但此說仍有啟發性，《花東》273 出現了一個從「夋」的「🔲」字，用法上又與「禦」字相近，很

〔註27〕《殷墟卜辭的分期分類對甲骨文字考釋的重要性》，收於《甲骨金文考釋論集》，頁 398。

〔註28〕目前學者多如此認為，不過甲骨文「夋」字用例未見「搜」之義，且字形仍有詮釋空間，「夋」是否為「搜」仍待考證。卜辭中 🔲、🔲 一字，🔲 象手在皿中探水之深淺，倒寫之 🔲 則為「深（深）」，裘錫圭曾釋「🔲」、「🔲」為「深」，見《中國大百科全書・中國文學I》（北京：中國大百科全書出版社，1986）「甲骨卜辭」條，相關討論詳見蔡哲茂，〈釋「🔲」「🔲」〉，《故宮學術季刊》5.3（1988）。蔡師哲茂認為 🔲 字造字原則也可能與此字相同，為 🔲 之倒寫，則此字本義未必象屋中舉火搜索，也可能是將火炬熄滅之象。

〔註29〕〈釋甲骨文「叟」字〉，《華夏考——詹鄞鑫文字訓詁論集》，頁 274。

〔註30〕《周禮正義》，頁 2493～2495。

〔註31〕《詁林》，頁 2011、3366。

可能「羣」字才讀作「搜」之類的字音。而「搜」、「埽」可通，《說文·手部》「搜」字，朱駿聲認為「搜，叚借為埽」，《禮記·郊特牲》「帝牛必在滌三月」，鄭玄注曰：「滌，牢中所搜除處也。」孔穎達疏曰：「搜，謂搜埽清除。」陸德明《釋文》曰：「搜，本又作廋。」〔註32〕又《廣雅·釋詁》：「埽，除也。」知「埽」可訓為「除」。〔註33〕

綜上所述，「羣」字從「戔」，或可讀為「搜」或「埽」，有「除」的意思，從辭例來看，「羣」也是一種與禜祭性質相近的攘祓儀式，可能就是與方相氏「索室毆疫」類似的驅逐疫鬼的活動，鬼為致病之原的觀念也見於先秦文獻，如《左傳·昭公元年》：

> 晉侯求醫於秦，秦伯使醫和視之，曰：「疾不可為也，是謂近女，室疾如蠱。非鬼非食，惑以喪志。〔註34〕

而此字形在 🧍 的上下加了二「止」，或許就是標示「遍搜」的意思。當然，在「🧍」、「🧍」等字的音、義尚無定論的情況下，此說僅為推測，仍待考證。

（四）「尋丁」卜辭

前文第二章第一節提到有學者認為《花東》53「己卜：惠丁〔作〕子興，尋丁」（同文例見《花東》409），「尋丁」是對死去的丁行「尋」祭。此辭斷句有兩類。一為「惠丁作，子興尋丁」，二為「惠丁作子興，尋丁」，而由於「尋」字的解釋至今無定論，對此二辭的解釋也產生多種不同意見，此只能作初步的推論。

魏慈德、韓江蘇是第一類斷句。魏慈德從許進雄將「尋」釋為「重」，認為「惠丁作」是「作丁宮」之類的事，將「子興尋丁」解釋為「子興也在丁這一天乍（某事）」。〔註35〕韓江蘇從嚴一萍將「尋」釋為「揖」，認為「（活著的）丁動身前往（「子」的處所），（「子」命令）子興前去迎接武丁的到來」。〔註36〕姚萱為第二種斷句，認為「辭意當是丁作子興『口』、作子興『齒』等

〔註32〕《故訓匯纂》，頁913。

〔註33〕《廣雅疏證》，頁98。

〔註34〕楊伯峻，《春秋左傳注（修訂本）》（北京：中華書局，2006），頁1221。

〔註35〕《殷墟花園莊東地甲骨卜辭研究》，頁80。

〔註36〕《殷墟花東H3卜辭主人「子」研究》，頁203。

不好之事，遂卜是否『尋丁』。」〔註 37〕本文從第二種斷句，並提出另一種詮釋。

關於甲骨文「尋」字的解釋目前仍無定論，唐蘭最早將此字釋爲「尋」，而此字的字義學者或解釋爲「祭名」，或認爲與「迎」字相近或相同，〔註 38〕就字形而言，釋「尋」較爲合理，但有些辭例仍不易通讀，其中有些「尋」字在字義上與解釋爲「迎」的「逆」字有關，如：

壬戌貞：王逆🔣吕（以）羌。　　《合》32035+32037+32039+34129【許進雄綴】〔註 39〕

王于南門逆羌。　　《合》32036

辛丑卜，貞：🔣吕（以）羌，王尋于南門。　　《合》261

辛酉貞：王尋🔣吕（以）羌南門。　　《懷》1571

此類比對學者多已指出。〔註 40〕《花東》53、409「己卜：惠丁〔作〕子興，尋丁」，同版同日有「己卜：惠子興往妣庚」的卜問，而《花東》28 有：

戊卜：六（今）其酓（酒）子興匕（妣）庚，告于丁。用。

戊卜：戠（待），弜酓（酒）子興匕（妣）庚。　　一

戊卜：子其告于☒。　　一　　《花東》28

此版可以解釋爲子在戊日將「爲子興向妣庚行祭」之事向武丁報告的卜問，很可能「丁作子興」是表示丁準備來子處對子興作某事，而「尋丁」的主語是子，表示子「迎接」丁的到來，則此「丁」爲活著的武丁。此僅爲推測，「尋」字的考釋仍無定論，有待進一步研究。

〔註 37〕《初步研究》，頁 247。

〔註 38〕可參《詁林》，頁 970〜974；李孝定，《甲骨文字集釋》（台北：中央研究院歷史語言研究所，2004），頁 1031〜1038。

〔註 39〕許進雄，〈甲骨綴合新例〉，《中國文字》新 1 期（1980）。

〔註 40〕如：嚴一萍，〈釋揖〉，《中國文字》新 10 期（1985）；林小安，〈武乙文丁卜辭補證〉，《古文字研究》第 13 輯；蔡哲茂，〈商代的凱旋儀式——迎俘告廟的典禮〉，荊志淳、唐際根、高嶋謙一編，《多維視域——商王朝與中國早期文明研究》（北京：社會科學出版社，2009）。

二、子尻（尻）〔附：子眾、子⿰⺼〕

（一）舊有卜辭與花東卜辭中的「尻」

1. 舊有卜辭的「尻」

「尻」字本義基本上有「臀」、「髖」等說法，〔註41〕但舊有卜辭中似無可確證用為本義之例，本文認為花東卜辭的「尻」為人名，也非作本義使用，故暫不討論此字本義。舊有卜辭中的「尻」有作地名、人名的用法，如：

（1）貞：今般取于尻。王用若。　《合》376 正

（2）庚戌卜，亙貞：王乎（呼）取我夾，才（在）尻昌，若于⿱爫乃。〔王〕

固（占）曰：〔吉〕，若。

庚戌卜，亙貞：王乎（呼）取我夾，〔才（在）〕尻昌，不若〔于〕

⿱爫乃。　《合》7075 正

（3）丙戌卜，亙貞：子尻其㞢（有）〔疾〕。

子尻亡〔疾〕。　《合》3183 正甲、3183 正乙

（4）尻亡疾。一月。　《合》13749

（5）□寅卜，㞷貞：尻其㞢（有）疾。

貞：尻亡疾。　《醉古集》248（《合》13750 正＋《乙補》617）

（6）☑子尻〔不〕☑。　《乙》5633

張秉權認為（1）的尻是地名，（3）、（5）、（6）的尻是人名，又提到甲骨文「疾」字的受詞往往是人身體的一部分器官之名，〔註42〕李宗焜贊同張秉權之說，並指出陳漢平、姚孝遂、溫少峰認為（5）的尻為臀疾是錯誤的，總結曰：

> 卜辭的「疾患部位」照例都在「疾」字之後，如疾目、疾自等。此
> 處的「尻其有疾」、「尻亡疾」顯然與習見的文例不合。其他卜辭在
> 「其有疾」、「亡疾」之語前面出現的，都是人名。〔註43〕

〔註41〕《詁林》，頁 65～66。

〔註42〕《殷墟文字丙編》（台北：中央研究院歷史語言研究所，1959）上輯（二），頁
132。

〔註43〕〈從甲骨文看商代的疾病與醫療〉，《中央研究院歷史語言研究所集刊》72.2
（2001），頁 362～363。

李先生從文例說明「尻」非疾患部位，較爲合理。而朱歧祥並不認爲尻是人名，又舉《合》21803「癸卯子卜：至宰用豕尻」，認爲尻是臀部，不過蔡師哲茂已指出同版尚有「壬寅卜：用豕至小宰龍母」，《綴續》408 有：

　　戊辰卜，徉貞：酚盧豕至豕龍母。

　　戊辰卜，徉貞：酚小宰至豕司癸。　　《綴續》408〔註44〕

與之參照，可知「尻」應爲祭祀對象。〔註45〕此外，《合》21805 有「尻司」，「司」或釋爲「后」，本文從裘錫圭釋爲「司」，〔註46〕朱鳳瀚認爲「尻」字「應是二后所出之族氏」。〔註47〕常耀華的說法也值得參考，他認爲卜辭中有「尻人歸」（《合》21650）、「尻司」（《合》21805），「尻」應爲族氏名，「尻人」指「子尻的人」。〔註48〕其中《合》21805 的「尻司」也是祭祀對象，如：

　　庚子，子卜：叀（惠）小宰钾（禦）龍母。

　　庚子，子卜：叀（惠）小宰尻司。

　　辛丑，子卜貞：用小宰钾（禦）龍母。

　　辛丑，子卜貞：用小宰尻司。

　　辛酉卜：翌豕用至尻司小宰。　　《合》21805

《合》21803「尻」同版也有「龍母」，可能「尻」爲「尻司」之省。前舉「取于尻」、「在尻冒」的「尻」爲地名，「尻歸」，「尻司」的「尻」作人、族名，並非用「尻」之本義，反觀其他與疾病有關的辭例並不能確定「尻」用作「人體部位」之類意義，還是將之視爲人名較爲合理。

〔註44〕合 21653+乙補 4838【張秉權綴】＋合 21804+乙 5725【張秉權綴】（魏慈德將此二版綴合）＋乙 5203【蔡哲茂加綴】。

〔註45〕〈甲骨文釋讀析誤〉，國立花蓮師範學院語教系編，《第十三屆全國暨海峽兩岸中國文字學學術研討會論文集》（台北：萬卷樓，2002），頁 165～166。《合》21804與《乙》5725 可綴合，爲張秉權先生所綴，魏慈德先生又將張先生綴合的《合》21653+《乙補》4838 與《合》21804+《乙》5725 綴合，蔡師哲茂再加綴《乙》5203。見《綴續》408。

〔註46〕相關討論見本文第六章第二節「𠬪」處。

〔註47〕〈論卜辭與商金文中的「后」〉，《古文字研究》第 19 輯，頁 426。

〔註48〕《子組卜辭人物研究》，收於《殷墟甲骨非王卜辭研究》，頁 19、76～77。

2. 花東卜辭中的「尻」

花東卜辭中也有「子尻」、「尻」，《花東・釋文》中引用李宗焜的說法認爲「子尻」是人名，並於《花東》209 考釋中曰：

在 150（H3：479）及 336（H3：1039）亦發現「子尻」。150 第 3 辭爲「甲寅卜：乙卯子其學商，丁永？用。子尻。」336「丙辰：歲妣己死一，告子尻？」這兩條卜辭的尻若理解爲臀部則覺不辭，若認爲「子尻」是人名則文通義順。所以，我們認爲 209 片的子尻釋人名爲妥。〔註49〕

然而，花東卜辭中不少提到「子尻」的辭例皆未見於舊有卜辭，似有進一步討論的空間，朱歧祥也因此有進一步的論述，認爲子尻仍應指子的臀疾。「子尻（尻）」見於《花東》150、209、336、380、487，相關辭語有：「子尻。用」、「用。子尻」、「子尻禦往」、「告子尻」、「告尻」、「禦子尻」，與「禦祭」有關，也與舊有卜辭直接卜問「尻其有疾」、「尻亡疾」不同，相關辭例如下：

庚戌卜：子于辛亥狡。子曰（占）曰：舠卜。子尻。用。 一二三 《花東》380

甲寅卜：乙卯子其學商，丁侃。子曰（占）曰：其又（有）置艱（艱）。用。子尻。 一二三四五

丙辰卜：于妣（妣）己钔（禦）子尻。用。 一二

丙辰：歲妣（妣）己死一，告尻。 一

丙辰：歲妣（妣）己死一，告子尻。 二三四 《花東》336

庚申卜：歲妣（妣）庚牝一，子尻钔（禦）生（往）。 一二三四五六 《花東》209

甲寅卜：乙卯子其學商，丁侃。用。子尻。 一

甲寅卜：丁侃于子學商。用。 一

丙辰卜：延（延）奏商。用。 一 《花東》150

〔註49〕《花東・釋文》，頁 1643。相關論點最早發表於劉一曼、曹定雲，〈殷墟花園莊東地甲骨選釋與初步研究〉，《考古學報》1999.3。劉一曼，〈殷墟花園莊東地甲坑的發現及主要收獲〉，《甲骨文發現一百周年學術研討會論文集》。

甲寅卜：乙卯子其學商，丁侃。用。　一

甲寅卜：乙卯子其學商，丁侃。子□（占）曰：又（有）求（咎）。用。子尻。　二三　《花東》487

首先，朱歧祥在《花東》209 的考釋中重申過去對《合》21803「癸卯子卜：至宰用豕尻」的解釋，曰：

〔原釋文〕：「子尻，人名。……印、往，在此片爲祭名。」恐可商。（集 21803）有「癸卯子卜：至宰，用豕尻？」尻字可用臀部的本義來理解。〔註 50〕

而朱先生再次認定「子尻」指子的臀疾，主要是依據《花東》395+548【方稚松綴】、149、214、243、38、319、163 中的內容，即：

壬申卜：祼于母戊，告子齒〔疾〕。〔用〕。　《花東》395+548【方稚松綴】

辛亥卜：子告有（有）口疾匕（妣）庚，亡冊。　一二　《花東》149

癸酉：歲癸子牝，𡴂目印（禦）。　一

其𡴂印（禦）生（往）。　一　《花東》214

乙亥夕：酌（酒）伐一〔于〕且（祖）乙，卯五牡，五牡，衩一鬯，子口（肩）印（禦）生（往）。　一二三四〔五〕六　《花東》243

乙卜：其印（禦）〔子疾〕口（肩）匕（妣）庚，冊三十□。　一

壬卜：其印（禦）子〔疾〕口（肩）匕（妣）庚，冊三豕。

壬卜：其印（禦）子疾口（肩）匕（妣）庚，冊三豕。　一《花東》38

乙丑：歲且（祖）乙黑牡一，子祝，口（肩）印（禦）𡴂。才（在）□。　一

乙丑：歲且（祖）乙黑牡一，子祝，口（肩）印（禦）𡴂。才（在）□。　一二　《花東》319

庚午卜，才（在）□：印（禦）子齒于匕（妣）庚，〔冊〕牢，勿（物）牝，白豕。用。　一二　《花東》163

〔註 50〕《校釋》，頁 996。

並在《花東》209、243、163、211 的考釋中曰：

> 比較花東甲骨告字句的用例，336 版有「告子尻？」，相對於 395 版的
> 「告子齒疾？」、149 版「告子又口疾妣庚？」，尻字的用法與齒、口
> 性質相當，作為子的患疾部位。……214 版有「叙目卻」，意即攘除叙
> 的目疾，亦應是「卻叙目」的倒文，用法與本辭全同。（《花東》209）
>
> 子骨，〔原釋文〕認為是人名，可疑。對比 <u>38 版的「壬卜：其卻子
> 疾骨妣庚，曹三豕？」，是禦祭求去除子的疾骨於先人妣庚；319 版
> 的「乙丑：歲祖乙黑牡一，子祝，骨卻崔？」，是禦祭求去除崔此
> 人的骨疾。</u>所以，本辭「卻往」是求祭除子的疾骨。……換言之，
> 209 版的「庚申卜，歲妣庚牝一，子尻卻往？」、336 版的「丙辰卜，
> 于妣己卻子尻？」的「子尻」恐非人名，應指子的患疾部位。（《花
> 東》243）
>
> 「卻子齒」，即祭祀攘除花東子的齒疾。相對的，「卻子尻」（336）
> 的「子尻」，亦應針對子的疾患部位，而不應理解為人名。（《花東》
> 163）
>
> 花東的告字句，有接：……（5）禱告的內容，如 26 版的「告夢」、
> 149 版的「告又口疾妣庚」、293 版的「子其告舞」、314 版的「告夢」、
> 336 版的「告子尻」「告尻」、395 版的「福于母戊，告子齒疾」是。
> （《花東》211）〔註51〕

基本上可以很清楚的看到朱先生希望以其他「禦」、「告」字句與「禦子尻」、
「告子尻」對照，以說明「尻」與「齒」、「口」、「目」、「肩〔註52〕」一樣。這

〔註51〕《校釋》，頁 996、1003、987、996～997。

〔註52〕此字學者或釋為「骨」，吳匡先生曾釋為「肩」，未刊，蔡師哲茂的〈殷卜辭「伊
尹龜示考」——兼論它示〉最早引用吳說，見《中央研究院歷史語言研究所集刊》
58.4（1987），頁 771。魏慈德也於〈說甲文骨字及與骨有關的幾個字〉中引用吳
說，見中國文字學會、台灣師範大學中國文學系，《第九屆中國文字學全國學術研
討會論文集》（台北：台灣師範大學中國文學系，1998），頁 89。徐寶貴亦有同樣
的意見，裘錫圭先生曾於〈說「□凡有疾」〉一文中引用，見《故宮博物院院刊》
2000.1，頁 6。徐先生之說見《石鼓文整理研究》（北京：中華書局，2008），頁 833
～834。

裏要先簡單談一下「子肩」是否爲人物的問題。

「子肩」見於上引《花東》243 及《花東》467「子囗（肩）未（妹）其 (癒)」，原釋文在《花東》243 考釋中曰：

　　 ，隸爲骨。字在卜辭中有幾種用法：……　3.用作人名。如《乙》3213「戊戌卜，𢀲貞：𤑅𢀲亡禍，骨告」。《合集》23805「丁巳卜，㸚貞：骨其入？王曰：入。允入。」本片的子骨爲人名，御、往爲祭名。這條卜辭示卜問爲攘除子骨的災殃而祭祖乙，……。〔註53〕

韓江蘇認爲比照其他「人名＋禦往」的例子，則《花東》243「子骨禦往」，的「子骨」也是人名，《花東》319「骨禦 」，是「骨」爲「 」行禦祭《花東》467 是卜問「子骨」在「□未」日有無災禍。〔註54〕

　　本文認爲朱先生所舉《花東》38「御子疾肩」認爲《花東》243「子肩禦往」的「子肩」不是人名的看法合理，「肩禦 」即「禦 肩」也可從，但本文認爲並不能因此就認爲「子尻」也非人名，關鍵在於前引張秉權、李宗焜提到關於「疾」的用法，正因爲有「疾肩」的「疾＋疾患部位」結構，才能確認「肩」非人名，當然，也因爲有《花東》395+548【方稚松綴】的「告子齒疾」，才不會把《花東》163「禦子齒」的「子齒」當作人名。而「禦」的「原因賓語」本可接「疾患部位」或「人名」，「告」字句亦然，〔註55〕僅從「禦」、「告」字句無法判斷其原因賓語指什麼。另外，花東卜辭中雖有「某人＋禦往」之例，如「多臣」（《花東》53、181）、「奠」（《花東》162）、「 」（《花東》214），卻也有爲田獵之事「狩」而「禦往」（《花東》302+344）的例子。這說明出現在「禦」字句的原因賓語確有多樣性。因此本文認爲，「禦」字句的原因賓語多爲人名，不代表「子肩」一定是人名，而不論花東卜辭中「告」、「禦」的原因賓語是什麼，也都與「告」、「禦」字句中的「子尻」無關，能找到「子疾尻」或「子有尻疾」之類辭例，方能確證「子尻」非人名。故對「子肩」、「肩」本文皆不視爲人名，對「子尻」本文仍從舊說視爲人名。

〔註53〕　《花東・釋文》，頁 1685。

〔註54〕　《殷墟花東 H3 卜辭主人「子」研究》，頁 192。

〔註55〕　詳見張玉金，〈論殷代的禦祭〉，《文史》2003.3；〈論殷商時代的祰祭〉，《中國文字》新 30 期。

　　當然，卜辭語法的規律化程度不能與後代的漢語相比，目前所見的辭例也非常有限，因此卜辭不容易有「絕對正確」的解釋，任何有所論據的說法都仍是一套論述或一種詮釋，或許日後會出現「尻」字作爲「疾患部位」的辭例也未可知。

3. 舊有卜辭的尻與花東卜辭的子尻有何差別

　　黃天樹先生認爲《花東》336「禦子尻」、「告尻」與下列卜辭同卜一事：〔註56〕

> 尻亡疾。一月。　　《合》13749
>
> 丙戌卜，亙貞：子尻其ㄓ（有）〔疾〕。
>
> 子尻亡〔疾〕。　　《合》3183 正甲、乙
>
> □寅卜，㱿貞：尻其ㄓ（有）〔疾〕。
>
> 貞：尻亡疾。　　《合》13750 正

趙鵬也說：

> 子尻在王卜辭中只出現在以上三辭中，分別是𠂤組小字類、賓組一類和典賓類卜辭，卜問他是否會患有疾病。花東子卜辭中卜問爲子尻舉行禦除疾病的祭祀。〔註57〕

《合》3183 反甲有「周入」，表示此版龜甲是「周」所貢納，花東卜辭也有「周」貢納的甲骨（相關討論詳見本文第五章第一節「周」處），以下試作一推論。若《合》3183 此版不是放置很久才拿來使用，則周貢納龜的版時間與子尻有疾之事約同時，若周向商王貢納龜版與向子貢納時間相近，則代表花東卜辭受到禦祭的子尻很可能與王卜辭中有疾的子尻是同一人、同一事。比較王卜辭與花東卜辭所見子尻的身分，會發現商王對他表示關心並爲他卜問疾病，而子卻親自爲他行禦祭，很可能子尻爲子的近親、私臣之類，生活在花東子家族中。

（二）與「子尻」有關的特殊句型（附：子眔、子🦴）

1.「用。子尻」

　　花東卜辭中有一種關於「子尻」的特殊句型，即上文提到的《花東》150、

〔註56〕〈簡論「花東子類」卜辭的時代〉，《黃天樹古文字論集》，頁154。

〔註57〕《殷墟甲骨文人名與斷代的初步研究》，頁302。

336、487 的「用。子尻」之例，此三版同卜一事，甲寅日的卜辭差別僅繁簡及占辭內容不同，將相關辭例對照如下：

甲寅卜：丁侃于子學商。<u>用</u>。 一 《花東》150

甲寅卜：乙卯子其學商，丁侃。<u>用</u>。<u>子尻</u>。 一 《花東》150

甲寅卜：乙卯子其學商，丁侃。<u>子</u>🔲（占）曰：又（有）求（咎）。<u>用</u>。<u>子尻</u>。 二三 《花東》487

甲寅卜：乙卯子其學商，丁侃。<u>子</u>🔲（占）曰：其又（有）🔲🔲（艱）。<u>用</u>。<u>子尻</u>。 一二三四五 《花東》336

從以上辭例可看出從「用」字後沒有「子尻」，到有「子尻」，再到有占辭，由簡而繁的狀況。由於《花東》336 丙辰日有「禦子尻」、「告子尻」的卜問，可以推想甲寅日的子尻與此事有關。朱歧祥認為：

> 用辭後的「子尻」，疑即「钔子尻」或「告子尻」之省動詞例，指求子的臀患去疾，此應與命辭的祭祀有關。〔註58〕

而姚萱認為「用。子尻」的「子尻」是驗辭，與以下二版結構類似：〔註59〕

乙卯卜：其钔（禦）大于癸子，曹狀一，又🔲。用。又（有）疾。 一二三 《花東》76

乙卯卜：其钔（禦）大于癸子，曹狀一，又🔲。用。又（有）疾，子🔲（金）。 一二三 《花東》478

「用」後的「子尻」可能是「子尻有疾」或「有疾子尻」之省。卜辭結構中用辭後常有追記之辭，姚萱有如下說明：

> 「驗辭」與記錄實際施用情況的「用辭」都是事後所追記，兩者位置相當，意義相類，如何區分？我們認為，有些追記內容是很難用是否「應驗」來概括的，有不少還是稱作「用辭」比較恰當。從一般的原則來講，大凡追記的事實或情況是占卜主體所不能控制的，例如田獵遇上野獸、擒獲若干，天氣陰、啓或颳風下雨，某人有疾病、死等等，都應該屬於驗辭，是跟貞卜是否應驗有關的；大凡所

〔註58〕 《校釋》，頁 985。

〔註59〕 《初步研究》，頁 75～76。

追記的事實或情況是占卜主體所能控制的、可以主動發出的，如對
某人舉行某種祭祀、外出、呼令某人作某事等等，則多半應化歸用
辭，是記錄跟施用或不用此卜有關的事實或情況的。〔註60〕

本文從姚說。可知前舉《花東》150、336、487 驗辭的「子尻」跟命辭「子學
商」的卜問有關。另外，《花東》380 有：

> 庚戌卜：子于辛亥莤。子㔾（占）曰：舟卜。子尻。用。　一二三　《花
> 東》380

此辭中「莤」爲樂舞，占辭「子占曰：舟卜。子尻」是對命辭的判斷，其中出
現了「子尻」說明命辭「子于辛亥莤」也與「子尻」有關。「子尻」跟「學商」、
「莤」等樂舞活動都有關，可見此人對子的樂舞活動有某種重要性。前文提到
此版：

> 丁丑卜，才（在）㣇（㣇京）：子其𤔲舞戉，若。不用。
> 子弜𤔲舞戉，于之若。用。多万又（有）巛（災），引棘（棘）。　《花
> 東》206

姚萱將「多万有災，引棘」視爲驗辭。子不要舞戉之占被採用，驗辭說出實際
狀況是舞人「多万」有災禍，「多万」應爲「舞戉」之重要成員，也就是「不要
舞戉」之占確實應驗了。透過此內容來理解《花東》380，很可能「子尻」是子
舞「莤」時的重要成員，對該卜兆之判斷便提到「子尻」可能會有問題。而
「庚戌」後第四日「甲寅」又卜問子要「學
商」之事，占辭是「有咎」、「有㞢艱」，
驗辭爲「子尻」，很可能他就是「學商」活
動中的重要成員，也間接說明「子尻」可
能就是指「子尻有疾」之類內容的省略。

2. 子罘

花東卜辭中還有其他類似的句型，如：

> 丙戌卜：子叀（惠）辛𥄕。用。子罘。　二二
> 丙戌卜：子☐𥄕。用。　一二二　《花東》372

〔註60〕《初步研究》，頁 83。

此辭的「用。子罘」有多種理解。《花東・釋文》中認爲此辭「辭意未完」，又有被界劃圈起來的狀況，可能是棄而不用的卜辭。〔註61〕徐寶貴此辭「子惠辛**㭒**」「右側的『用，子罘』在另一條卜兆上，可能是另一條卜辭」。〔註62〕「子惠辛**㭒**」是否與「用子罘」爲二辭，從與之對貞的「丙戌卜：子☐**㭒**。用」也橫跨兩兆來看，似乎未必，且「用」字可能是爲了避開上面的卜兆才刻到「**㭒**」與「用」之間卜兆的兆幹右側。又與其他辭例比較也可說明並非二辭也並非未刻完的卜辭。「子惠辛**㭒**」是卜問子是否在辛日舞**㭒**，與「子于辛亥**夾**」、「乙卯子其學商」辭意類似，而「用。子罘」的結構與「用。子尻」也相同，「子罘」應該也是「子惠辛**㭒**」卜問的驗辭或用辭，結構上並無不合理。不過「子罘」實際意思仍不易理解。孟琳認爲花東卜辭中有「子罘」此人，曾小鵬說是人名或國族名人，皆未作解釋。〔註63〕馮洪飛認爲此「罘」與《花東》475 的「往罘婦好于**𡢁**麥」的「罘」都作「補語」。〔註64〕若對照「用。子尻」，則「子罘」可能也是人名，而卜辭中似有人物「罘」，曹錦炎指出《合》18081 有**圖**，爲「小臣罘」之合文。〔註65〕然而子罘於卜辭中僅此一見，其義只能暫存疑待考。

3. 子 **圖**

除了「子罘」之外，《花東》480 的「子**圖**」也是類似的狀況：

〔註61〕 《花東・釋文》，頁 1707。

〔註62〕 〈殷商文字研究兩篇〉，《出土文獻與古文字研究》第 1 輯，頁 166。

〔註63〕 《《殷墟花園莊東地甲骨》詞滙研究》，頁 6、39；《《殷墟花園莊東地甲骨》詞類研究》，頁 4、41。

〔註64〕 《殷墟花園莊東地甲骨虛詞初步研究》，頁 48。

〔註65〕 曹錦炎，〈甲骨文合文新釋〉，《古文字研究》第 22 輯（北京：中華書局，2000），頁 45。此文又收於《甲骨學 110 年：回顧與展望》。「臣」字本可橫寫，如《合》7239 正「令發求莫臣」，「臣」字即橫寫作「**目**」，裘錫圭釋爲「臣」（〈說殷墟卜辭的「莫」——試論商人處置服屬者的一種方法〉，《中央研究院歷史語言研究所集刊》64.3，頁 679）。卜辭中「臣」字橫寫作「目」並非偶見，蕭良瓊整理學者所指出「臣」字橫寫之例爲：《合》32929、4090、6450，並加上《合》630「雋小臣」一例（〈「臣」、「宰」申議〉，《甲骨文與殷商史》第 3 輯，頁 354、364）。陳劍也指出歷組卜辭的「臣」有作目形者，如《合》32994、33294（《殷墟卜辭的分期分類對甲骨文字考釋的重要性》，收於《甲骨金文考釋論集》，頁 445）。以上所舉《合》7239 正、4090、6450、630 爲賓組卜辭，《合》32929、32994、33294 爲歷組卜辭。

甲戌卜，才（在）🐾：子又（有）令〔𢩁〕丁，告于🐾。用。子🐾。　一

二

甲戌卜：子乎（呼）𩰍奻（勅）帚（婦）好。用。才（在）🐾。　一

《花東》480

上引第一辭《花東·釋文》中行款爲「子又令〔𢩁〕，子🐾丁告于🐾」，朱歧祥將「🐾」解釋爲「又」，認爲「子又丁告于🐾」是「子告丁于🐾」的倒文。〔註66〕韓江蘇認爲「子🐾」「或爲人名，或爲動詞，若理解爲人名更符合其在句中的用法」。〔註67〕姚萱對行款的理解與各家不同，本文從之，而此類行款於花東卜辭中甚多，即《花東·前言》中第六種「右行而下再複列左行」，〔註68〕茲不具引。姚萱將「子🐾」歸於用辭，是對施用此卜的補充說明。指出：

如果是人名，則「子🐾」可能就是子所命令的人。如「🐾」爲動詞，則「子🐾」跟 475.9 記於辭末的用辭「子𡥈（速）」相類，「子🐾」是對施用命辭「子又（有）令〔𢩁〕丁，告于🐾」內容的補充說明。

〔註69〕

「𢩁」是舊有卜辭中常見的祭祀動詞，《合》5648 有「丙戌卜□貞：巫日：𢩁貝于婦。用。若。□月」，可能與獻祭品或貢品有關。上章第一節曾討論到「畀」字在卜辭中也多用於祭祀對象，不過在花東卜辭中「畀」的對象都是武丁，「𢩁」也未必不能用在活人上。此版卜辭李學勤認爲是有關慰勞丁的內容，並對丁有獻禮的活動，或許「𢩁」字也是與慰勞或禮獻有關的意思，上章第二節提到本文將此版的「奻」釋爲「勅」，有「慰勞」之義，子命人物𩰍慰勞婦好，「子🐾」也可能是被命令去「𢩁」武丁之人。子🐾於卜辭中僅此一見，其義只能暫存疑待考。

三、子刉（附：子刉女）

（一）子　刉

〔註66〕《校釋》，頁 1042。

〔註67〕《殷墟花東 H3 卜辭主人「子」研究》，頁 208。

〔註68〕《花東·前言》，頁 23。

〔註69〕《初步研究》，頁 85。

關於「子利」的辭例如下：

己巳：利亡戛（艱）。　一　　《花東》240

庚子卜：子利〔註70〕其〔又（有）〕至戛（艱）。　一　　《花東》416

子征（延）🜚利，若。　一

勿言利。　一

子征（延）🜚言，不若。　一

勿言利。　一　　《花東》285

鼎（貞）：子妻爵且（祖）乙，庚亡戛（艱）。　一

癸酉卜，鼎（貞）：子利爵且（祖）乙，辛亡戛（艱）。　一　　《花東》449

利鼎（貞）。　一　　《花東》22

壬戌卜，才（在）子利：子耳鳴，隹（唯）又（有）祠，亡至戛（艱）。一二　　《花東》450

辛未卜：子生（往）𡏕，子利〔乍（？）〕子□叀覃。　　《花東》370

上引卜辭顯示「子利」受到子的關心，並可祭祀祖乙。《花東》285「子延🜚言，不若」原釋文為「子利🜚言，不若」，姚萱指出原釋文誤「延」為「利」，而摹本不誤，〔註71〕可從。從照片看很明顯為「延」字（右圖），韓江蘇襲原釋文「子利🜚言，不若」之誤，而認為上引第一辭「子延🜚利，若」應對照該辭改讀為「子利延🜚，若」，〔註72〕實「子延🜚利，若」不需改讀，「子延🜚利，若」與「子延🜚言，不若」相對，分別與「勿言利」對貞，「延」即延後或延續之義，「子延🜚言」應為「子延🜚言利」之省，「🜚」、「🜚言」、「言」都是指子要對「利」作的事。

〔註70〕原釋文無，從《初步研究》補，見頁354。

〔註71〕《初步研究》，頁316。

〔註72〕《殷墟花東H3卜辭主人「子」研究》，頁185～186。

　　《花東》450 原釋文「利」前爲「□」，姚萱認爲從拓片看似爲「子」字，韓江蘇的釋文爲「在□，子利」。〔註73〕從拓片與照片看「利」前應爲「子」字，而「在」後無字跡，此從姚說，花東卜辭無「在＋人名」此種前辭，如何解釋只能暫存疑待考。《花東》370「乍」字難辨，究竟卜問何事，也難以得知。

　　「利」也是舊有卜辭中常見的人、地名，韓江蘇已有整理，包括卜問「利亡疾」、「往利」及受到入侵的內容，曰：「王卜辭中，子利受到商王關心，擁有封地，其地曾受到方國入侵（《合集》6775），說明其封地具有重要的戰略地位，能抗擊外族入侵以保護王都安寧。」〔註74〕另外黃天樹先生指出：

　　（25）己巳：利亡艱？　　花 240・8〔花東〕

　　（26）癸丑貞：王令利出田，告于父丁牛一？茲用。　　合 33526
　　　　　〔歷二〕

　　（27）□亥卜，□〔貞：〕子利𠦪？　　合 23539〔賓出類〕

　　（25）（26）的人物「利」是活著的人。（27）是賓出類卜辭。子利在第二期卜辭裏面是被祭的對象，可見那時他已死去。〔註75〕

（二）子利女

「子利女」的辭例如下：

己巳卜，鼎（貞）：子利〔女〕不死。　一

其死。　一　　《花東》275+517【蔣玉斌綴】

「子利」後一字作　　，左邊有殘損，朱歧祥曰：

　　〔原釋文〕作女的字，左邊殘破處上半部隱約見一豎畫，或即妙字。

　　87 版的「丁巳卜：子皿妙，若永？可參」〔註76〕

但從照片看（下圖），「女」字左邊一塊整片遺失，應無任何筆畫殘留。從「女」字與該辭其他字的比例來看，很可能就是「女」字。至於「子利女」的身分，

〔註73〕《初步研究》，頁 361；《殷墟花東 H3 卜辭主人「子」研究》，頁 186。

〔註74〕《殷墟花東 H3 卜辭主人「子」研究》，頁 187。

〔註75〕〈簡論「花東子類」卜辭的時代〉，《黃天樹古文字論集》，頁 152。

〔註76〕《校釋》，頁 1011。

林澐先生認爲是子利的直系親屬，〔註77〕趙鵬則認爲此「女」讀爲「母」，是配偶的意思。〔註78〕韓江蘇認爲「『子利女』指與子利有關、身份地位較高的女子」。〔註79〕趙林曾說卜辭中有作「女兒」之「女」，〔註80〕但所舉辭例多可商，如：

> 賜多子女。　　《合》677
>
> 令須収多女。　　《合》675
>
> 貞：賜多女业（又）貝朋。　　《合》11438
>
> 庚午卜，㕥貞：乎（呼）肇王女，來。　　《合》14129 反
>
> 貞：乎（呼）王女興☐。　　《合》557

趙先生說《合》677 是「多子」、「多女」合稱，但此辭也能解釋爲賜「多子」女奴，且此辭爲殘片，也可能是「☐賜多子☐女」。趙先生將《合》675 的「収」釋爲「寢」，合集拓片不清，該版爲《乙》872+6614，從《乙》的拓片看，應爲「収」字，「収多女」文例如同卜辭常見的「収人」、「収眾」、「収牛」、「収羊」（參《類纂》361～362），「女」應該是女奴之類意思。《合》14129 反的「肇」字有「致送」之義，〔註81〕「來」字與「肇」相對，應斷開，如同以下句型：

> 己酉卜，𣪊貞：勿乎（呼）𡕭取☐（肩）任伐，弗其昌（以）。　　《合》7854 正
>
> ☐辰卜，㕥貞：乎（呼）取馬于𡥈，昌（以）。三月。　　《合》8797 正
>
> 戊午卜，宂貞：乎（呼）取牛百，昌（以）。王固（占）曰：吉。昌（以），其至。　　《合》93 反
>
> 𣥏乎（呼）取羌，昌（以）。　　《合》891 正
>
> 貞：𣥏乎（呼）取白馬，昌（以）。　　《合》945 正

〔註77〕〈花東子卜辭所見人物研究〉，《古文字與古代史》第 1 輯，頁 18。

〔註78〕《殷墟甲骨文人名與斷代的初步研究》，頁 101。

〔註79〕《殷墟花東 H3 卜辭主人「子」研究》，頁 186。

〔註80〕〈論商代的母與女〉，《中國文化大學中文學報》第 10 期（2005），頁 4～5。

〔註81〕詳見方稚松，《殷墟甲骨文五種記事刻辭研究》，頁 37～52。

貞：勿〔乎（呼）〕取牛，弗其呂（以）。　　《合》8805

庚子卜，亘貞：乎（呼）取工劦，呂（以）。　　《英》757

己亥卜，宁貞：牧匄人，於（肇）。　　《合》8241（《合》10526、11403
同文）

戊戌卜，宁貞：牧匄人，令蕣呂（以）爰。　　《合》493

取屮劦，示（屬）。〔註82〕　　《合》115

「肇王女」即致送「女」給王，「女」爲致送物。《合》11438 的「屮」字也可
解釋爲「又」，如「反屮十牛」、「十屯屮一」、「旬屮三日」、「牢屮一牛」、「勿牛
屮五牜」、「牛屮三南」、「豕屮南」等（參《類纂》1332），「多女」與「貝朋」
可能都是賞賜之物。至於《合》557「呼王女興」同版有「呼多人興」，「王女」
是否指王的女兒，無從證明。綜上，所舉卜辭中的「女」都仍有解釋的空間，
無法確證爲「女兒」之義。本文從趙鵬將「女」讀爲「母」，可能是「子利」
的配偶。

　　子卜問「子利」的吉凶，也卜問「子利女」的吉凶，表示子對他們同表
關心。花東卜辭還有對「中周」、「妭中周妾」同表關心的例子，可茲對照。
〔註83〕

第二節　與子有臣屬關係的「子某」

一、子㚣（㚣）

　　子㚣在花東卜辭中多見，從事祭祀活動，並受到子的命令「包馬」、報告
事情，子也曾對他表示關心，相關辭例如下：

鼎（貞）：子㚣爵且（祖）乙，庚亡巣（艱）。　　一

癸酉卜，鼎（貞）：子利爵且（祖）乙，辛亡巣（艱）。　　一　　《花東》
449

〔註82〕參方稚松，〈談談甲骨文記事刻辭中「示」的含義〉，《出土文獻與古文字研究》
　　　第 2 輯（上海：復旦大學出版社，2008）。此文即《殷墟甲骨文五種記事刻辭研
　　　究》第一章第一節。爲避免重複，本文引用相關說法僅注明前者出處。

〔註83〕關於「中周」與「中周妾」的討論可參本文第七章第二節。

己丑卜：醫、妻友卯□□妻□子弜示，若。　一

己丑卜：子妻示。　一

庚寅卜：子生（往）于舞，侃，若。用。　一二

庚寅：歲匕（妣）庚小宰，登（登）自丁糂（黍）。　一

庚寅：歲匕（妣）庚小宰，登（登）自丁糂（黍）。　二

庚寅卜：子弜〔生（往）〕裸，叀（惠）子妻。用。　《花東》416

戊子卜：其乎（呼）子妻匄〔馬〕，不死。用。　一

戊子卜：其匄馬，又力引。　一　《花東》288

戊子卜：叀（惠）子妻乎（呼）匄馬。用。　一二　《花東》493

乙丑卜：乎（呼）妻告子，弗莫（艱）。　一　《花東》247

鼎（貞）：妻亡其艱（艱）。　一　《花東》505

　　從《花東》449與子利同爲「爵祖乙」之主祭者，知其與子利地位相當。
〔註84〕妻在《花東》416中可以代替子「示」與「裸」，顯然地位甚高，受子重
用，可能是跟子比較親近者。舊有卜辭中有一條卜辭值得注意，即：「示子妻父
庚」（《合》14019反），此版《醉古集》87有加綴，〔註85〕林宏明指出：

　　　子畫在卜辭中反映其和商王的血緣關係，「示子畫父庚」兩者一起該

　　有其原因，子畫很有可能就是父庚（盤庚）的子輩。〔註86〕

韓江蘇也提到「子畫有可能是盤庚之後（《商代史·殷本祭紀暨商史人物徵·子
畫》）」，《商代史》一書尚未出版，筆者無緣得見，此說可能也是根據「示子妻
父庚」而來。「示子妻父庚」可能是「示子妻于父庚」的省略，「子妻」應爲
活人。黃天樹先生指出：

　　（19）戊子卜：惠子畫呼匄馬？用。

　　　　花東493·1（花288·5同文）〔花東〕

〔註84〕《殷墟花東H3卜辭主人「子」研究》，頁215。

〔註85〕綴合號碼爲《合》15127反＋14019反＋930的反面（缺拓片）＋《乙》4480的反面
　　　（缺拓片）＋《乙補》4460。《合》14019正、反亦見於《中歷博》29、《國博》60。

〔註86〕《醉古集》，頁530。

（20）貞：畫來牛？　合 9525 正〔典賓〕

（21A）甲午貞：告畫其步于祖乙（「祖乙」刻於背面）？

（21B）甲午貞：于父丁告畫其〔步〕？　合 32856（屯 866 同文）
　　　〔歷二〕

（22）貞：子畫〔有〕疾？　合 3033 正〔典賓〕

（23）□□卜，旅〔貞〕：其又□子畫□社？　合 23529〔出二〕

（24）□□〔卜〕行〔貞〕：☑子畫☑　合 23530〔出二〕

子畫屢見於第一期典賓類卜辭中。從上引（21）歷組卜骨上尚有「祖乙」、「父丁」稱謂，可知（21）歷組卜辭時代已晚到祖庚時期。也就是說，祖庚時期「子畫」還活著。(23)、(24)是出組二類卜辭，屬祖甲時代的第二期卜辭。此時子畫是被祭的對象，可見那時他早已死去。由此可知（19）花東卜辭中能爲商王出去「勾馬」的子畫不可能早到武丁早期。〔註87〕

本文同意花東卜辭的子爲武丁子輩的看法，如此看來，花東卜辭中的子妻也可能是盤庚的孫輩，即與子同輩者。

關於「示」字，韓江蘇認爲：

> 「示」字有陳列之義。孫海波謂「示寘字通，董作賓已言之。寘、置古同用，置舍雙聲，二字互爲音訓。」饒宗頤謂「示讀爲寘，與奠義同」。《花東》416 辭義爲要子畫陳列或布置祭祀時的用品？或子畫陳列或布置「子」將習舞樂禮儀時的用具？〔註88〕

另外，趙鵬認爲《合》14019 的「示子妻父庚」與《花東》416 的「子妻示」可能同事，是子妻從事占卜或祭祀有關活動的占卜，〔註89〕似是認爲「示」有可能是祭祀動詞。不過卜辭已有「奠」字，作「 昌 」，而「示」有多種用法，或許有義近「奠」者，但未必讀爲「奠」，且意義上可能也有所分別。方稚松的〈談談甲骨文記事刻辭中「示」的含義〉對甲骨文「示」字有詳細的研究，字作「 亍 」、

〔註87〕〈簡論「花東子類」卜辭的時代〉，《黃天樹古文字論集》，頁 152。

〔註88〕《殷墟花東 H3 卜辭主人「子」研究》，頁 185。該辭的釋讀也見於頁 263。

〔註89〕《殷墟甲骨文人名與斷代的初步研究》，頁 301。

「丁」，作爲「神主」義一般無別，但記事刻辭中的「示」作「丁」，有「交納、給予」之義，另有五類用法，也少用「丁」表示。其中第二類用法與記事刻辭用法同，又提到卜辭中有「某示某」一類詞語（文中第三類用法），李學勤視爲地名，陳夢家認爲是邊域的名詞，和「奠」、「鄙」義近，最後指出「示」很可能讀爲與「主」聲音有關的「屬」，暨有「委託」、「交付」之義，又有「臣屬」之義，基本上可照顧到各層面。而方先生也提到《花東》416 的「示」（文中第四類用法），指出：

> 從用法上看，應是作動詞的。其中「示」的確切含義由於目前我們對這些卜辭的辭義理解不夠，故也很難說清楚。若從古書中「屬」所具有的含義看，這些卜辭含義也並非不能疏通，其中有些「示」還是可理解爲「付與」之義的。不過對此我們沒有太大的把握。〔註90〕

而此版「子弜示」、「子妻示」由於沒有賓語，無法反推「示」的含義，也很難進一步說明「示」應讀爲何字。就一般用法來說，可能還是「付予」之類的意義。至於與「示子妻父庚」的「示」是否相同，有待進一步資料證明。

　　另外，趙鵬指出《合》9525 正、9172 正有「妻來牛」、「妻來兕」的卜問，與花東卜辭的妻「勾馬」事類相同，也說明貢納之事也是「妻」的重要工作之一。關於人物「妻友䢼」與花東卜辭中其他有關「勾馬」之事，分別於本文第四章第三節、第一節討論，此從略。

二、子　配

　　花東卜辭中的「子配」也稱「配」，見於下列卜辭：

　　乙亥卜：叀（惠）子配史（使）于帚（婦）好。　一二

　　乙亥卜：叀（惠）☑。　一

　　叀（惠）配史（使）曰帚（婦）☑。

　　叀（惠）配史（使）☑。　一

　　乙亥卜：帚（婦）好又（有）史（事），子隹（唯）妖，于丁曰帚（婦）好。　一二

〔註90〕〈談談甲骨文記事刻辭中「示」的含義〉，《出土文獻與古文字研究》第 2 輯，頁 93。

☑今日曰帚（婦）好。　一

☑子曰帚（婦）好。

叀（惠）子曰帚（婦）。　一

叀（惠）子曰帚（婦）。　一　　《花東》5+507【整理小組、常耀華綴】

〔註91〕

甲申卜：叀（惠）配乎（呼）曰帚（婦）好告白（百）屯。用。　一

□□卜：子其入白（百）屯，若。　一　　《花東》220

丙辰卜：子其昀（匂）糦（黍）于帚（婦），叀（惠）配乎（呼）。用。

一

丙辰卜，子炅（金）：丁生（往）于黍。　一

不其生（往）。　一　　《花東》379

配鼎（貞）。　一　　《花東》441

庚卜：☑哀（庇）于或配☑。　　《花東》41

關於「配」字，學者或釋爲動詞，《花東·釋文》在《花東》5 考釋中曰：

> 史，本片讀爲事。

> 配，從王襄釋（《簠室殷契類纂》正編第 14、第 65 頁下，以下簡稱
> 《簠類》），祭名。此字亦見於 220、379、441 諸片。〔註92〕

韓江蘇從之，對《花東》379 的解釋爲：「配爲有關祭祀一種（《花東》5），婦好是舉行配祭的主事者」，〔註93〕朱歧祥在《花東》5、220 考釋中曰：

> （10）有事，相對於同版（2）辭的「乙亥卜：叀子配史（事），于
> 　　　婦好？」此言婦好接受「配史」一事於子。

> （6）相對於 5 版（2）辭的「叀子配事于婦好？」、（10）辭的「于
> 丁曰：婦好」例，本辭命辭前二句應即「子配事」「子呼曰：婦好」
> 之省。全辭讀法爲：

〔註91〕此版卜辭較多，此處僅節引與子配有關者。

〔註92〕《花東·釋文》，頁 1559。

〔註93〕《殷墟花東 H3 卜辭主人「子」研究》，頁 149。

甲申卜：叀配，乎曰：婦好，告白屯？用。　一〔註94〕

不知「配史」是何種事務，也看不出其對「配」的解釋爲何。魏慈德認爲此字可隸定爲「酓」，除《花東》441爲貞人名《花東》41辭義不明外，都與婦好有關，可釋爲「即」，爲「當」、「立刻」之義。〔註95〕邱豔同意此說，認爲「配」在舊有卜辭中有「支配」的意思，「貞人名」、「立即」是新的字用。〔註96〕張世超認爲「叀配史曰婦」與「叀子曰婦」相對，將「配史」視爲人物，可省稱「配」，是子族領地內的官員。〔註97〕姚萱將《花東》5的「史」讀爲「使」，認爲「子配（配）」是人名。〔註98〕林澐也將《花東》5的「史」讀爲「使」，認爲「子配」、「配」爲一人，跟子利一樣擔任貞人，可能和子特別親近。〔註99〕趙鵬也將「子配」、「配」視爲一人。〔註100〕

本文認爲將「子配（配）」視爲人物較爲合理，並且可以疏通上舉所有卜辭。《花東》5+507【整理小組、常耀華綴】中由於「婦好有事」，子可能準備前往幫忙，於是先卜問要自己去還是派子配「曰」婦好，「曰」爲稟告之義，而《花東》220子貢納百屯前也先命配去稟告婦好，又《花東》379是卜問子準備向婦好求取「黍」，配也是子派去婦好處者，可能是去執行「勹黍」之事或向婦好稟告「勹黍」之事。〔註101〕可見子與婦好間的溝通往往由「子配（配）」負責，他應該是與子、婦好都有密切關係的人物。子配也在花東子家族中擔任貞人的工作，與子金、子利、子𡧜一樣。

至於《花東》41的「戜」字，姚萱指出此字舊有卜辭已見，從裘錫圭與蔡師哲茂之說釋爲「庇」，曰：

《花東》此辭，「戜」也當讀爲「庇」，「或」即「𧻚或」，「配」見於

〔註94〕《校釋》，頁960、998。

〔註95〕〈殷墟花園莊東地甲骨卜辭的地名及詞語研究〉，《中國歷史文物》2005.6，頁10；《殷墟花園莊東地甲骨卜辭研究》，頁78。

〔註96〕《殷墟花園莊東地甲骨新見文字現象研究》，頁54。

〔註97〕〈殷墟花園莊東地甲骨字跡與相關問題〉，《古文字研究》第26輯，頁41。

〔註98〕《初步研究》，頁231、135。

〔註99〕〈花東子卜辭所見人物研究〉，《古文字與古代史》第1輯，頁18。

〔註100〕《殷墟甲骨文人名與斷代的初步研究》，頁295、305、497。

〔註101〕相關卜辭的解釋本文第二章第二節中已有討論。

《花東》第 5 號等，即「子配」。「哀于或、配」當是為某人到沚或或
子配處受到保護之事而貞卜的。〔註102〕

由於《花東》41 辭殘，內容不易解釋，「配」是否與「哀于或」同屬一句，還
是另一分句，難以判斷，韓江蘇認為「配」是動詞，也難以證明。〔註103〕

三、𤴓（子營）

花東卜辭中有「子營」此人，相關辭例如下：

乙亥卜，鼎（貞）：子營友敄又（有）复，弗死。　一　《花東》21

庚寅：歲且（祖）甲牝一，子營見（獻）。　一二三四

庚寅：歲且（祖）甲牝一，子營見（獻）。　一　《花東》237

「子營」作𤴓（《花東》21），𤴓、𤴓（《花東》237）等形，「𤴓」字一般
釋為「雍」，本文從何樹環釋為「營」（相關說法詳見本文第七章第一節「丁
族」處）。《花東・釋文》中指出此字為「子」、「雍」二字合文，並指出：「在
已出版的甲骨著錄中，只《小屯南地甲骨》2070 有『子雍』，但該片為二字分
書。」〔註104〕《花東》21 的「子營友敄」是「子營」之「友」，於本文第四
章第三節討論，此從略。《花東》237 的「子營獻」魏慈德認為是「用子雍所
獻的牝來歲祭祖甲」，〔註105〕林澐認為：

為「𤴓友」進行占卜的事，可以和子妻有「妻友𠨐」（花 416）相
比照，如果𤴓讀為「子雍」是正確的話，倒也有可能是家族親屬
成員之一。

前面舉出的發、大、𧷴等人也不是「子」家族的人。這從他們擁有
自已的畜群，並向「子」貢納可以看出來。……從這個角度考慮，
上舉（39）例（筆者按：即《花東》237）提到歲祭祖甲的牝牛是𤴓
所進獻的，那麼𤴓也是有自已的獨立經濟的，就很可能也不是「子」

〔註102〕《初步研究》，頁 134～135。

〔註103〕《殷墟花東 H3 卜辭主人「子」研究》，頁 129。

〔註104〕《釋文》，頁 1566。

〔註105〕《殷墟花園莊東地甲骨卜辭研究》，頁 82。

家族的親屬成員了。〔註106〕

韓江蘇則曰：

> 以上材料說明，子雍參與 H3 卜辭「子」主持的祭祀並助以（物品）。
> 子雍也活動在王卜辭中，雍作「🐍」（《合集》331）、「🐉」等形，
> 他參與王室祭祀（《合集》721），進行王事活動（《合集》8988）；他
> 還擁有土地和人民（《合集》9799、633），說明子雍已經長大成人並
> 擁有封地（見《商代史・殷本紀暨商史人物徵・子雍》）
>
> 王卜辭中，子雍爲王舉行禳除災禍的御祭，說明其服侍于武丁身邊。
>
> 〔註107〕

可與林說互相發明。不過《花東》237 中的祭祀「子營」是否有親身參與，難
以得知，但從「獻」來看，可以確定子營與子應該有臣屬關係。歷組卜辭有：

> □未貞：其卲（禦）營于☑。　　《合》32923

是王替子營行禦祭的卜問，顯然子營與商王之間的關係應該比他與子之間的關
係密切，至於子雍與子營是否爲同一人，仍有待考證。

四、子敓（敓）、子媚、子𡚽（妖）

（一）子　敓

花東卜辭中關於「敓」字的辭例如下：

> 子敓隻（獲），🔲。　　一
>
> 子敓隻（獲），弗🔲。　　一
>
> 子敓隻（獲），弗🔲。　　二
>
> 子敓隻（獲），弗🔲。　　四　《花東》113
>
> 己卯卜：子用我🌿，若，弜屯（純）敓用，侃。舞商。　　一
>
> 屯（純）敓🌿。不用。　　一　《花東》130

《花東》113 子卜問「子敓」田獵有所獲之事，「子敓」可能是隨同子田獵

〔註106〕〈花東子卜辭所見人物研究〉，《古文字與古代史》第 1 輯，頁 19、

〔註107〕《殷墟花東 H3 卜辭主人「子」研究》，頁 189、215。

的貴族。《花東》130 的「敚」指「子敚」或其地,「我䇂」、「敚䇂」可解釋為「我地的䇂」、「敚地的䇂」,「䇂」應該是「子敚」對子的貢納物,可知「子敚」臣屬於子。此二辭行款與斷句學者意見紛歧,本文第六章第三節「䇂」處有相關討論。關於「𡿦」字,《花東·釋文》中認為「同若、禍相近,為吉凶之詞」,〔註108〕魏慈德認為是所獲之物,〔註109〕齊航福認為「疑从屮从二臣,含義不明,依據該字可以用在『弗』後,推測它很可能是動詞」。〔註110〕《花東》409 有「𡿦」字,是被「逆」的對象,與本辭用法不同。〔註111〕由於此字用例太少,無從討論,暫存疑待考。

(二)子 媚

「子媚」見於以下此版:

乙未卜:乎(呼)多宁(賈)反西鄉(饗)。用。矢(昃)。　一

乙未卜:乎(呼)多宁(賈)反西鄉(饗)。用。矢(昃)。　二

乙未卜:乎(呼)崔䇂見(獻)。用。　二

乙未卜:乎(呼)崔䇂見(獻)。用。　二

乙未卜:子其史(使)崔生(往)西哭(愬)子媚,若。　一

戊戌卜:又(有)至艱(艱)。　一　《花東》290

戊卜,鼎(貞):崔亡至艱(艱)。　一　《花東》208

《花東·釋文》中的斷句為「子其使崔往西哭,子媚若」,曰:

> 第9辭「子其史崔」之「史」,當讀為「出使」之「使」,即「子其出使于崔」。
>
> 哭,依其形體隸定作「哭」,音義待考。〔註112〕

朱歧祥斷句同,認為「應理解為『子使令(派遣)崔往于西哭地』」。〔註113〕韓

〔註108〕《花東·釋文》,頁 1605。

〔註109〕《殷墟花園莊東地甲骨卜辭研究》,頁 82。

〔註110〕〈花園莊東地甲骨刻辭中新見字的初步整理〉,《中國文字學會第四屆學術年會論文集》,頁 426。

〔註111〕見本文第六章第三節「𡿦」處。

〔註112〕《花東·釋文》,頁 1681。

江蘇斷句爲「子其史？微往西，子媚若」，曰：

> 《花東》290 辭義爲「子」進行祭祀事宜，微前往（王都西部），子
> 媚順利？從整版卜辭看，乙未日「子」在享宴和祭祀場合下詢問子
> 媚是否順利，説明子媚是一位「子某」。〔註 114〕

其將「子其史」獨立爲一句，解釋爲「子行祭事」較爲特殊。姚萱曰：

> 《花東》貞卜作某事是否「若」習見，「若」字絕大多數均單獨作一
> 字讀，罕見「子媚若」這樣的説法。故我們改爲標點作「子其史（使）
> 畺生（往）西哭子媚，若。」分析其語法關係，「畺」作兼語，是「使」
> 的賓語和「生（往）西哭（毖）子媚」動作的出發者；「生（往）
> 西哭」當是一個連動結構，「子媚」作它的賓語。據此分析，我們認
> 爲「哭」當讀爲「宓」或「毖」，與同期王卜辭中的「宓」或「必」
> 用法相同。〔註 115〕

此説從語法結構將「哭」字確定爲動詞，再從聲音上討論此字可能即「毖」，較爲合理，不過由於爲孤例，仍有待更多資料出現後才可進一步驗證。本文暫從此説，此辭可解釋爲「子派畺西行戒飭鎮撫子媚」，而「乙未」後第三天「戊戌」卜問「有至艱」，或與派畺西行有關，《花東》208 的「戊卜，貞：畺亡至艱」很可能與此同事。由子派人鎮撫「子媚」來看，「子媚」也臣處於子。

卜辭中關於「媚」者甚多，其中有一版內容引起一些爭議，即：

貞：屮伐妾嫛（媚）。

三十妾嫛（媚）。

貞：屮伐叡嫛（媚）。　　《合》655 正甲

此版「叡」、「妾」爲同字異體。〔註 116〕「媚」字姚孝遂認爲是「卜辭所見之祭祀對象」，蕭良瓊則認爲「媚在卜辭中地位也是低的。媚族女子獻給商王作女奴的稱爲妾媚，妾媚往往被用作人牲」。〔註 117〕孫俊、陳絜、劉海琴都舉出以下

〔註 113〕《校釋》，頁 1017。

〔註 114〕《殷墟花東 H3 卜辭主人「子」研究》，頁 187～188。

〔註 115〕《初步研究》，頁 147。

〔註 116〕相關討論見本文第六章第三節「叡」處。

〔註 117〕《甲骨文字詁林》，頁 455；〈「臣」、「宰」申議〉，《甲骨文與殷商史》第 3 輯，頁

此版爲例說明「媚」確有可能作人牲，[註118] 即：

　　貞：父乙卯媚。

　　貞：父乙弗卯媚。　　《合》811

但孫俊也指出卜辭有「屮妾」于先妣的例子，如《合》904 正的「屮妾于妣己」，
則「媚」也可能是祭祀對象。[註119] 若「媚」作爲人牲，則可能指該地的女奴。

　　（三）子

　　《花東》33 有「子貞」，字一般隸定爲「阹」，此人於花東卜辭僅
一見，林澐曰：

　　　　根據他的名字的形式，也根據他作爲花東子卜辭的貞人之一，似乎
　　　　也可以定爲該家族的親屬成員。至於花東卜辭中還有人名作（《花
　　　　東》205、《花東》349、《花東》441），是否是的異體，難以確定，
　　　　只能存以待考。[註120]

「」字見於《花東》441，《花東・釋文》於該版考釋中曰：

　　　　阹，本作，在 349（H3:1106）又作，從阜從企，當隸爲「阹」，
　　　　與甲骨文原有的字，爲同字異構。[註121]

朱歧祥認爲此字「字形強調人提足上山之形，可隸作陟」，[註122] 彭邦炯認爲
、同字，曰：

　　　　象人由下沿阜而上行狀；前者象一手扶階梯而上，更近圖畫文字，
　　　　後者爲簡化文字。此字應與甲骨文的「陟（）」字義近。……我
　　　　認爲與當釋作上升、登高之義爲是，蓋即後世的陵或陛、陛
　　　　字。

<hr />

　　356。

[註118]《殷墟甲骨文賓組卜辭用字情況的初步考察》（北京：北京大學碩士論文，沈培
　　　　先生指導，2005），頁 29。《商周姓氏制度研究》，頁 83；《殷墟甲骨祭祀卜辭中
　　　　「伐」之詞性考》，頁 118～119。

[註119]《殷墟甲骨文賓組卜辭用字情況的初步考察》，頁 30。

[註120]〈花東子卜辭所見人物研究〉，《古文字與古代史》第 1 輯，頁 19。

[註121]《花東・釋文》，頁 1641。

[註122]《校釋》，頁 1037。

☖（☖）的反義應該是☖……實為人沿阜而下形，也即象人下梯形。人下階梯則梯在背後，由下而上則面向階梯，這是常理。……☖隸釋為陷與降（☖）義近，或許☖與☖也是同字異構。〔註123〕

彭先生對字形的理解可參，不過由於☖、☖皆為人名，並無其他辭例可作為判別字義是否相同的依據，本文暫不將二者視為同字。而☖與☖字形確有分別，也由於☖字在花東卜辭中為人名，無法進一步討論，本文暫不隸定。

　　另外，彭邦炯認為《花東》33行款應該由右而左，並且「子」後有殘文，應讀為「貞☖子□」。細審照片（右圖），子後並無殘劃，而行款問題實難判斷。花東卜辭龜甲右半的辭例中，行款由左而右、由右而左皆有，不過若就「子貞」或「貞子」的例子來看，《花東》12、129、170、216，都是由上而下讀為「子貞」，《花東》247、431，龜甲右半的辭例皆由左而右，「子」、「貞」二字也是由左而右讀為「子貞」，《花東》349龜甲右半「子亡憂」由右而左，「子」、「貞」二字也是由右而左，仍應讀為「子貞」。其他《花東》70、111、131、224、232、306、317、326、339、418的「子」、「貞」二字皆由左而右，同版無其他辭例可供參照，本文認為亦應讀為「子貞」，僅《花東》143一版由右而左，或可讀為「貞子」。據此，本文仍將《花東》33該辭行款視為由左而右，即「子☖貞」。

第三節　其他有「子稱」者與存疑待考者

　　關於甲骨文中「子」應如何解釋，是甲骨學與商代史研究中的重要問題之一，趙鵬對歷來說法有詳細的整理與討論，可參。〔註124〕林澐指出「子」本為「孩子」之義，由於父系繼承權的關係，漸成為貴族的尊稱，在卜辭中「多子」是商王同姓貴族，「多子族」可視為這些貴族家族之總稱，「子」可作為對族長的尊稱。〔註125〕裘錫圭進一步解釋商王與多子族的關係，認為即「大宗」、「小

〔註123〕〈從《花東》卜辭的行款說到☖、☖及☖、☖、☖字的釋讀〉，《甲骨文與殷商史（新一輯）》，頁125。

〔註124〕《殷墟甲骨文人名與斷代的初步研究》，頁84～86。

〔註125〕〈從子卜辭試論商代家族形態〉，《林澐學術文集》，頁51～52。

宗」的關係。〔註126〕二說爲理解卜辭中「子某」、「某子」、「某子某」、「某多子」
等「子稱」的重要觀點。

一、其他有子稱者

（一）不子▦

花東卜辭中有「不子▦」，見於《花東》351：

戊子卜，才（在）▦，鼎（貞）：不子▦又（有）疾，亡征（延），不死。
一二三

戊子卜，才（在）▦，鼎（貞）：其死。　一二三　《花東》351

《花東‧釋文》中指出此▦字也見於《合》11452、《花東》228。〔註127〕朱歧
祥則曰：「▦，人名。〈集 11452〉有『▦示二屯。』（3）辭的『不子▦又
（有）疾』，應即『子▦不又疾』的移位句。」〔註128〕韓江蘇也有同樣的思路，
認爲：

不子▦有兩種解釋，若「不」爲否定副詞，辭義爲子▦不會有疾，
有疾也不會延長，會死去？王卜辭中還有一個「子不」（《合集》
14007、223、586），王卜辭中的「子不」，「不子▦」可以是「不子、
子▦」的省略，也可以是「不子、▦」的句讀。……筆者認爲「不」
當爲否定詞，以第一種解釋爲宜。〔註129〕

並提到《合》22097 也曾出現▦此人。然而卜辭中有「某子某」之人名格式，
〔註130〕黃天樹先生指出：

卜辭有「某子某」之稱，例如：《合》13727：「己未卜：禽子掃亡
疾？」「禽子掃」是人名。「禽子」，跟文獻中所記「微子」、「箕子」

〔註126〕〈關於商代的宗族組織與貴族和平民兩個階級的初步研究〉，《古代文史研究新探》
（江蘇：江蘇古及出版社，2000），頁 306。

〔註127〕《花東‧釋文》，頁 1700。

〔註128〕《校釋》，頁 1026。

〔註129〕《殷墟花東 H3 卜辭主人「子」研究》，頁 207。

〔註130〕王宇信、楊升南主編的《甲骨學一百年》（北京：社會科學文獻出版社，1999）中
曾舉五例，見頁 453。

一樣，即某族氏之長。掃，是「禽子」的私名。「禽子掃」即「禽」
族之族長名「掃」者。卜辭卜問「禽子掃」不會生病吧？又如：《合》
10405：「己卯，媚子廣入宜羌十。」刻辭記載，己卯日「媚子廣」
（「媚」族之族長名「廣」者）向商王進貢了十名用於宜祭的羌人。
又如：《合》938 反「良子弘入五。」這條甲橋刻辭記載，「良子弘」
（「良」族之族長名弘者）向商王進貢了五塊龜腹甲。據此，上引
（1A）的「不子曲」也是人名。占卜貴族「不子曲」（「不」族之
族長名「曲」者）因病會不會死亡？〔註131〕

林澐先生也認為：

> 賓組王卜辭人名有「良子強」（合938），賓組王卜辭提到方國「不」，
> 如「庚申卜，王貞：余伐不。——庚申卜，王貞：余弓伐不。」（合
> 8634 正）因此，不子🩰應是不方首領。商代方國時而友好、時而相
> 攻者甚多。〔註132〕

趙鵬與黃說同，並補充「兔子豐」（《合》137 正）、「㞢子陜」（《合》926 正）、
「㞢子㱿」（《合》7559 反，方稚松指出）等，曰：

> 這種人名結構中的「子」代表族長身份，前面的「某」為族長名，
> 後面的「某」為私名，即某族的族長名字為某者。……卜辭中有「某
> ＋子」這種人名結構，其中「子」也應該是族長身份的尊稱，前面
> 「某」為族名，例如：🔲子（3284）、古子、邑子等。〔註133〕

朱歧祥、韓江蘇似不認為（或未注意）「不子🩰」可能是「某子某」一類人名
格式。如韓江蘇就認為「『媚子寶』當斷句為『媚、子寶』或『媚子、子寶』」。
〔註134〕考量卜辭中常見表示親屬關係的人名格式，如「某女（母）某」、「某妻
某」、「某妾某」等，〔註135〕以及眾多「某子某」的名稱，很難將所有此類名稱

〔註131〕〈《殷墟花園莊東地甲骨》中所見虛詞的搭配和對舉〉，《黃天樹古文字論集》，頁
　　　　410。

〔註132〕〈花東子卜辭所見人物研究〉，《古文字與古代史》第 1 輯，頁 29。

〔註133〕《殷墟甲骨文人名與斷代的初步研究》，頁 82～83。

〔註134〕《殷墟花東 H3 卜辭主人「子」研究》，頁 188。

〔註135〕參《殷墟甲骨文人名與斷代的初步研究》，頁 99～105。

都解釋成兩個人名合寫或省略的形式，故本文同意「某子某」爲人名格式，不子□應視爲一個人物。

關於「某子某」的人名格式，除前舉「不子□」、「毕子□」、「媚子賓」、「良子弘」、「兔子豐」、「㞷子陕」、「毕子□」之外，還有「淵子白」（《屯南》2650）、〔註 136〕「受子□」（《合》27747、《屯南》2311）〔註 137〕二人，共九人。而此人名格式應如何解釋，方稚松提出很有啓發性的看法，他認爲「毕子□」與「毕子□」有關，曰：

> 這種「某$_1$子某$_2$」之「某$_2$」可能應理解爲「某$_1$」這一族氏下的分支，類似於大宗與小宗的關係。當然，有些可能也就是某族長之私名。甲橋刻辭中出現的良（《合》9276 反+乙 7298）與良子強（《合》938 反）的關係似也如此。《合》926 正「貞：王㞢〔令〕㞷子陕其以」，近來趙鵬又發現《天理》169「貞：王㞢〔令〕陕以」似與之同事，陕、陕多認爲是一字異構，「㞷子陕」與「陕」的關係也值得注意。〔註 138〕

究竟「某子某」這種人名格式是「某族族長私名某」，還是「某族之分族某」，從上引九例來看，有些名稱後一「某」字在卜辭中有作族、地名的例子，如「豐」、「陕（陕）」，似乎有可能是分族，不過關於商代「親族制度」之類的問題，僅憑卜辭資料而無同時代之文獻佐證，實無法進一步討論，只能作表面推測而已。

另外，《花東》228 有□字，辭例爲：

> 戊子卜：吉（佶）牛于示，又（有）刿（剁）〔註 139〕，來又□。　一
>
> 戊子卜：吉（佶）牛其于示，亡其刿（剁）于宜，若。　一　《花東》228

此二辭是卜問以牛牲祭祀之事，「來又□」意義不明。

〔註 136〕宋鎮豪的《夏商社會生活史》（頁 265）與王宇信主編的《甲骨學一百年》（頁 453）提到此人，後者也提到「毕子□」、「賓媚子」、「兔子　」、「㞷子陕」四人。

〔註 137〕劉風華曾提到此人，見《殷墟村南系列甲骨卜辭的整理與研究》，頁 88、259。

〔註 138〕《殷墟甲骨文五種記事刻辭研究》，頁 112～113。

〔註 139〕此字陳劍釋爲「剁」，見〈金文「彖」字考釋〉，《甲骨金文考釋論集》，頁 266～267。

（二）𥝤子、弔子

1. 𥝤　子

花東卜辭有「𥝤子」，辭例如下：

丁卜：子令（命）庚又（侑）又（有）女（母），乎（呼）求囚，𥝤子人。

子曰：不于戊，其于壬人。　一　《花東》125

由於對「囚」字與該辭行款的理解不同，各家釋文有很大的差別，茲整理各家釋文異同如下：

《花東·釋文》，頁 1609。	丁卜：子令庚又，又（右）女乎𥝤尹西索子人？子曰：不于戊，其于壬，人？一
《校釋》，頁 981。	丁卜：子令庚又（侑）：又（有）女；乎（呼）𥝤（祟）西𥝤子人？子曰：不于戊，其于壬，人。一
黃天樹先生〔註140〕	丁卜：子令庚又（侑）又（有）母，呼求囚，尹索子人？子曰：「不于戊，其于壬人。」
《初步研究》，頁 265。	丁卜：子令（命）庚又（侑）又（有）女（母），乎（呼）求囚，索尹子人。子曰：不于戊，其于壬人。一
韓江蘇〔註141〕	丁卜：子令庚又（侑），又（右）女呼祟尹西索子人？子曰：不于戊，其于壬？一

以上斷句與字、詞的解釋歧異甚大，對照拓片（右圖一，《花東》290 有一辭位置、行款皆與本辭相同，見右圖二）。朱歧祥指出《花東·釋文》「右女」之名稱令人費解，而趙偉認為朱先生的釋文於命辭有「祟」，占辭應有相應的「降」或「祟」之類內容，而不會是所指不明的「人」字，故認為黃天樹先生與姚萱的釋讀文通字順，較可信。〔註142〕本文也基本同意其釋讀。至於「索」、「尹」或

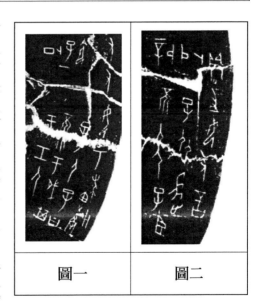

| 圖一 | 圖二 |

〔註140〕〈甲骨文中有關獵首風俗的記載〉，《黃天樹古文字論集》，頁 418。

〔註141〕《殷墟花東 H3 卜辭主人「子」研究》，頁 251。

〔註142〕《校勘》，頁 24。

應為一字，即「索尹」，如《合集》34256 有「絆尹」，其「絆」作🔲，「絆」、「索尹」結構類似，故本文將「索尹子」視為「某子」的人名格式。關於「求」字的解釋及「凵」與「西」的關係，可參裘錫圭的〈釋「求」〉與張玉金的〈釋甲骨文中的「西」和「凵」字〉。〔註143〕另外，韓江蘇對此辭有如下解釋：「命令右女命令崇尹向西尋求『子』臣屬，『子』說，不要在戊某日（尋求）？將要在壬某日尋求？」〔註144〕其釋文也可商，首先於「壬」後缺了「人」字，前一「子人」解釋為「子的臣屬」，後一「人」則無說，若將後一「人」視為「索子人」省為「人」也不合理，而「崇尹西索」的讀法從行款來看，是否將「西索」二字視為補刻也未說明。

　　黃天樹先生指出此辭大意為「族長命令人物『庚』去尋求用於『伐』（砍頭）祭的人牲」，〔註145〕可能為子命人獵首的相關卜問。又指出卜辭中確有「凵」字作為「腦殼」之義的例子，如：

乙卯卜：凵十，用。

叀（惠）十伐。　　《合》22294

凵十。　　《合》22246

不過對「索尹子人」未作解釋。「……呼求凵，索尹子人。子曰：不于戊，其于壬人」辭義難解，本文只能略作推測。若「索尹子」為人物，則命辭與占辭的「人」字可能是動詞，但卜辭中未見此類用法，僅有一版其「人」字可能作動詞，即《懷》1595 的「癸亥貞：其彗人」與「弜人」。「彗」作𢆉，為人名，蔡師哲茂指出：

> 他據有領地，有自己的族人，經常和庸、雞、朿尹等人出征，也可帶領㞢族及戈人，也能召呼小多馬羌臣，能作難，也能尊于宗廟，島邦男比較彗、庸、雞三人以為大致居於同等的地位，在將帥雀與𦥑之下，是個裨將。〔註146〕

〔註143〕二文分別見《古文字論集》、《中國文字》新 25 期（1999）。

〔註144〕《殷墟花東 H3 卜辭主人「子」研究》，頁 251。

〔註145〕〈甲骨文中有關獵首風俗的記載〉，《黃天樹古文字論集》，頁 418。

〔註146〕蔡哲茂，〈說「𢆉」〉，中國文字學會、中央大學中國文學系，《第四屆中國文字學全國學術研討會論文集》（中壢：中央大學中國文學系，1993），頁 94。

可能是派「彗」進行「人」的活動。另外《花東》320 有「丁卜：弗其↑何，
其艱」，「其醢何」，此「人」字似也作動詞用（相關討論見本文第六章第一節
「何」處）。從《花東》125 該辭內容來看，「人」或許與「求凶」有關，即令
「庚」此人去「獵首」，由「𦎫子」進行「人」的活動，占辭則說要在「壬」
日「人」。但本文對此三「人」字的意義仍僅爲推測，有待更多資料出現後方能
進一步討論。

2. 弔　子（弔）

「弔」與「㕚」、「妻」同見一版：

乙丑卜：叙弔子弗臣。　一

乙丑卜：乎（呼）弔、㕚，若。　一

乙丑卜：乎（呼）弔、㕚，若。　二

乙丑卜：乎（呼）妻告子，弗莫（艱）。　一　《花東》247

《花東・釋文》中認爲卜辭「弔羌」也作「係羌」，將「弔」解釋爲動詞，[註147]
韓江蘇認爲「弔」是人物，認爲上舉第一辭是卜問「弔是否要成爲子的臣屬」，
[註148] 趙鵬也認爲「弔」是人物，又稱「弔子」。[註149] 花東卜辭有臣屬於子的
「妻友㕚」、「㕚」，此「妻」、「㕚」一同見一版，爲呼令的對象，非被「弔」
的對象，本文認爲「弔」應爲人物。而「叙弔子弗臣」不易解釋，韓說於語法
難通，本文暫從趙鵬將「弔子」視爲一個詞。趙鵬舉出以下二版：

▨貞：𠭣（禦）弔于兄丁。　《合》4309

丁卯子卜：弔歸。　一

丁卯子卜。　一

□卯子卜：□東臣勿歸。

丁卯子貞：我人歸。　一　《綴集》71（《英》1900+1901）

《合》4309 是賓組卜辭，《綴集》71 是子組卜辭，說明舊有王卜辭與非王卜辭
中都有人物「弔」。《綴集》71「弔」與「我人」並列，「我人」也見於花東卜辭，

〔註147〕《花東・釋文》頁 1660。

〔註148〕《殷墟花東 H3 卜辭主人「子」研究》，頁 231。

〔註149〕《殷墟甲骨文人名與斷代的初步研究》，頁 295。

指我地之人，屬於「邑人」之類，此「弔」或許也指「弔」族、邑之人，或該族邑之長。〔註150〕另外，韓江蘇認爲從「禦弔于兄丁」來看，「弔」可能與商王有血緣關係。〔註151〕本文在第一章第二節中曾對判定卜辭所見人物的關係有相關討論，基本上認爲商代未必有「民不祀非族」之原則，因此認爲無法從爲「弔」行禦認定此人與商王有血緣關係。

（三）大子、小子、三子

1. 大 子

花東卜辭中有「大子」之稱，見於《花東》480：

> 癸酉，子𡆥（金），才（在）𢀛：子乎（呼）大子卲（禦）丁宜，丁丑王入。用。來戰（狩）自𩵋。 一 《花東》480

《花東・釋文》中認爲：「『大子』可能是 H3 卜辭主人『子』的長子；也可能是指殷王的『太子』」。〔註152〕朱歧祥不同意此說，認爲：

> 殷卜辭從無「大子」例，只有「小子」的官名。花東甲骨習見活人名「大」，如478版的「其卲大于子癸」、416版的「子叀大令」是。本辭宜分讀作「子乎大，子卲，丁俎」三句，指「子呼令大」，「子進行禦祭去災」，「丁舉行俎祭」。花東甲骨恐無「大子」的用法，更不應解讀作「太子」或「殷王的太子」。〔註153〕

事實上甲、金文中不僅有「小子」還有「大子」、「中子」，趙鵬、韓江蘇已有相關討論，〔註154〕多位學者對「大子」一詞表示過意見，如胡厚宣的〈殷代婚姻家族宗法生育制度考〉，李學勤的〈論殷代親族制度〉、〈裸玉與商末親族制度〉，裘錫圭的〈關於商代的宗族組織與貴族和平民兩個階級的初步研究〉，劉昭瑞的〈關於甲骨文中子稱和族的幾個問題〉，王貴民的〈商周貴族子弟群研究〉等，

〔註150〕關於「邑人」的討論可參本文第四章第一節「邑人」部分。

〔註151〕《殷墟花東 H3 卜辭主人「子」研究》，頁 231。

〔註152〕《花東・釋文》，頁 1744。

〔註153〕《校釋》，頁 1042。

〔註154〕《殷墟甲骨文人名與斷代的初步研究》，頁 94～96；《殷墟花東 H3 卜辭主人「子」研究》，頁 523～527。

對「大子」的解釋，或曰太子，或曰長子，或曰族長一類，[註155]不過目前尚無一致的意見。關於此辭之斷句，本文第二章第一節已有討論，可能性很多，暫無定論，「大子」視爲被呼令的人物亦可通讀卜辭，此「大子」受子命令行「禦」祭，應該不會是商王的「太子」，比較可能是子家族的成員或某個地位低於子的「子某」，確切身分無從考證。

2. 小子、三子

花東卜辭中也有「小子」、「三子」之稱，如：

己酉：歲匕（妣）己羜一。　一

庚戌卜：小子舌匕（妣）庚。　一　　《花東》353

鼎（貞）：女。　二

鼎（貞）：征（延）。　二

三子鼎（貞）。　三　　《花東》205

《花東》205 的「三子」原釋文爲「三小子」，[註156]卜辭中有「大子」、「中子」、「小子」，趙鵬認爲此種結構應該是表示一種排行，但此種人名格式後面未出現私名，與後世「共叔段」、「仲尼」之「伯」、「仲」、「叔」、「季」這種專門表示排行的詞還有差距。[註157]韓江蘇認爲「小」與年齡無關，可能與身分有關。[註158]林澐認爲「小子」、「三小子」可能是花東卜辭中「子某」的某幾個人，[註159]韓江蘇認爲同版貞人都特定指某一人，故「三小子」應指第三個小子。[註160]不過朱歧祥指出該辭：

〔註155〕分別見《甲骨學商史論叢初集「外一種」》（石家莊：河北教育出版社，2002），頁128（胡）；《李學勤早期文集》（石家莊：河北教育出版社，2008），頁82及《李學勤文集》（上海：上海辭書出版社，2005），頁169（李）；《古代文史研究新探》（江蘇：江蘇古籍出版社，2000），頁338（裘）；《中國史研究》1987.2，頁103（劉）；《夏商文明研究》（鄭州：中州古籍出版社，1995），頁355～360（王）。

〔註156〕《花東・釋文》，1641。

〔註157〕《殷墟甲骨文人名與斷代的初步研究》，頁95。

〔註158〕《殷墟花東H3卜辭主人「子」研究》，頁196。

〔註159〕〈花東子卜辭所見人物研究〉，《古文字與古代史》第1輯，頁19。

〔註160〕《殷墟花東H3卜辭主人「子」研究》，頁196。

辭例怪異。子上虛點稀疏不成字，恐非「小」字。子上的「三」字
與「子」字不成行列，非同時所刻，似爲上面一兆的兆序誤刻移下。
全辭應讀爲：

　　　子貞。　　三〔註161〕

而彭邦烱認爲此辭應讀作「貞三小子」。〔註162〕細
審拓片，小點確實不清，與《花東》353 的「小子」
比較差異也很大（右圖），頗疑此辭爲「三子貞」。
而此版尚有「貞：女」、「貞：延」，行款皆由上而
下，此處亦應讀爲「三子貞」。婦女卜辭中有：

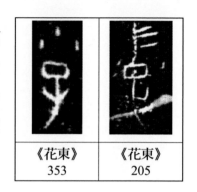

| 《花東》353 | 《花東》205 |

　　　壬寅卜貞：四子叫頁。

　　　乙巳卜：中母𣪊五子𢀖頁。

　　　于子丁𣪊五子。　　《合》22215（《合》22216、22217 同文）

李學勤曾注意到此「四子」、「五子」，〔註163〕黃天樹先生指出「四子」、「五子」
可能是指四位、五位小宗宗子。〔註164〕或許「三子」與「四子」、「五子」是同
樣的意思，則此「三子」也可能是花東卜辭中的三位「子某」。

（三）多子、呂𠂤ᴰ（移）

1. 多　子

花東卜辭中「多子」一見，辭例如下：

　　　旬鼎（貞）亡多子田（憂）。　　一

　　　旬□亡□。　　二

　　　三　　《花東》430

「多子」二字合書作 ⿰多子，「子」形異於花東常見的「子」。《花東・釋文》中

〔註161〕《校釋》，頁 995～996。

〔註162〕〈從《花東》卜辭的行款說到 𠂤、𠂤 及 𠭤、𠬝、𣪊 字的釋讀〉，《甲骨文與
　　　　殷商史（新一輯）》，頁 125。

〔註163〕〈帝乙時代的非王卜辭〉，《李學勤早期文集》（石家莊：河北教育出版社，2008），
　　　　頁 108。

〔註164〕〈婦女卜辭〉，《黃天樹古文字論集》，頁 128。

曰：

> 本版辭序混亂：第 1 辭本應爲「貞：多子旬亡囚」；第 2 辭亦然。且
> 第 1 辭之「囚」是顛倒的。由此可以判斷，此版乃習刻之作，不能
> 以正式卜辭論之。〔註 165〕

朱歧祥曰：「『亡多子囚』中的『多子』二字合文。此應讀作『貞：旬多子亡囚？』」
〔註 166〕學者舉出了以上兩種可能性，而卜辭中多見「某人亡憂」之例（參《類
纂》，頁 831），也有「弗作王憂」（《合》12312 甲正），及「不于多尹憂」（《合》
5612）「不于多婦憂」（《合》285）之例。或許「亡多子憂」也可能是「多子亡
憂」之倒或「亡作多子憂」之省，又或爲「不于多子憂」之義，目前無法判斷。

2. 呂　𠃌ᴰ（移）

花東卜辭中有「呂移」一詞，辭例如下：

乙卜：其屰呂𠃌ᴰ（移）于帚（婦）好。　一　《花東》409

此字從「𠃌」從「ᴅ」，《花東·釋文》中隸爲「挪」。朱歧祥認爲：

> 命辭主語爲子，省略。屰，有迎、入意。呂，地名。挪，祭品，從
> 子從肉，或指嫩肉，字僅一見。花東有「入肉」例，如 410 版的「入
> 肉」、237 版的「肉弜入于丁」、113 版的「丙入肉」。殷人似有獻牲
> 肉之習。492 版有「子其屰👹于帚」，例與此相類。〔註 167〕

此說所謂「嫩肉」之「嫩」只能解釋爲偏旁「子」義的引申，這樣的用法恐怕
不容易找到證據支持，至於「屰👹」本文從楊州釋爲「獻牙璋」之意。另外，
孟琳說此字是祭名，曾小鵬認爲是「祭祀動詞，侑」，〔註 168〕未見相關論述，
可能是由於字在「于」字前而以語法結構推論。姚萱認爲是「多子」合文，就
字形而言，古文字「多」常省作與「肉」同形，如《屯南》4517「肉尹」、《合》
21907「肉犬」、《合》21659「肉婦」、《合》20647「肉射」，「肉」都應釋爲「多」，
而「婦妌」也常省作「婦肉」。就詞意而言，《合》20412「方肉子」、《合》22323

〔註 165〕《花東·釋文》，頁 1727。

〔註 166〕《校釋》，頁 1036。

〔註 167〕《校釋》，頁 1033。

〔註 168〕《《殷墟花園莊東地甲骨》詞滙研究》，頁 9、39；《《殷墟花園莊東地甲骨》詞類研究》，
頁 8、41。

「食肉子」、《合》5624「王 𤕩」，其「肉」也應爲「多」，「王多子」一詞也見於《合》17996、17998，而以《合》34133「王族爰多子族立于 𠯑」與《合》5624「𤕩王 𤕩日 𤕩」，「𤕩」即「多子」，說明此二版內容有關。最後，《合》21564有「丁酉卜，𤕩貞：屰多子」應該是與「屰呂 𤕩」一樣的意思，「呂 𤕩」正如卜辭中常見的「黃多子」一樣，指該族的多名族長。〔註169〕本文認爲姚說較爲合理，而「子」旁之「肉」既爲「多」之省，本文便皆隸爲「㝊」。朱鳳瀚認爲「多子」也可能指多名「子某」，〔註170〕此呂多子或許指呂族的多名「子某」。最近，郭勝強對此辭有不同的解釋，釋文爲「乙卜：其逆呂子肉于婦好？一」，認爲：「《花東》釋文中，將『子肉』合併爲一字，仔細觀察照片和拓片，兩字雖然稍近一些，但還是二字。肉于婦好顯然是更密切的接觸。」〔註171〕但此辭行款由上而下，由右而左復列兩行，𤕩 字顯然無法視爲二字，即便是二字，也不會讀作由左而右的「子肉」，且「肉」字亦無表示「親密接觸」的動詞這種用法。

關於此類「多子」的身分，從「王㝊」、「呂㝊」、「黃多子」來看，可能是屬於商王、呂族、黃族之小宗宗子。然而，卜辭中亦常見「子𤕩」一詞，其中以下三版內容特殊：

　　☐貞：子𤕩冥，不其妨。　《綴集》262+《合》17999

　　【蔡哲茂綴】〔註172〕

　　☐酉卜，㱿貞：𤕩子☐。　《合》17995 正

　　☐酉卜，㱿☐𤕩冥☐。　《合》13974

或有學者視之爲人名，〔註173〕不過此「𤕩」若解釋爲人名，

〔註169〕《初步研究》，頁 128～130。裘錫圭指出黃多子的黃即伊尹，黃多子不可能是伊尹之子，見〈關於商代的宗族組織與貴族和平民兩個階級的初步研究〉，《古代文史研究新探》，頁 306。

〔註170〕《商周家族形態研究（增訂本）》，頁 55。

〔註171〕〈婦好之再認識——殷墟花東 H3 相關卜辭研究〉，《甲骨學 110 年：回顧與展望》，頁 282。

〔註172〕〈甲骨新綴十則〉，《古文字研究》第 26 輯，頁 120。

〔註173〕如高明，〈武丁時代「貞𤕩卜辭」之再研究〉，《高明論著選集》（北京：科學出版社，2001），頁 86；曹定雲，《殷墟婦好墓銘文研究》，頁 120。

則同時稱「子♀ᴰ」、「王♀ᴰ」尚可解釋，但又稱「吕♀ᴰ」似不合理，本文還是暫將「子♀ᴰ」解釋為「子多子」。「子♀ᴰ」的問題由於相關辭例較少，且辭殘，需有更多完整的資料才能進一步討論。

二、存疑待考者

（一）子　髟

花東卜辭中有「子髟」，由於學者對相關字形 ᵇ（ᵇ）、ᵗ、ᵗ理解不同，而有不同的說法。此四形於《花東·釋文》中皆釋為「㞢（㞢）」，朱歧祥皆釋為「長（髟）」，韓江蘇從《花東·釋文》將此四形視為同一人物「子微」。本文從裘錫圭與林澐之說，將 ᵇ（ᵇ）釋為「㞢（㞢）」，ᵗ 釋為「髟」，而「微」字作 ᵇ，可隸作「㞢」，花東卜辭中並無此字，〔註174〕至於ᵗ字，像ᵇ手執ᵗ、ᵗ形，如：⬛（《花東》333）⬛（《花東》481），與ᵗ、ᵇ皆異，故從蔣玉斌釋為「髮」。〔註175〕

「髟」僅一見，即：

> 庚子：歲匕（妣）庚，才（在）狀，牢。子曰：卜未子髟。　一　《花東》267

此辭原釋文認為「曰卜」應逆讀為「卜曰」，「未」為「丁未」之省，為「子卜曰：未子㞢」，〔註176〕姚萱認為「子曰」的占辭形式並無特異，「卜曰」則未見，故不逆讀，占辭內容為「卜未子髟」，意不明。〔註177〕而「子髟」可能為人名，但由於該辭內容特殊，也不排除有其他解釋的可能，故仍存疑待考。

這裏再附帶談一下有關「髮」的辭例，該字見於一組同文卜辭，即：

> 乙丑卜：又（有）吉亐，子具ᵇ，其吕（以）入，若，侃，又（有）髮值。用。　一二三四　《花東》6

> 乙丑卜：又（有）吉亐，子具ᵇ，其〔吕（以）〕入，若，侃，又（有）

〔註174〕相關討論見本文第四章第一節㞢（㞢）處，此從略。

〔註175〕《殷墟子卜辭的整理與研究》，頁 229。張榮焜也注意到此字有別於「髟」，認為可能是「帚髟」合文，隸定為「　」，見《殷墟花園莊東地甲骨字形研究》，頁 40。

〔註176〕《花東·釋文》，頁 1670。

〔註177〕《初步研究》，頁 67。

髮值。用。　五六七八　《花東》333

乙丑〔卜〕：又（有）吉亏，子具☒。　一　《花東》342

乙丑卜：又（有）吉亏，子具✦，其呂（以）入，若，侃，又（有）髮值。
用。　一　《花東》481

乙丑卜：又（有）吉亏，子具✦，其呂（以）入，若，侃，又（有）髮值。
用。　一　《合》21853（《合》21123）+《京津》2993【蔣玉斌綴】

《花東·釋文》中指出上舉前四版同文，《花東》6 兆序爲「一二三四」，《花東》333 兆序爲「五六七八」，爲成套卜辭，[註178] 此組卜辭涉及不少問題，包括「吉亏」、「子具」、「有髮值」。✦各家以爲即「屮」之異體，姚萱存疑未隸定。關於「吉亏」，張玉金有相關討論，他引述裘錫圭先生〈說字小記〉中「說吉」的觀點，認爲吉字本義爲堅實，又認爲此字作☥，是「辛」非「亏」，指出：

> 「☥」和「☦」確實是兩個不同的字，它們作偏旁時從不相混。……
> 在作偏旁時，「辛」可作「☥」，也可作「☥」。獨立成字時，「☥」
> 通常是表示天干之一的，而作「☥」形的，通常是表工具的，如「吉
> 辛」的「辛」。很可能兩者本爲一字，但「辛」被借去表天干之一時，
> 多用「☥」形；而用來表本義的，多用「☥」形。……「☦」字，
> 裘錫圭先生認爲是「乂」字的初文，「乂」的繁體是「刈」，「刈」的
> 意思就是「鐮」。……「☥」、「☥」應是鑿類工具。這種工具不僅可
> 用以施黥，還可以作它用，比如可用來到山上取璞玉，可用以宰殺
> 牲畜等等。[註179]

黃天樹先生則認爲此「吉亏」即舊有卜辭中的「吉秂」，「秂」指刈獲作物，「吉秂」指有好收成，與「受年」類似。[註180] 對「吉亏」的解釋仍待進一步資料證明。

關於「子具」，嚴志斌先生曾引《花東》6 認爲花東卜辭中有「子具」此一

[註178]　《花東·釋文》，頁 1559。

[註179]　〈殷墟甲骨文「吉」字研究〉，《古文字研究》第 26 輯，頁 71。

[註180]　〈讀花東卜辭箚記（二則）〉，《南方文物》2007.2，頁 97。

人物，〔註181〕此辭辭意難解，子具是否為人物有待商榷。花東卜辭的「具」字除《花東》6、333、342、481之外，還見於《花東》92「惠⟨圖⟩具丁」。《花東》92的「具」作⟨圖⟩，其他版的「具」作⟨圖⟩，姚萱認為《花東》92該字上從「臼」，與花東卜辭數見從「収」者不同，釋「具」可疑，〔註182〕不過卜辭中從「臼」與從「収」往往通用，〔註183〕本文仍將⟨圖⟩、⟨圖⟩視為同字。《花東‧釋文》中曰：「像雙手舉鼎之形，作祭名。」〔註184〕而黃天樹先生舉「惠⟨圖⟩具丁」同版、同日卜問的「呼多臣獻⟨圖⟩丁」與《花東》453的「呼多臣獻⟨圖⟩于丁」曰：「『具丁』之『具』，揆其文義，跟『獻丁』之『獻』意思相近；或訓作『供置、供設、供給』，亦通」。〔註185〕朱歧祥也認為「具」釋為「獻」。〔註186〕還有張玉金解釋為「備辦犧牲」。〔註187〕與《花東》92對照，可知學者將「具」視為動詞較為合理，則花東卜辭中應無「子具」此人。

至於「⟨圖⟩」字，趙鵬懷疑可能是人名，〔註188〕郭靜雲曾將「有⟨圖⟩⟨圖⟩」釋為「有⟨圖⟩德」，而說：

> 如果「⟨圖⟩」確實「⟨圖⟩」即是「嫩」的異體，則「有嫩德」的文句巧得不可思議！不過是否「⟨圖⟩」與「⟨圖⟩」是同一字，還是待考。可能這是另一字。〔註189〕

若卜辭中有「有嫩德」這樣的詞語，確實「不可思議」，不過甲骨文的「⟨圖⟩」

〔註181〕《商代青銅器銘文研究》，頁122。.

〔註182〕《初步研究》，頁257。

〔註183〕參李旼姈，《甲骨文字構形研究》（台北：政治大學博士論文，蔡哲茂先生指導，2005），頁99～102。

〔註184〕《花東‧釋文》，頁1559。

〔註185〕〈讀花東卜辭箚記（二則）〉，《南方文物》2007.2，頁97。韓江蘇從之，見《殷墟花東H3卜辭主人「子」研究》，頁199。

〔註186〕《校釋》，頁976。

〔註187〕〈殷墟甲骨文「吉」字研究〉，《古文字研究》第26輯，頁71。

〔註188〕〈從花東子組卜辭中的人物看其時代〉《中國社會科學院歷史研究所學刊》第6集，頁6。

〔註189〕〈論岂、散、微、嫩、美字的關係〉，《古文字學論稿》（合肥：安徽大學出版社，2008），391。

字目前還未見「燬」的用法（郭說《花東》208 的「峷」是「燬」，實誤，參本文第四章第一節峷（峷）處），且所謂「⿰扌⿱生攴」爲手執⿰生攴、⿰⿱生攴之「⿰扌⿱生攴」，與「⿰扌⿱生攴」非同字。「徝」爲動詞，一般釋爲「循」，讀作「巡」。〔註190〕關於「有鬄徝」，從類似的辭例看：

己卯卜，㱿貞：屮秦（禱）徝，下上若。

己卯卜，〔㱿〕貞：屮秦（禱）徝，下上弗若。　　《合》7239 正

己亥卜，侃貞：盂徝。

貞：不其盂徝。　　《合補》901（《合》7244＋7245）

「禱」爲動詞，「盂」有族名的用法，〔註191〕由於相關辭例較少，「鬄」仍無法確定是動詞還是人名，只能暫時存疑待考。

（二）子曾

「子曾」見於《花東》294：

壬子卜：子其告狀既⿴囗圭丁。子曾告曰：丁族盋（毖）⿰⿱生攴宅，子其乍（作）丁⿴口口（營）于狀。　一　《花東》294

姚萱在對「丁族」的解釋中曾提到對此辭，解釋爲「子曾告（子）曰：丁族……」，〔註192〕可能將「子曾」視爲人名，孟琳、曾小鵬、韓江蘇都將「子曾」視爲人名，韓江蘇認爲「子曾」是向丁報告者。〔註193〕從語法結構看，「子曾」釋爲人名合理，卜辭中作爲人、地、族名的「曾」也常見，如：《合》16062「勿取曾」、《合》6536「王次于曾」、《合》7353「王勿次于曾」、《屯南》1098「惠壬往曾征」等。姚萱在「告」字之後補「子」字可能是認爲「子曾」是向子報告之人。不過卜辭中「曾」有其他用法，于省吾指出卜辭有「曾用」、「曾酒牛」之類辭例，認爲此「曾」是祭名，讀爲「贈」，而丁山在討論此字時提到「曾」有重累之義。〔註194〕另外，甲骨文的「曾」字還有副詞的用法，如：「己酉卜，

〔註190〕《詁林》，頁 2250～2256。

〔註191〕參本文第七章第二節「卜母盂」處。

〔註192〕《初步研究》，頁 52。

〔註193〕《《殷墟花園莊東地甲骨》詞滙研究》，頁 6、39；《《殷墟花園莊東地甲骨》詞類研究》，頁 4、50；《殷墟花東 H3 卜辭主人「子」研究》，頁 212。

〔註194〕詳見《詁林》，頁 2123～2125。

晕：畬（陰），其雨抑。不雨，曾啓。」（《合》21022）黃天樹先生認爲此「曾」
爲副詞，「表示出乎意料或已達到某種極限，可譯爲『竟然』」。〔註 195〕金文中
有「王曾命」、「余曾乃命」，「曾」字黃盛璋釋爲「增」，〔註 196〕爲學界接受。
先秦文獻中「曾」字常用作「乃」、「則」之類意思，也有用作「累」、「重」、「增」
之類意思。〔註 197〕若《花東》294 的「曾」爲前者，則「子曾告曰」的內容「丁
族㢟景宅，子其作丁營于狀」可能就實際報告的內容，「子曾告曰……」可能
是驗辭。而卜辭中似有與「子曾告曰」類似的句型，如「乙巳卜，旅貞：今夕
王凶言」（《合》26731）的「王凶言」，此「凶」字張玉金認爲讀爲「斯」假借
爲「就」。〔註 198〕另外，「凶」也出現在驗辭中，如「……王辻，凶雨」（《合》
36756），也可與前舉《合》21022 的「曾啓」對照。若《花東》294 的「曾」爲
後者，即「再次」、「追加」之義，則「子曾告曰……」可能是子向丁報告「狀
既㘞」之事後再報告「作丁營」之事。

　　由於「曾+動詞」之辭例較少，且內容有限而多殘辭，《花東》294 的「曾」
應如何解釋仍有待進一步研究，本文認爲較有可能爲「乃」、「則」之類的意思，
故對「子曾」是否爲人名暫存疑待考。

（三）子　匲

「子匲」見於《花東》391，辭例如下：

己巳卜：子匲𣓀。用。庚。　一

弜巳匲𣓀。　一

辛未卜：匲𣓀。不用。　一

弜巳匲𣓀。用。　一　　《花東》391

〔註 195〕〈殷墟甲骨文驗辭中的氣象紀錄〉，《古文字與古代史》第 1 輯，頁 43〜44。

〔註 196〕黃盛璋，〈西周銅器中冊命制度及其關鍵問題新考〉，《考古學研究》編輯委員會編，
　　　　《考古學研究》（西安：三秦出版社，1993），頁 410〜411。

〔註 197〕詳見宗福邦、陳世鐃、蕭海波主編，《故訓匯纂》（北京：商務印書館，2003），頁
　　　　1049〜1050。

〔註 198〕詳見〈論殷墟卜辭命辭語言本質及其語氣〉，《甲骨卜辭語法研究》（廣州：廣東高
　　　　等教育出版社，2003），頁 75〜76。相關論點又見〈周原甲骨文「凶」字釋義〉，
　　　　《殷都學刊》2000.1，及〈釋甲骨金文中的「西」和「凶」字〉，《中國文字》新
　　　　25 期。

關於「𣎺」字，《花東・釋文》中指出早期學者釋𣎺爲「燕」，借爲「燕享」。此字也有可能是人名、祭名，傾向釋爲祭名。〔註199〕朱歧祥認爲此字借爲飲宴的「宴」。〔註200〕趙偉對此字的解釋較爲嚴謹，在《花東》23 的校勘中指出：

甲骨文中，「燕」字本作「𠂤」，像燕鳥之形。子後一字本作「𣎺」，在甲骨文中多用爲人名或族名，或以爲「𣎺」爲「燕」之異體，但兩者有同見一辭之例，自非一字。〔註201〕

歷來有不少學者以𣎺、𠂤二字同出一片之例，認爲二者非一字，如「壬子卜，史貞：王𣎺惠吉𠂤。八月」（《合集》5280），而𣎺字多見「王𣎺惠吉」與「以𣎺」的用法，或可解釋爲祭名、𣎺祭之人，此外就字形而言，𣎺字反而更接近「舞」字，故或謂此字爲舞蹈之祭儀。〔註202〕朱鳳瀚指出從「王𣎺惠吉，不遘雨」來看，可能是一種貴族禮儀，或許要露天舉行，從卜辭所記情況看，未必皆於祭祀時舉行。〔註203〕而此字在花東卜辭中多見，往往呼令臣下辦理，如：

庚戌卜：子乎（呼）多臣𣎺見（獻）。用。不牽。　一

庚戌卜：弜乎（呼）多臣𣎺。　一　　《花東》454

姚萱已指出「𣎺」跟「見（獻）」多連言，〔註204〕花東卜辭還有「面獻」：

辛亥卜：乎（呼）崖◎（面）見（獻）于帚（婦）好。才（在）狀。用。
　　一　　《花東》195

「面獻」似與「𣎺獻」類似。黃天樹先生將《花東》195 的「◎」字釋爲「面」，並將「面見于婦好」解釋爲「面謁見於婦好」，〔註205〕此「面」也可能表示某

〔註199〕《花東・釋文》，頁 1567。

〔註200〕《校釋》，頁 964。

〔註201〕《校勘》，頁 10。另見王蘊智、趙偉，〈《殷墟花園莊東地甲骨・釋文》校勘記（一）〉，《中國文字學會第四屆學術年會論文集》，頁 523。

〔註202〕《詁林》，頁 261～263。

〔註203〕〈讀安陽殷墟花園莊東地出土的非王卜辭〉，《商周家族形態研究（增訂本）》，頁611。

〔註204〕《初步研究》，頁 87。

〔註205〕〈花園莊東地甲骨中所見的若干新資料〉，《黃天樹古文字論集》，頁 452、453。

種禮儀。由《花東》454 正反對貞可知「㞢獻」也可作「㞢」，可能「㞢」、「獻」是兩種相關的活動，舉一可以該二，則「㞢」應該是與獻禮活動有關某種的儀式。

在動詞「㞢」前的「𠂤」字，韓江蘇認為可能作動詞，也可能作名詞，作動詞則詞義不明，作名詞則「子𠂤」應該也是花東卜辭的「子某」之一。〔註206〕姚萱指出，本版的「子𠂤㞢」與《花東》372 的「子帚㞢」，其「𠂤」、「帚」二字都從「帚」，可能音近相通而為同一詞。〔註207〕依此說，由於「帚」為「寢」，故「𠂤」可能表寢宮之類，則辭意為「子在寢行㞢」。本文傾向姚說，但「𠂤」字目前無確釋，對「子𠂤」是否為人物的問題，只能暫時存疑待考。

〔註206〕《殷墟花東 H3 卜辭主人「子」研究》，頁 210。

〔註207〕《初步研究》，頁 345。